Der Ruf des Blutes: Ein romantischer Paranormalthriller voller Leidenschaft, dunkler Mächte und riskanter Allianzen

Helena Vogler

Published by Helena Vogler, 2024.

This is a work of fiction. Similarities to real people, places, or events are entirely coincidental.

DER RUF DES BLUTES: EIN ROMANTISCHER PARANORMALTHRILLER VOLLER LEIDENSCHAFT, DUNKLER MÄCHTE UND RISKANTER ALLIANZEN

First edition. November 5, 2024.

Copyright © 2024 Helena Vogler.

ISBN: 979-8227741431

Written by Helena Vogler.

Inhaltsverzeichnis

Kapitel 1 1
Kapitel 2 15
Kapitel 3 31
Kapitel 4 47
Kapitel 5 59
Kapitel 6 71
Kapitel 7 81
Kapitel 8 93
Kapitel 9 105
Kapitel 10 115
Kapitel 11 127
Kapitel 12 139
Kapitel 13 151
Kapitel 14 163
Kapitel 15 175
Kapitel 16 185
Kapitel 17 195
Kapitel 18 207
Kapitel 19 217
Kapitel 20 225
Kapitel 21 235
Kapitel 22 247
Kapitel 23 255
Kapitel 24 265
Kapitel 25 275

Kapitel 1

Die Nacht hing wie ein dunkler Schleier über München, nur gelegentlich durchbrochen von dem kalten, bleichen Mondlicht, das die verwinkelten Gassen der Altstadt ausleuchtete. Der Himmel war bedeckt von schweren Wolken, die drohten, den Regen über die Stadt zu entladen. Aber das störte Wilhelmina von Lichtenberg nicht im Geringsten. Sie war in ihrem Element – es war Jagdzeit.

Mit jeder Bewegung ihrer geschmeidigen, athletischen Figur flossen die Schatten mit ihr. Das dunkle Leder ihrer Ausrüstung schimmerte leicht im Mondlicht, und der schwarze Dolch, das Erkennungszeichen der geheimen Bruderschaft, lag wie eine Verheißung des Todes in ihrer Hand. Sie spürte ihn – das war ihre besondere Gabe. Der Vampir war nah. Der vertraute Schauer kroch ihren Rücken hinab, als sie das leise Pulsieren seiner Anwesenheit wahrnahm, irgendwo in den Schatten.

Wilhelmina nahm die Dolch-Bruderschaft sehr ernst. Kein oberflächliches Spiel mit dem Leben oder so etwas Triviales wie ein Streben nach Ruhm – die Bruderschaft war ein jahrhundertealtes Erbe, eine Berufung, eine blutige Verpflichtung, in die sie hineingeboren worden war. Es war ein kalter, ernster Bund. Jedes Mitglied war bereit, sein Leben zu opfern, um die Menschen vor den Schattenwesen zu schützen, die sie nur zu gerne in Stücke reißen würden. Diese Wesen – Vampire, Hexen und andere Monster – waren für sie nichts weiter als ein alter Fluch, den es zu eliminieren galt. Gnadenlos und zielstrebig.

Ihre Finger umklammerten den Dolch fester, als sie die Schritte des Vampirs hörte, der sich anscheinend seiner vermeintlichen Überlegenheit sicher war. Das Geräusch von schweren Stiefeln hallte durch die Gasse, die zum Stadtpark führte – ein Fluchtweg, den diese Kreaturen oft wählten. „Na, das wird heute eine kurze Jagd," dachte sie sich und spürte den Adrenalinschub in ihrem Inneren.

Mit einem Laut, der zwischen einem Knurren und einem zufriedenen Lächeln lag, schob sie sich an die Wand und machte sich bereit für den Angriff. Gerade als sie herausspringen wollte, merkte sie, dass etwas nicht stimmte. Die Anwesenheit – sie war plötzlich verschwunden.

„Verdammt," murmelte sie, ihre Augen funkelten gefährlich in die Dunkelheit hinein. Sie war Elite-Jägerin, niemand spielte so leicht mit ihren Sinnen. Sie drehte sich, als sie plötzlich ein kaltes Zischen hörte und etwas durch die Luft flog – direkt auf sie zu.

In einer geschmeidigen Bewegung wich sie dem Angriff aus, aber das Überraschungsmoment hatte sie für einen Herzschlag lang erwischt. Ein Augenpaar leuchtete rot in der Dunkelheit auf, und sie sah den Vampir. Er war schneller, als sie gedacht hatte. Ein schwarzer Umhang flatterte um ihn herum wie die Schwingen eines Raubvogels, und seine fahlgraue Haut schimmerte im Mondlicht wie der blanke Tod.

„Einfach nur widerlich," murmelte Wilhelmina und zog die Augenbraue hoch. Sie fixierte den Vampir, und er grinste sie mit blutigen Zähnen an. „Ach, du bist die Jägerin, die sie geschickt haben?" Seine Stimme triefte vor Hohn.

„Und du bist wohl der Witz des Abends," konterte sie und ging in Kampfstellung. Der Vampir knurrte, offenbar nicht begeistert über ihre Unverfrorenheit.

Mit einer Geschwindigkeit, die sie selbst überraschte, war der Vampir plötzlich direkt vor ihr, seine Fänge blitzten im Mondlicht, und seine Klauen fuhren nach ihr. Doch sie war bereit. Mit einem blitzschnellen Hieb ihres Dolchs streifte sie seine Seite. Ein zischendes Geräusch hallte durch die Gasse, als das Silber des Dolchs seine Haut verbrannte. Er kreischte auf und zog sich zurück, Blut tropfte aus der Wunde.

Wilhelmina wollte gerade den entscheidenden Schlag setzen, als sie ein weiteres Rascheln hörte. Noch bevor sie reagieren konnte, spürte sie, wie sich eine unsichtbare Kraft um ihre Arme legte und sie in die Bewegung stoppte. Ihre Augen weiteten sich vor Überraschung – sie war eingekreist worden. Ein zweiter Vampir tauchte auf, sein Blick voller düsterer Lust.

„Das ist also die Elite der Lichtenbergs?" höhnte er, und seine Stimme war wie säuregetränktes Gift. „Eine Schande, dass du sterben musst."

„Nun ja, ich könnte das Gleiche über deinen Geschmack sagen," antwortete sie spöttisch, doch sie spürte, dass ihre Situation ernst wurde. Zwei gegen einen, und mit beiden Armen festgehalten... es sah düster aus.

Plötzlich jedoch schoss eine dritte Gestalt aus den Schatten, und bevor der zweite Vampir realisierte, was geschah, warf ihn ein wuchtiger Tritt gegen die Wand. Der erste Vampir schien die Bedrohung zu spüren und wich instinktiv zurück, seine roten Augen suchten nach dem neuen Gegner, doch es war zu spät. Der Neuankömmling packte ihn mit einer überraschenden Kraft und rammte ihm einen silbernen Dolch in die Brust.

Wilhelmina blinzelte überrascht. „Was zum..."

„Man erwartet doch zumindest ein 'Danke', nicht wahr?" sagte der Fremde mit einem leichten Lächeln, seine grünen Augen blitzten amüsiert auf. Wilhelmina registrierte im diffusen Mondlicht seine markanten Gesichtszüge und das dunkelbraune Haar, das ihm leicht ins Gesicht fiel. Er wirkte charmant und gefährlich zugleich, mit einem Hauch von Rätselhaftigkeit.

„Danke? Wofür? Dafür, dass du meine Beute getötet hast?" Sie hob eine Augenbraue und sah ihn misstrauisch an, doch gleichzeitig spürte sie, wie eine seltsame Wärme in ihrer Brust aufstieg. „Ich komme gut alleine zurecht."

„Natürlich, das sah man ja gerade," sagte er mit einem ironischen Lächeln und hielt ihr den Dolch, den er aus der Leiche des Vampirs gezogen hatte, wie eine Trophäe entgegen. „Aber was wäre das Leben ohne ein bisschen Unterhaltung?"

Sie funkelte ihn an, aber seine Augen hatten etwas Faszinierendes, und sie bemerkte, wie ihre Wangen leicht zu brennen begannen. „Na schön," murmelte sie und schnappte sich den Dolch. „Aber pass das nächste Mal auf, dass du nicht im Weg stehst."

„Das werde ich mir merken," sagte er und ließ seinen Blick über sie gleiten, als würde er sie abschätzen. „Also, Lichtenberg, hm? Die Dolch-Bruderschaft könnte sicher eine starke Jägerin wie dich gut gebrauchen."

„Wir nehmen keine Hilfe von Fremden an," antwortete sie scharf, aber in ihrem Inneren regte sich ein merkwürdiges Gefühl, als hätte er einen Schleier gelüftet, den sie bisher gar nicht bemerkt hatte.

„Wie du meinst," sagte er schließlich und trat einen Schritt zurück, aber nicht ohne ein verschmitztes Lächeln. „Aber falls du doch jemals Hilfe brauchst..." Er warf ihr einen durchdringenden Blick zu, der fast an eine unausgesprochene Verheißung erinnerte. Dann drehte er sich um und verschwand in den Schatten, so schnell, wie er gekommen war.

Wilhelmina blieb für einen Moment stehen, ihre Gedanken wirbelten. Wer war dieser Mann, und warum hatte sie das Gefühl, dass sie ihm nicht zum letzten Mal begegnet war?

Wilhelmina atmete tief durch und wischte den Blutstaub von ihren Händen. Der Kampf hatte ihre Sinne geschärft, und die Begegnung mit diesem Fremden... sie schüttelte unwillkürlich den Kopf. Wer war er, dass er einfach in ihre Jagd hineinplatzen konnte, als wäre es ein Spaziergang im Park? Die Dolch-Bruderschaft arbeitete schon seit Jahrhunderten daran, jegliche Übernatürlichen von den Straßen Münchens zu verbannen, und nun hatte ein selbstgefälliger Fremder ihr die Beute vor der Nase weggeschnappt.

„Im Weg stehen... was denkt er eigentlich, wer er ist?" murmelte sie vor sich hin, während sie den Dolch wieder in ihre Scheide schob.

Gerade als sie sich wieder in die Schatten zurückziehen wollte, spürte sie ein Prickeln im Nacken – das sichere Zeichen, dass sie beobachtet wurde. Schnell drehte sie sich um, und da stand er wieder. Seine grünen Augen leuchteten wie Smaragde im Mondschein, und sein Ausdruck war amüsiert, fast schon herausfordernd.

„Ach, du schon wieder," sagte sie trocken und verschränkte die Arme vor der Brust. „Kannst du mir vielleicht erklären, warum du mir nachläufst?"

„Nachlaufen?" Er hob eine Augenbraue und ließ seinen Blick einmal langsam über sie gleiten, bevor er seine Arme genauso verschränkte. „Oh nein, das wäre wirklich viel zu anstrengend. Ich bin eher ein Freund der Unterhaltung – und du bist zugegebenermaßen ein faszinierendes... Spektakel."

„Spektakel?" Ihre Augen verengten sich gefährlich. „Pass auf, wie du mich nennst, sonst wirst du feststellen, dass ich mehr als nur ein Spektakel sein kann."

Er lachte leise, das Lachen war tief und warm, mit einem leicht spöttischen Unterton. „Verzeihung, Lichtenberg, ich wollte nicht unhöflich sein. Aber du musst zugeben, du hast ein Talent dafür, das Ungewöhnliche anzuziehen."

„Ungewöhnlich ist das falsche Wort," knurrte sie und trat einen Schritt näher, sodass nur wenige Zentimeter zwischen ihnen waren. „Ich bin Jägerin, und das hier ist mein Gebiet. Falls du also nicht das gleiche Schicksal erleiden willst wie der Blutsauger dort drüben, solltest du dich in Zukunft aus meinen Angelegenheiten heraushalten."

Er hob die Hände und trat einen Schritt zurück, aber das Grinsen verschwand nicht aus seinem Gesicht. „Oh, das werde ich. Aber, weißt du, manchmal ist es schwer, einem Spektakel einfach den Rücken zu kehren." Er sprach das Wort erneut aus, diesmal mit einer leichten Betonung, als hätte er Spaß daran, sie damit zu provozieren.

Wilhelmina schnaubte und machte sich innerlich eine Notiz, diesen Mann niemals aus den Augen zu lassen. Doch da war etwas, das sie verunsicherte – ein leichtes Kribbeln unter ihrer Haut, das mit jedem Wort, das er sprach, stärker wurde. Seine Stimme war weich und zugleich durchdringend, und seine Augen hatten einen hypnotischen Glanz, der sie für einen kurzen Moment fast... verunsicherte.

„Und du?" fragte sie schließlich, die Stirn leicht gerunzelt. „Wer bist du eigentlich? So viele Männer laufen mitten in der Nacht nicht mit Dolchen durch München und retten willkürlich Frauen vor Vampiren."

Seine Lippen zuckten leicht, als ob ihm die Frage gefallen würde. „Nennen wir mich einfach Emil. Antiquitätenhändler, gelegentlicher Sammler von... ungewöhnlichen Erfahrungen."

„Antiquitätenhändler?" Sie hob eine Augenbraue und betrachtete ihn skeptisch. „Das hätte ich ja nun wirklich nicht erraten. Du wirkst eher wie ein... Abenteurer."

„Na gut, das ist vielleicht mein heimlicher Nebenberuf," antwortete er trocken. „Aber keine Sorge, ich habe heute Nacht genug Abenteuer gehabt. Allerdings kann ich dir bei Gelegenheit mal mein Antiquitätengeschäft zeigen. Es ist... nun ja, ein wahrer Schatz für Liebhaber des Geheimnisvollen."

„Nein, danke." Wilhelmina lachte trocken. „Ich hab schon genug Geheimnisse in meinem eigenen Leben. Ein verstaubter Laden ist da das Letzte, was ich brauche."

„Verstaubt?" Emil zog eine Augenbraue hoch. „Meine Liebe, du würdest überrascht sein, wie viele Schätze dort verborgen liegen. Manche Dinge sind nicht das, was sie zu sein scheinen."

Etwas in seinem Blick ließ sie innehalten. Da war ein Flackern, das gleichzeitig aufregend und gefährlich wirkte. Sie spürte, wie ihre Wangen sich ungewollt röteten, und verfluchte innerlich diesen Fremden, der es wagte, sich so selbstsicher und provozierend vor ihr aufzubauen.

„Ich komme alleine zurecht," sagte sie betont kühl und wandte sich ab, um ihre Entschlossenheit zu unterstreichen.

Doch bevor sie sich richtig abwenden konnte, hatte Emil ihre Handgelenk leicht ergriffen – fest genug, um sie zu halten, aber nicht so stark, dass es als Bedrohung wirken würde. „Das habe ich nie infrage gestellt, Wilhelmina von Lichtenberg," sagte er leise, und seine Stimme hatte plötzlich einen unerwartet sanften Klang. „Aber die dunklen Nächte in München sind voll von jenen, die weit gefährlicher sind als die Kreaturen, die du jagst."

Für einen Moment verharrte sie, gefangen in seinen grünen Augen, die sie fast herausfordernd fixierten. Ihre Finger zuckten, und sie hätte den Dolch in ihrer Scheide fast wieder hervorgeholt. Doch stattdessen ließ sie sich einen Hauch von Selbstsicherheit anmerken, hob den Kopf und zog ihre Hand sanft aus seinem Griff.

„Mach dir keine Sorgen, Emil," sagte sie mit einem angedeuteten Lächeln, das eher einem Raubtier als einem Menschen gehörte. „Ich habe mich mein ganzes Leben lang mit Dunkelheit beschäftigt. Sie ist meine beste Freundin."

Er lachte leise und ließ sie los. „Dann freue ich mich schon auf unsere nächste Begegnung, Lichtenberg. Wenn du mich brauchst – du weißt, wo du mich findest."

Bevor sie auch nur antworten konnte, war er wieder in den Schatten verschwunden, genauso plötzlich, wie er aufgetaucht war. Die kühle Nachtluft schien plötzlich noch eisiger, und Wilhelmina stand für einen Moment allein in der Gasse, den Dolch fest in der Hand. Was für ein seltsamer Mann – ein Antiquitätenhändler, der sich in die Jagd einmischt und Vampire mit einem Grinsen auf den Lippen tötet? Sie hätte ihm so viele Fragen stellen können, doch die Gelegenheit war wie der Mond hinter den Wolken verschwunden.

„Emil, hm?" murmelte sie leise und versuchte, das Kribbeln in ihrem Inneren zu ignorieren, das sein Blick hinterlassen hatte. Wer auch immer er war, sie war sicher, dass sie ihm nicht das letzte Mal begegnet war.

Mit einem letzten Blick in die Richtung, in der er verschwunden war, machte sich Wilhelmina schließlich auf den Weg zurück – zurück zur Bruderschaft und ihrem kalten Zuhause, das alles andere als ein Ort des Trostes war.

Das Lichtenberg-Anwesen lag finster und bedrohlich am Stadtrand von München, fast so, als wollte es selbst den Anblick der umliegenden Welt vermeiden. Die imposanten Mauern aus grauem Stein erhoben sich schroff gegen den düsteren Nachthimmel, und die Fenster blickten wie leere Augen in die Dunkelheit hinaus. Wilhelmina schritt mit schnellen Schritten durch den alten Park, den von knorrigen Bäumen gesäumten Weg hinauf, bis zum Eingang des Hauses. Sie spürte noch immer das leichte Kribbeln von ihrem Zusammentreffen mit diesem mysteriösen Emil, doch sie schob das Gefühl energisch beiseite. Der

Gedanke an ihren Vater, Friedrich von Lichtenberg, ließ ihr die Realität schnell wieder ins Gedächtnis zurückkehren.

Kaum hatte sie die schwere Holztür geöffnet, hörte sie schon seine Stimme, kalt und unnachgiebig.

„Wilhelmina," sagte Friedrich mit einem Ton, der weder Begrüßung noch Freude ausdrückte. Er stand am Ende des Flurs, in einem dunklen Raum, dessen Wände mit alten Jagdtrophäen und Familienwappen verziert waren. Die jahrhundertealte Geschichte der Lichtenbergs tropfte förmlich von diesen Wänden – und die Erwartung, das Erbe fortzuführen, lastete wie eine unsichtbare Schlinge um Wilhelminas Hals.

„Vater," erwiderte sie, mit einem gezwungenen Lächeln, das sie sofort bereute. Es war wie ein Reflex, der ihr immer wieder einflüsterte, dass sie in seiner Gegenwart zumindest den Schein wahren musste.

„Ich hoffe, du hattest Erfolg," sagte Friedrich, und seine stechend grauen Augen musterten sie prüfend. „Ein weiterer Vampir, der die Straßen Münchens unsicher macht. Und die Bürger... sie sind in Sicherheit?"

Wilhelmina unterdrückte das Bedürfnis, die Augen zu verdrehen. Ja, natürlich, die Bürger. Die Bruderschaft war stolz darauf, die Stadt zu beschützen, aber manchmal fragte sie sich, ob es nicht mehr darum ging, den Namen Lichtenberg und die Traditionen der Bruderschaft hochzuhalten, als um die Sicherheit der Menschen. Dennoch nickte sie pflichtbewusst.

„Ja, Vater. Die Bedrohung wurde... neutralisiert."

„Gut." Friedrich strich sich über seinen perfekt getrimmten Bart und nickte kühl. „Du weißt, was die Ehre unserer Familie bedeutet. Jeder Fehler, jeder Moment der Schwäche wäre eine Schande, die wir uns nicht leisten können."

Wilhelmina biss sich auf die Lippe, um nicht zu antworten. Es war immer das Gleiche – ein monotoner Strom an Belehrungen und Erwartungen, der keine Abweichung duldete. Ihr Vater war die Bruderschaft in Person: eisern, unnachgiebig, kompromisslos. Alles, was sie tat, wurde genauestens beobachtet, jedes Detail ihres Lebens war eine Prüfung, eine Herausforderung, die sie stets meistern musste. Ihre Mission war klar, und sie durfte keinen Fehler machen. Gefühle, Sehnsüchte, Freiheit – all das waren Schwächen, die sie sich nicht leisten durfte. Die Dolch-Bruderschaft war ihre Familie, ihr Schicksal.

Friedrich musterte sie weiterhin, seine Augen kalt und abwägend. „Du warst schneller zurück als erwartet. Gab es... Probleme?"

Sie spürte, wie ihre Kehle trocken wurde, und zwang sich zu einem ruhigen Ton. „Nein, Vater. Ich hatte alles unter Kontrolle."

Er zog eine Augenbraue hoch und legte die Hände hinter den Rücken. „Alles unter Kontrolle...? Das hoffe ich doch. Die Lichtenbergs sind keine gewöhnlichen Jäger, Wilhelmina. Wir sind die Spitze dieser Bruderschaft, und als solche dürfen wir keine Fehler machen. Und ich erwarte, dass du diese Prinzipien vollkommen verinnerlicht hast."

„Natürlich," murmelte sie und bemühte sich, nicht allzu spöttisch zu klingen. „Ich erinnere mich ständig daran."

Friedrich ignorierte den leisen Sarkasmus in ihrer Stimme, und für einen Moment schien er seine Tochter fast zu durchbohren, als ob er tief in ihrem Inneren nach etwas suchte. Etwas, das sie sich nie zu zeigen erlaubte.

„Gut. Es ist wichtig, dass du die Werte der Bruderschaft stets im Herzen trägst," sagte er schließlich, und seine Stimme klang wie eine eisige Warnung. „Es gab in letzter Zeit einige... Unruhen. Eine Verschwörung, von der du nichts wissen sollst, und ich will sicher sein, dass du dich nicht ablenken lässt."

„Ablenken?" Sie zuckte mit den Schultern, aber ihr Herz schlug ein wenig schneller. „Nein, Vater. Ich wüsste nicht, wovon ich abgelenkt sein könnte."

„Gut," sagte er mit einem kurzen, kalten Nicken. „Denn du weißt, was die Bruderschaft erwartet: unbedingte Loyalität und absolute Entschlossenheit. Wenn du jemals in Versuchung geraten solltest, dich mit... Fremden einzulassen, die außerhalb unseres Ordens stehen, dann wäre das ein direkter Bruch mit unserem Vermächtnis."

Wilhelmina erstarrte für einen Moment. War das Zufall? Oder wusste er etwa von Emil? Das war unmöglich... Sie hatte ihn nur einmal getroffen, und ihre Gedanken wirbelten nun, während sie versuchte, eine überzeugende Antwort zu finden. Aber Friedrich war bereits dabei, sie mit einem letzten, durchdringenden Blick zu entlassen.

„Denke daran, Wilhelmina. Du bist nicht nur eine Jägerin. Du bist eine Lichtenberg. Deine Ehre ist die Ehre unserer Familie."

„Natürlich, Vater," sagte sie und schluckte, wobei sie sein kaltes Lächeln wie einen Dolch in ihrer Brust spürte. Dann wandte sie sich schnell ab und machte sich auf den Weg in ihre Gemächer.

Auf dem Weg durch die langen, dunklen Flure des Anwesens hallten die Worte ihres Vaters in ihrem Kopf nach. **„Unbedingte Loyalität... absolute Entschlossenheit... keine Ablenkungen."** Ja, sie kannte all das in- und auswendig, aber in dieser Nacht fühlte es sich an, als ob jedes dieser Worte wie ein starrer Käfig um sie herum wuchs.

Als sie schließlich die Tür zu ihrem Zimmer schloss, atmete sie tief durch und ließ ihre angestaute Wut in einem langsamen Seufzen entweichen.

Wilhelmina lehnte sich gegen die schwere Eichentür und schloss die Augen, das kühle Holz bot eine tröstliche Berührung gegen die heiße Wut, die immer noch in ihr brodelte. Ihr Vater hatte es wieder einmal geschafft, sie in die Ecke zu drängen – als wäre sie nichts weiter als ein weiteres Zahnrad in der großen Maschinerie der Bruderschaft. Loyalität, Tradition, Ehre. All diese Worte hingen ihr wie Ketten am Hals.

„Unbedingte Loyalität, absolute Entschlossenheit," murmelte sie spöttisch und ließ sich auf das große, antike Himmelbett fallen, das sie mehr an eine Grabstätte erinnerte als an einen Ort der Ruhe.

Aber kaum schloss sie die Augen, kamen die Bilder der Nacht zurück. Doch diesmal waren es nicht die blutroten Augen des Vampirs oder das kalte, graue Gesicht ihres Vaters, die sich in ihrem Kopf abspielten. Nein, es waren diese durchdringenden grünen Augen, die funkelten, als würden sie ihre Geheimnisse durchschauen. Die Augen von Emil.

„Ach, was für ein Narr," murmelte sie, während ihr Gesicht in die Kissen gedrückt war. Aber selbst jetzt konnte sie das leise Echo seines Lachens hören, diese Mischung aus Spott und… Interesse? Ihre Gedanken drifteten zurück zu diesem Moment in der dunklen Gasse, als er ihre Hand leicht ergriffen hatte, fest und doch zart, mit einer Wärme, die sie selbst jetzt noch spüren konnte.

Ein seltsames Kribbeln durchzog ihren Körper, und sie schüttelte den Kopf, um die Gedanken loszuwerden. „Ein Antiquitätenhändler!" höhnte sie und musste unwillkürlich lächeln. „Antiquitäten, ja klar."

Und doch, trotz ihres inneren Widerstands, flossen die Gedanken wie ein Fluss zurück zu ihm. Sie stellte sich vor, wie er ihr näherkam, diese Augen auf sie gerichtet, und der Hauch eines Lächelns auf seinen Lippen. **„Falls du mich jemals brauchst…"** Seine Worte hallten in ihrem Kopf wider, fast wie eine Einladung.

Wilhelmina rollte sich auf den Rücken, die Decke halb über sich gezogen, und starrte an die Decke, die in der Dunkelheit wie ein stummer Zeuge über ihr wachte. In ihrer Vorstellung trat Emil einen Schritt näher, bis sein Gesicht nur noch wenige Zentimeter von ihrem entfernt war, und sie spürte seine Hand auf ihrer Wange, sanft, aber doch fordernd.

Seine Stimme erklang leise in ihrem Kopf, fast wie ein Flüstern: „Ist das Leben in den Mauern deines Anwesens wirklich so aufregend, wie du behauptest, Wilhelmina? Oder sehnst du dich vielleicht nach... mehr?" In ihrer Fantasie berührte er ihre Lippen mit seinem Daumen, und sie spürte, wie ein heißer Schauder durch sie fuhr. Da war diese Mischung aus Zärtlichkeit und Ungezügeltheit, die sie beinahe dazu brachte, die Realität ganz zu vergessen.

Sie stellte sich vor, wie er sich noch näher zu ihr beugte, seine Lippen nur einen Atemzug von ihren entfernt. Ihr Herzschlag beschleunigte sich, und sie spürte, wie eine Spannung zwischen ihnen wuchs, eine unausgesprochene Herausforderung. Es war, als ob er sie testen würde, und sie wusste nicht, ob sie die Kraft hätte, dem zu widerstehen.

„Nur ein Antiquitätenhändler... wirklich, Wilhelmina?" höhnte eine innere Stimme, und sie lächelte unwillkürlich. Die Vorstellung, dass dieser Mann einfach so aus ihrem Leben verschwinden würde, erschien ihr immer absurder. Er hatte sich mit einer Selbstverständlichkeit in ihren Kopf eingebrannt, die sie gleichzeitig ärgerte und... faszinierte.

Sie schloss die Augen und ließ die Fantasie sich weiter entfalten. Er war jetzt noch näher, so nah, dass sie seine Wärme spüren konnte, die in dieser Nachtluft ein Hauch von Verborgenem war. Seine Hand glitt über ihre Wange, seine Lippen berührten leicht ihren Hals, und sie spürte, wie sie sich ihm unwillkürlich entgegenneigte.

Dann flüsterte er, leise und verführerisch: „Willst du wirklich dein ganzes Leben in der Dunkelheit dieser Mauern verbringen, Wilhelmina? Oder würdest du dich mir anschließen, wenn ich dich aus ihnen herausführe?"

Ihr Atem stockte, und ihre Gedanken drehten sich in einem Wirbel aus Verlangen und Widerspruch. Sie sollte diese Fantasie beenden, ihn aus ihren Gedanken vertreiben, doch stattdessen spürte sie, wie ein unerklärlicher Drang sie immer tiefer in diese Vorstellung zog.

„Abwegig," murmelte sie schließlich und öffnete die Augen, als ob das den Bann brechen könnte. Doch das Gefühl der Nähe blieb, wie eine unsichtbare Präsenz, die sich nicht einfach abschütteln ließ.

Wilhelmina rollte sich zur Seite und starrte aus dem Fenster, in die Nacht hinaus, die vom Mondlicht sanft erhellt wurde. Die Gedanken an Emil ließen sie nicht los, und in der kühlen Stille ihres Zimmers schwor sie sich, ihn das nächste Mal zur Rede zu stellen.

Aber etwas in ihrem Inneren flüsterte, dass es nicht bei einer simplen Begegnung bleiben würde. Und so ließ sie die Nacht verstreichen, während die Schatten ihrer Fantasien langsam in die Realität ihres Herzens einsickerten – wie ein Gift, das man nicht heilen konnte.

Kapitel 2

Die Antiquitätenhandlung lag wie eine versteckte Zeitkapsel in einer schmalen Gasse, nur ein unscheinbares Holzschild wies auf ihre Existenz hin: **"Schwarzwalds Raritäten und Kuriositäten"**. Die meisten Menschen, die daran vorbeigingen, warfen nur einen kurzen, neugierigen Blick hinein, bevor sie weiterliefen. Das, dachte Emil, war genau das, was er beabsichtigt hatte. Für die Außenwelt sollte sein Laden wie eine staubige Höhle voller vernachlässigter Schätze wirken – die besten Geheimnisse verbergen sich schließlich immer im Schatten.

Drinnen war der Laden ein einziges Labyrinth aus Regalen, die sich wie kleine, verwunschene Gassen aneinanderreihten. Überall stapelten sich Bücher, Gemälde mit vergilbten Gesichtern und uralte Artefakte aus längst vergangenen Zeiten. Manche dieser Gegenstände besaßen eine Art düstere Anziehungskraft, andere waren schlichtweg skurril und unverständlich. Über allem lag ein Duft von Leder, altem Papier und einer mysteriösen Würze, die er selbst nie so recht identifizieren konnte.

Emil saß an einem alten Schreibtisch, der mitten im Raum thronte, wie ein König, der über sein Reich von Relikten wachte. Seine Finger fuhren gedankenverloren über die Seiten eines alten Manuskripts, das er kürzlich erworben hatte. „Hexenverfolgungen im 17. Jahrhundert – Eine Chronik der vergessenen Künste". Ein Hauch von Nostalgie umspielte seine Lippen, während er las. Erinnerungen blitzten vor seinem inneren Auge auf – an Nächte voller Flucht und Geheimnisse, an schattenhafte Figuren, die ihm halfen, zu überleben, als andere sich gegen ihn verschworen. Aber das war lange her.

„Noch immer in Erinnerungen schwelgend, Emil?" Eine sanfte, aber durchdringende Stimme erklang hinter ihm, und er drehte sich langsam um, ein leises Lächeln auf den Lippen.

„Isabella," begrüßte er die Frau, die an der Tür seines Arbeitszimmers stand, elegant wie eine Statue. Ihre Augen hatten eine seltsame Tiefe, die immer an den Rand des Wissens führte, das nur wenigen vergönnt war. Sie trat näher, ihr dunkles Haar wie ein Schleier, der ihre geheimnisvolle Aura verstärkte.

„Diese alten Bücher faszinieren dich immer noch," bemerkte sie und zog eine Augenbraue hoch, während sie das Manuskript auf seinem Tisch fixierte. „Glaubst du wirklich, dass du in diesen verstaubten Seiten noch etwas Neues finden kannst?"

„Manchmal ist das Alte der Schlüssel zum Neuen," antwortete Emil leise, ohne den Blick von ihr abzuwenden. Er wusste, dass sie ihm nie alles sagte, dass sie Geheimnisse hatte, die sich vor ihm wie ein dicker Nebel verhüllten – und doch war sie seine Mentorin, die Frau, die ihm das Überleben in einer Welt voller Feinde gelehrt hatte.

Isabella lachte leise, das Lachen hatte eine dunkle Note. „Weißt du, das ist einer der Gründe, warum ich dich nie ganz durchschauen kann, Emil. Du glaubst, dass in all diesen Dingen ein Hauch von Wahrheit verborgen liegt – doch manchmal reicht ein Blick auf die Gegenwart, um alles zu erkennen."

„Und doch hast du mir immer beigebracht, in die Vergangenheit zu blicken, Isabella," erwiderte er und legte das Manuskript vorsichtig beiseite. „Warum also der Wandel in deiner Philosophie?"

Sie schritt auf ihn zu und legte ihm eine Hand auf die Schulter, eine sanfte, aber bestimmende Geste. „Weil die Vergangenheit manchmal wie ein Spiegel ist, in dem wir uns verlieren können. Du hast ein Ziel, Emil, eine Aufgabe – vergiss das nicht. Diese Stadt ist voller Schatten, und manche von ihnen drohen, dich zu verschlucken."

„Vielleicht sind die Schatten genau das, was ich suche," erwiderte er leise, ein Hauch von Ironie in seiner Stimme. „Manche Geheimnisse sind es wert, gefunden zu werden – und manche Menschen auch."

Isabella musterte ihn einen Moment lang, als könnte sie in seinen Gedanken lesen. Ihre Augen verengten sich leicht. „Manche Menschen? Du meinst nicht etwa..." Sie ließ den Satz unbeendet, aber Emil spürte die unausgesprochene Frage in der Luft hängen.

„Wilhelmina von Lichtenberg?" ergänzte er amüsiert. „Ja, ich habe die Jägerin getroffen. Eine interessante Frau, selbst für die Bruderschaft. Aber nein, keine Sorge, Isabella – sie ist nur eine Begegnung, nicht mehr."

Ein Funkeln blitzte in Isabellas Augen auf, ein Schatten von Misstrauen, doch sie ließ es unkommentiert. „Gut," sagte sie schließlich. „Behalte deine Prioritäten im Auge, Emil. Die Bruderschaft ist ein gefährliches Spiel, und du weißt, dass wir niemandem trauen können."

„Nicht einmal mir?" fragte er mit einem verschmitzten Lächeln.

„Nicht einmal dir," antwortete sie ernst und wandte sich schließlich von ihm ab. „Aber ich vertraue darauf, dass du klug genug bist, keine Dummheiten zu machen."

Mit diesen Worten glitt sie leise aus dem Raum und ließ ihn allein mit den Schatten und Geheimnissen seines Ladens.

Emil saß noch über seine Aufzeichnungen gebeugt, als das altmodische Glöckchen über der Ladentür klingelte. Er hob den Blick und sein Gesicht verzog sich zu einem kaum merklichen Lächeln. Im Eingang stand niemand Geringeres als Wilhelmina von Lichtenberg, eine vertraute Mischung aus Stolz und Spott auf ihren

Gesichtszügen, die sie wie eine Herausforderung erscheinen ließ. Ihre Augen glitten kühl durch den Raum, nahmen jedes Detail auf, und Emil musste ein Lachen unterdrücken. Sie sah aus, als sei sie hier, um einen gefürchteten Dämon zu konfrontieren – oder zumindest das bedrohliche Gespenst einer schlechten Antiquität.

„Na, welch eine Überraschung," begann er leise, seine Stimme eine Spur zu sanft, um wirklich harmlos zu wirken. „Was bringt die Elite-Jägerin der Dolch-Bruderschaft in die... Bescheidenheit meines Antiquitätengeschäfts?"

Wilhelmina hob eine Augenbraue und schritt weiter in den Laden hinein, das Geräusch ihrer Stiefel hallte auf dem alten Holzboden. Sie wirkte fast... gelangweilt. Oder tat zumindest ihr Bestes, um es so aussehen zu lassen. „Ich dachte, ich schau mal vorbei," sagte sie in einem Ton, der klar ausdrückte, dass sie nichts „mal eben so" tat. „Ein Antiquitätenladen wie dieser... könnte schließlich interessante Informationen verbergen."

„Interessante Informationen?" Er lächelte leicht, lehnte sich zurück und verschränkte die Arme vor der Brust. „Und was für Informationen könnten das wohl sein? Alte Rezepte? Geistergeschichten? Oder vielleicht etwas über die... Bewohner der Nacht?"

Wilhelmina funkelte ihn an. „Ich suche Informationen über Vampire," sagte sie mit einem Blick, der ihn warnte, sie besser nicht zu unterschätzen. „Aber du scheinst ja so ziemlich alles über die Bewohner der Nacht zu wissen, oder?"

Er tat, als müsse er nachdenken, legte eine Hand an sein Kinn und blickte sie gespielt ahnungslos an. „Vampire? Hmm... Meinst du die Sorte, die nach Blut dürstet oder eher die poetischeren, melancholischen Typen?"

Wilhelmina schnaubte verächtlich. „Ach, halt doch den Mund, Emil. Ich will wissen, was du über die letzten... Vorkommnisse weißt."

Es verschwinden Leute. Irgendetwas stimmt nicht. Und ich will herausfinden, was."

„Du denkst also, mein kleiner, bescheidener Laden ist das Zentrum aller düsteren Machenschaften Münchens?" Emil ließ seinen Blick über die Sammlung von Porzellanvasen und eingerahmten Landkarten schweifen, bevor er sie wieder fixierte. „Interessant."

Sie verschränkte die Arme und musterte ihn, ihr Blick messerscharf. „Ich denke, dass du vieles verbergen könntest. Mehr, als du vorgibst."

Für einen Moment sahen sie sich einfach nur an, ihre Blicke wie Schwerter, die im Duell aufeinanderprallten. Emil spürte eine vertraute Spannung, eine Art elektrisches Knistern in der Luft. Es war... unterhaltsam, wenn auch gefährlich.

„Was ist, wenn ich dir sage, dass ich vielleicht das eine oder andere weiß, das dir nützlich sein könnte?" Er trat einen Schritt näher, bis sie ihn fast aus Reflex zurückwich. Doch sie hielt die Distanz aufrecht, hob das Kinn ein wenig herausfordernd.

„Dann würdest du mir vielleicht endlich mal zeigen, was du so alles in deinem Laden versteckst," sagte sie leichthin, doch ihre Augen verengten sich, als wäre sie bereit, bei der geringsten Bewegung einen Angriff zu starten.

Er grinste, und der Ausdruck in seinem Blick wurde dunkler, fast gefährlich. „Nun, falls du dich traust, Lichtenberg," murmelte er und bedeutete ihr mit einer leichten Handbewegung, ihm zu folgen.

Sie zögerte für einen Moment, aber die Neugier siegte schließlich über ihre Vorsicht. Emil führte sie in eine Ecke des Ladens, die halb im Schatten lag, wo eine unscheinbare hölzerne Vitrine stand, bestückt mit verstaubten Büchern und Kerzenhaltern, die aussahen, als wären sie direkt aus einer längst vergangenen Epoche gefallen.

„Beeindruckend," murmelte Wilhelmina trocken, aber Emil schob bereits einige der Bücher beiseite und griff in eine kleine Vertiefung an der Rückseite der Vitrine. Mit einem leisen Klicken schwang ein verstecktes Panel auf und enthüllte eine dunkle, schmale Treppe, die in die Tiefen des Gebäudes führte.

Wilhelmina zog eine Augenbraue hoch. „Natürlich. Ein Antiquitätenhändler mit einem Geheimgang."

„Natürlich." Emil lächelte, ein geheimnisvolles Funkeln in seinen Augen. „Wie könnte ich dich sonst beeindrucken?"

Sie folgte ihm die Stufen hinab, die knarrend unter ihren Schritten nachgaben, während der Raum um sie herum immer dunkler wurde. Bald war das einzige Licht das schwache Flackern einer Lampe, die Emil in der Hand hielt. Die Luft roch nach altem Stein und vergessenen Geheimnissen, und Wilhelmina spürte, wie sich die Anspannung in ihrer Brust verstärkte. Sie war sich bewusst, dass dies eine dumme Entscheidung gewesen sein könnte – sich allein in die Tiefen seines Ladens führen zu lassen. Aber sie wusste auch, dass sie keine andere Wahl hatte. Der geheimnisvolle Fremde und die ungelösten Fragen in ihrem Kopf ließen ihr keine Ruhe.

„Was genau hast du hier unten?" fragte sie, ihre Stimme klang kühl, aber Emil bemerkte die feine Nuance der Neugier darin.

„Ein paar... besondere Objekte," antwortete er beiläufig und öffnete schließlich eine schwere, eiserne Tür, die in einen Raum führte, der größer war, als sie erwartet hätte. In der Mitte des Raumes stand ein massiver Holztisch, übersät mit Büchern, Papyrusrollen und Artefakten, die aus aller Welt zu stammen schienen. Auf einem Podest in der Ecke thronte ein altes Schwert, das bei näherem Hinsehen mit seltsamen Symbolen verziert war.

„Das ist also dein... Archiv der Geheimnisse?" Sie ließ ihren Blick über die Regale schweifen, die sich bis zur Decke erstreckten und voller ungewöhnlicher Gegenstände waren, die sie kaum einordnen konnte.

„Du kannst es so nennen." Emil stand neben ihr und beobachtete sie, ein sanftes Lächeln umspielte seine Lippen. „Oder vielleicht ist es einfach nur mein... Hobby."

„Ein Hobby?" Sie lachte leise, aber es klang eher wie ein spöttisches Schnaufen. „Du sammelst also gruselige, alte Dinge in deinem Keller und nennst das ein Hobby? Ich muss sagen, deine Definition von Freizeitgestaltung ist... einzigartig."

„Nun ja," entgegnete er und trat einen Schritt näher, „wir haben alle unsere Geheimnisse, nicht wahr? Aber manche Geheimnisse sind vielleicht gefährlicher, als du denkst, Wilhelmina."

Sie hielt seinem Blick stand, doch ihr Herz schlug einen Takt schneller. Da war diese Nähe, dieser unausgesprochene Funke zwischen ihnen, der sie dazu brachte, jedes Wort doppeldeutig zu deuten, jede Geste zu hinterfragen.

„Vielleicht sollte ich diese Geheimnisse genauer untersuchen," sagte sie schließlich und griff nach einem alten Amulett auf dem Tisch, das seltsam in ihrer Hand funkelte. Doch Emil legte eine Hand auf ihre und hielt sie auf.

„Vorsicht," flüsterte er, seine Stimme war kaum mehr als ein Murmeln, und seine Finger ruhten auf ihrer Haut. „Manche Geheimnisse sind es nicht wert, gelüftet zu werden."

Für einen Moment vergaß Wilhelmina den Raum, den alten Staub und die Schatten. Da war nur noch seine Hand auf ihrer und die Spannung, die sich wie ein unsichtbares Band zwischen ihnen spannte.

Wilhelmina spürte den warmen Druck von Emils Hand auf ihrer, und obwohl ihr Verstand ihr befahl, sich zurückzuziehen, verharrte sie wie gefangen in diesem Moment. Die Luft schien plötzlich schwer, durchzogen von unausgesprochenen

Gedanken, und sie blickte in seine grünen Augen, die im schummrigen Licht fast wie smaragdene Flammen schimmerten.

„Willst du mir etwa sagen, ich sei nicht fähig, das Risiko einzuschätzen?" Sie zog die Hand zurück, aber die Wärme seiner Berührung blieb wie ein Schatten auf ihrer Haut.

„Oh, ich bin mir sicher, dass du Risiken einschätzen kannst, Wilhelmina," erwiderte er leise, und sein Lächeln hatte etwas Unbestimmtes, fast Herausforderndes. „Aber manchmal sind die größten Gefahren diejenigen, die wir aus Neugier selbst heraufbeschwören."

„Vielleicht ist das genau mein Fachgebiet," konterte sie, das Kinn trotzig erhoben. „Falls du es vergessen hast, ich bin eine Jägerin. Und das bedeutet, dass ich nicht zurückschrecke, nur weil jemand glaubt, er könnte mich mit ein paar alten Legenden und düsteren Geheimnissen beeindrucken."

„Beeindrucken?" Er zog die Augenbrauen hoch und musterte sie, sein Lächeln kaum merklich breiter. „Interessant. Ich hatte eher den Eindruck, dass du hier bist, weil... nun ja, sagen wir, ein gewisses Interesse geweckt wurde."

Wilhelmina erwiderte seinen Blick mit einer Mischung aus Ungeduld und Amüsement. „Glaub bloß nicht, dass ich hier bin, weil ich an dir interessiert bin, Emil. Tatsächlich hätte ich heute Abend viel sinnvollere Dinge tun können, als dir bei deiner Sammlung von... Kuriositäten Gesellschaft zu leisten."

Er trat einen Schritt zurück und lachte leise, das Geräusch war weich, fast sanft, aber seine Augen glitzerten mit etwas, das sie herausforderte. „Natürlich. Du hast ja ganz zufällig beschlossen, hier vorbeizuschauen, um Informationen zu sammeln, nicht wahr? Und diese Informationen könnten natürlich nur in einem verstaubten Antiquitätenladen zu finden sein."

„Glaubst du wirklich, dass ich so leicht zu durchschauen bin?" Ihre Stimme triefte vor Spott, aber sie spürte, wie ihr Herzschlag ein wenig schneller wurde. Er spielte mit ihr – aber auf eine Weise, die sie reizte, sie zugleich irritierte und faszinierte.

„Du bist alles andere als leicht zu durchschauen," antwortete er leise und trat näher, sodass sie seinen Atem auf ihrer Haut spüren konnte. „Doch manchmal ist die größte Herausforderung, die eigenen Geheimnisse vor sich selbst zu verbergen."

Wilhelmina wollte ihm eine scharfe Antwort geben, doch ihr Mund blieb trocken, und in der angespannten Stille des Raumes war es, als ob jeder Atemzug von einer verborgenen Spannung durchzogen war. Sie fühlte sich ertappt, wie in einer Falle – und dennoch war da ein Teil in ihr, der sich dieser Spannung nur zu gerne hingab.

„Zeigst du mir nun, was du hier unten hast, oder willst du weiter über Geheimnisse philosophieren?" fragte sie schließlich und verschränkte die Arme vor der Brust, um ihren Entschluss zu betonen. Die Fassade der Jägerin, die nichts und niemanden an sich heranließ, schien ihr jetzt das einzige Mittel, um die aufkeimenden Gedanken zu ersticken.

Emil lächelte leicht und bedeutete ihr mit einer Geste, ihm zu folgen. Er führte sie durch den Raum, vorbei an Regalreihen voller Artefakte, bis sie an eine große, eisenbeschlagene Truhe kamen, die aussah, als sei sie vor Jahrhunderten versiegelt worden. Er kniete sich hin, zog einen kleinen Schlüssel aus seiner Tasche und drehte ihn langsam im Schloss.

„Was auch immer du hier findest – versuche, es mit Vorsicht zu betrachten," murmelte er und hob den Deckel der Truhe.

In der Truhe lag ein alter, in Leder gebundener Foliant, dessen Einband mit mystischen Symbolen verziert war. Daneben lagen mehrere Fläschchen mit merkwürdigen Substanzen, Pergamentrollen und ein Amulett, das in der Dunkelheit wie eine Glut schimmerte.

Wilhelmina kniete sich daneben und griff vorsichtig nach dem Amulett. Die kalte Oberfläche lag schwer in ihrer Hand, und ein seltsames, fast beruhigendes Gefühl durchströmte sie. Sie hatte schon viele Artefakte gesehen, doch dieses hier hatte etwas... Persönliches, etwas, das sie faszinierte, ohne dass sie es in Worte fassen konnte.

„Das ist kein gewöhnliches Amulett," murmelte sie, und ihre Stimme hatte einen ungewohnt sanften Klang.

„Nein," bestätigte Emil, und sein Blick ruhte auf ihr, als ob er etwas suchte, das über das bloße Artefakt hinausging. „Es gehörte einst jemandem, der... eine besondere Verbindung zu diesen Kräften hatte."

„Eine besondere Verbindung?" Sie lachte trocken und ließ das Amulett auf ihre Handfläche fallen, als würde sie es abwägen. „Du klingst, als würdest du an eine romantische Geschichte glauben, Emil. Ist das dein Versuch, mich zu beeindrucken?"

„Vielleicht." Sein Lächeln war kaum mehr als ein Anflug, doch seine Augen blitzten mit einer Intensität, die sie nur allzu gut verstand. „Aber vielleicht ist es auch einfach die Wahrheit. Manche Dinge haben eine Kraft, die man nicht erklären kann. So wie... die Anziehungskraft von Geheimnissen."

Sie wollte antworten, doch seine Hand lag plötzlich wieder auf ihrer, und sie konnte spüren, wie ein Schauer über ihren Arm lief. „Oder die Anziehungskraft von Menschen," flüsterte er leise, und sie spürte, wie ihr Herzschlag unwillkürlich schneller wurde. Da war etwas in seinem Blick, das sie herausforderte, sie förmlich dazu drängte, ihn zu durchschauen – und doch blieb er wie ein Rätsel, ein Schatten, der sich nur schemenhaft erkennen ließ.

„Vielleicht bist du nur ein weiterer Wichtigtuer, der sich für mysteriöser hält, als er ist," erwiderte sie schließlich, ihre Stimme kühl, doch in ihrem Inneren tobte ein Sturm. „Und vielleicht solltest du es lassen, mir mit deinen Andeutungen den Kopf zu verdrehen."

Er lachte leise, und sein Griff um ihre Hand wurde für einen Moment stärker. „Oh, ich denke, du wirst bald herausfinden, wie ernst es mir ist, Wilhelmina. Manchmal müssen wir nur ein Risiko eingehen, um die Wahrheit zu finden."

Sie wollte etwas erwidern, doch ein plötzliches Geräusch ließ sie beide zusammenzucken. Von irgendwoher hörten sie ein Knarren, und Emil ließ ihre Hand los und stellte sich aufrecht hin, den Blick in die Dunkelheit gerichtet.

„Besuch? Nach Geschäftsschluss?" murmelte er, und ein Hauch von Belustigung schlich sich in seine Stimme. „Ich hoffe, du hast dir nicht noch mehr Freunde mitgebracht."

„Das hoffe ich auch," erwiderte Wilhelmina und löste sich ebenfalls von ihm. Ihr Puls raste noch immer, doch sie schob die aufkeimenden Gedanken beiseite, bereit für das, was auch immer kommen würde.

Während die Schritte in der Dunkelheit näher kamen, warf Emil ihr einen schnellen Blick zu, seine Augen voller unausgesprochener Fragen.

Die Schritte kamen näher, hallten in dem düsteren Raum, und Emil und Wilhelmina tauschten einen letzten Blick, bevor sie sich unauffällig zur Wand zurückzogen. Wilhelmina spürte, wie sich das Adrenalin in ihrem Körper aufbaute, jeder Muskel gespannt und bereit. Doch als sie den Besucher schließlich erkannte, verdrehte sie die Augen – typisch. Natürlich war es Lieselotte.

„Wilhelmina! Du weißt, dass man bei dir kaum Luft holen kann, ohne dass du aus dem Schatten auftauchst. Oder aus einer dubiosen Antiquitätenhandlung," sagte Lieselotte und trat selbstbewusst in den Raum, ihre Augen glitzerten belustigt, aber auch kritisch. Ihr Blick wanderte zwischen den beiden hin und her und blieb dann vielsagend auf Emil hängen.

„Ach, und du bist wohl die beste Freundin?" fragte Emil leichthin, die Arme verschränkt, sein Gesichtsausdruck eine perfekte Mischung aus Unschuld und Herausforderung.

„Emil Schwarzwald, ich nehme an?" Lieselotte ließ sich von ihm nicht beeindrucken. Sie warf ihm ein Lächeln zu, das man ebenso gut als Warnung hätte interpretieren können. „Oder soll ich dich lieber Herr Antiquitätenhändler nennen?"

„Ganz, wie es dir beliebt," erwiderte Emil und hob die Augenbrauen. „Ihr habt eine interessante Freundschaft, Lieselotte."

„Und du hast interessante Gewohnheiten, Schwarzwald," entgegnete sie trocken. „Zum Beispiel junge, ahnungslose Jägerinnen in deine düsteren... nennen wir es Geheimverstecke zu locken."

Wilhelmina schnaubte, ihre Geduld war fast am Ende. „Lieselotte, was genau willst du hier? Kommst du zufällig her, um mich zu retten, oder soll das eine Besichtigungstour werden?"

Lieselotte trat näher und legte eine Hand auf Wilhelminas Schulter, ihr Gesichtsausdruck wurde ernst. „Ich bin hier, weil ich dich warnen muss, Mina. Dieser Mann hier... er ist alles andere als harmlos. Und ich rede nicht nur von der Tatsache, dass er seine Tage zwischen... alten Schätzen und Staub verbringt."

„Danke für die Einschätzung, aber ich habe meine Lage unter Kontrolle," sagte Wilhelmina scharf und trat einen Schritt zurück. „Das hier ist meine Entscheidung."

„Vielleicht ist es deine Entscheidung, aber du weißt nicht, worauf du dich einlässt. Emil Schwarzwald ist nicht nur ein Antiquitätenhändler – er ist... kompliziert." Lieselotte sprach das Wort so aus, als wäre es die verkürzte Version von „lebensgefährlich".

„Kompliziert?" Emil hob eine Augenbraue und schenkte ihr ein spöttisches Lächeln. „Das klingt ja, als hättest du meine Biografie studiert."

„Ach, das brauchte ich nicht." Lieselotte schüttelte den Kopf und wandte sich an Wilhelmina, ihre Augen hatten einen unerwartet besorgten Ausdruck. „Mina, ich weiß, dass du stark und klug bist, aber manche Dinge... Manche Menschen haben mehr Gesichter, als man auf den ersten Blick erkennen kann."

„Danke, aber ich glaube, ich komme zurecht." Wilhelmina verschränkte die Arme, sah von Emil zu Lieselotte und spürte, wie die Spannung erneut in die Luft stieg. „Ist das wirklich nötig? Ich bin keine Anfängerin, Lieselotte."

„Und doch," erwiderte Lieselotte mit einem Blick, der mehr sagte als Worte. „Glaub mir einfach, wenn ich sage, dass es klüger ist, eine gesunde Distanz zu wahren." Sie warf Emil einen letzten durchdringenden Blick zu, und ihre Miene ließ keinen Zweifel daran, dass sie ihn am liebsten auf der Stelle aus der Nähe ihrer Freundin verbannt hätte.

„Lieselotte, das ist wirklich rührend," sagte Emil in einem beiläufigen Ton, der jedoch eine tiefe Belustigung verriet. „Aber ich versichere dir, ich habe keine Pläne, Wilhelmina in irgendeine Gefahr zu bringen. Außer vielleicht die Gefahr, dass sie sich langweilt."

Lieselotte lächelte süßlich, aber ihre Augen funkelten gefährlich. „Langweilen, ja? Ich nehme an, so etwas wie Langeweile wäre in deinem Fall ein Todesurteil, Emil."

Wilhelmina spürte, dass sich der Schlagabtausch hier immer mehr zuspitzte, und entschied, dass es an der Zeit war, das Gespräch wieder in die Hand zu nehmen. „Okay, genug." Sie richtete sich auf und sah erst Lieselotte, dann Emil ernst an. „Ich bin hier aus eigenen Gründen, und ich bin die Letzte, die Schutz braucht, verstanden?"

Lieselotte schnaubte und trat einen Schritt zurück, als würde sie sich von einem verlorenen Streit zurückziehen. „Gut. Aber vergiss nicht, was ich dir gesagt habe, Wilhelmina. Manche Menschen verdienen es nicht, dass du ihnen traust. Und manchmal sind die faszinierendsten Dinge die, die dir am meisten schaden können."

Sie musterte Emil noch einmal kurz, und ihre Lippen verzogen sich zu einem angespannten Lächeln. „Also schön, Mina. Es ist deine Entscheidung. Aber erwarte nicht, dass ich zuschaue, wenn du am Ende auf einem Scherbenhaufen stehst."

„Ich werde es mir merken," sagte Wilhelmina und ließ Lieselottes Hand von ihrer Schulter gleiten. „Und danke, dass du gekommen bist."

„Ich hoffe, du weißt, was du tust." Mit einem letzten, warnenden Blick drehte sich Lieselotte um und verschwand die Treppe hinauf, ihre Schritte hallten in der Stille des Raumes nach.

Als die Tür hinter ihr zufiel, war für einen Moment nur Stille zwischen Emil und Wilhelmina, eine Spannung, die beinahe greifbar war.

„Deine Freundin hat eine... sagen wir, lebhafte Fantasie," murmelte Emil und lächelte amüsiert. „Anscheinend hat sie mich ja schon als gefährlichen Bösewicht eingestuft."

„Und ist sie damit so falsch?" Wilhelmina ließ ihren Blick prüfend über ihn gleiten. „Lieselotte ist selten jemand, der ohne Grund zur Vorsicht mahnt."

„Ach, ich kann auch ein ganz braver Antiquitätenhändler sein, wenn es darauf ankommt," sagte er unschuldig, seine Augen jedoch blitzten schelmisch auf.

„Sicher." Sie lachte trocken. „Ein braver Antiquitätenhändler, der zufällig ein Geheimversteck voller mystischer Artefakte in seinem Keller hat. Genau mein Bild von einem braven Bürger."

„Vielleicht," sagte er und trat einen Schritt näher, sein Blick funkelte herausfordernd, „solltest du dich lieber fragen, warum du eigentlich hier bist. Vielleicht habe ich nicht nur dich in diesen Laden gelockt. Vielleicht... wolltest du es."

Ihre Wangen wurden warm, und sie räusperte sich. „Vielleicht bin ich hier, weil ich Antworten will, Emil. Mehr ist das nicht."

„Und vielleicht bist du hier," murmelte er leise, seine Stimme tief und fast wie eine Verlockung, „weil du spürst, dass diese Antworten nur ein kleiner Teil dessen sind, was du eigentlich suchst."

Wilhelmina öffnete den Mund, um zu widersprechen, aber die Worte blieben in ihrer Kehle stecken. Sein Blick war durchdringend, forschend, und sie spürte, wie eine unerklärliche Wärme sich in ihr ausbreitete. Ein Gedanke schoss ihr durch den Kopf, ein Gedanke, den sie sofort verjagen wollte – dass sie ihm vielleicht wirklich näher sein wollte. Dass sie in dieser Dunkelheit mehr suchte als nur Geheimnisse.

Sie straffte sich und sah ihn fest an. „Ich bin nicht hier für Spielchen, Emil."

„Nein," sagte er leise und trat schließlich einen Schritt zurück. „Aber manchmal sind es gerade die Spielchen, die das Leben… interessant machen."

Ein Lächeln huschte über seine Lippen, bevor er sich umdrehte und in die Dunkelheit seines Ladens verschwand, seine Schritte kaum hörbar. Wilhelmina blieb allein zurück, das Herz rasend, die Gedanken verwirrt.

Und als sie den Raum verließ, wusste sie, dass Lieselottes Warnung noch lange in ihrem Kopf widerhallen würde – doch dass sie vielleicht schon zu tief in diesem Labyrinth aus Geheimnissen und Gefühlen gefangen war, um noch einen Weg hinaus zu finden.

Kapitel 3

Der Mond hing über München wie ein Zeuge in blasser Stille, während die Stadt im Schlaf lag. Doch Wilhelmina war wach. Jede ihrer Sinne war geschärft, jede Bewegung eine Waffe. Ihre Beute war nahe. Sie konnte es spüren – das kalte, schaurige Gefühl, das von ihm ausging, wie eine unsichtbare Spur des Todes. Der Vampir war schnell, ja, aber sie war schneller. Die Gassen der Altstadt waren ihr vertraut, und jede ihrer Bewegungen ließ sie wie ein Schatten durch die Nacht gleiten.

Ein leises Rascheln hallte durch die dunkle Gasse, und Wilhelmina verengte die Augen. Der Vampir – arrogant genug, um die Jägerin zu unterschätzen, war zu selbstsicher geworden. Sie sah ihn nur als verschwommene Gestalt, die sich in den Schatten bewegte, ein Flackern von bleicher Haut und kalten, schwarzen Augen.

„Du kannst dich nicht verstecken," murmelte sie und beschleunigte ihren Schritt, der Klang ihrer Stiefel hallte von den alten Steinmauern wider.

Doch plötzlich, kaum hörbar, klang ein leises Lachen durch die Stille der Nacht. Ein Lachen, das ihr unerklärlicherweise vertraut vorkam. Ein Schatten löste sich vor ihr aus der Dunkelheit und ging lässig auf sie zu. Groß, mit einem selbstzufriedenen Grinsen und – natürlich – Emil.

„Muss ich dich immer wieder vor deiner eigenen Tollkühnheit retten, Wilhelmina?" Sein Lächeln blitzte im Mondlicht auf, und sie spürte, wie Ärger in ihr aufstieg – zusammen mit diesem unvermeidlichen, ärgerlichen Kribbeln in ihrem Bauch.

„Ach, da ist er ja wieder," sagte sie trocken und verschränkte die Arme vor der Brust. „Hast du es dir zur Lebensaufgabe gemacht, mich zu verfolgen, Emil?"

„Nun, ich würde es eher eine... zufällige Kollision nennen," erwiderte er und zuckte mit den Schultern. „Aber ehrlich gesagt – ich konnte nicht widerstehen. Du siehst so verdammt konzentriert aus, wenn du auf der Jagd bist. Ich dachte, du könntest vielleicht etwas Gesellschaft gebrauchen."

Wilhelmina warf ihm einen finsteren Blick zu und versuchte, die Wärme zu ignorieren, die sein Lächeln in ihr auslöste. „Wie rührend. Aber du solltest besser verschwinden. Ich habe Wichtigeres zu tun, als mit dir über mein Hobby zu diskutieren."

„Wichtigeres, als mir das Leben zu retten?" Emil schüttelte den Kopf, als könnte er diese Idee nicht ernst nehmen. „Ein Vampir also?"

„Ja," antwortete sie knapp. „Und du solltest besser nicht im Weg stehen."

Doch bevor sie weitersprechen konnte, tauchte der Vampir am Ende der Gasse auf, seine Augen glühten vor Gier und Zorn. Ein Hauch von Grausamkeit umgab ihn, und seine Lippen verzogen sich zu einem höhnischen Grinsen. „Nun, was für ein Glück – ein Festmahl aus zwei Hälften. Oder wollt ihr euch um mich streiten?"

Wilhelmina zuckte nicht einmal mit der Wimper. Sie zog ihren Dolch und nahm ihre Kampfhaltung ein. „Du bist nichts weiter als ein weiteres Ziel," sagte sie leise. „Ein Staubkorn in dieser Stadt."

Doch Emil, zu ihrer Verwunderung, schritt neben sie, als wäre dies die natürlichste Sache der Welt. „Also schön, ich werde dir ausnahmsweise zur Hand gehen. Es wäre schade, wenn du ohne mich einen kleinen... Fehler machst."

„Ich mache keine Fehler," entgegnete sie und blickte ihn scharf an. „Und wenn ich dich aus Versehen erstechen sollte, dann würde ich das kaum als Fehler bezeichnen."

Emil grinste nur und richtete seinen Blick auf den Vampir, der bereits auf sie zustürmte. „Nun, dann lass uns sehen, wie viel Spaß du wirklich haben kannst, Lichtenberg."

In einer geschmeidigen Bewegung, fast synchron, stürzten sie sich beide auf den Vampir. Wilhelmina bewegte sich mit Präzision und Kraft, ihre Angriffe waren gezielt und tödlich. Doch Emil schien ihr in nichts nachzustehen. Er wich den schnellen, messerscharfen Angriffen des Vampirs mühelos aus, und seine Bewegungen hatten etwas Faszinierendes, fast Hypnotisches. Wilhelmina bemerkte, dass seine Augen im schwachen Licht der Nacht kurz aufblitzten, fast übernatürlich – ein Detail, das ihr nicht entging.

Der Vampir fauchte und schlug mit voller Wucht auf sie ein, doch bevor er sie erreichen konnte, war Emil da, schob sich wie ein Schutzschild zwischen sie und den Angriff und parierte mit einer Kraft, die für einen Antiquitätenhändler... sagen wir, bemerkenswert war.

„Beeindruckend," murmelte Wilhelmina und zog ihren Dolch zurück, bevor sie dem Vampir einen gezielten Tritt in den Rücken verpasste, sodass er taumelte. „Sag mir, Emil, wie ein Antiquitätenhändler zu solchen... Reflexen kommt?"

„Ich habe eine ausgezeichnete Fitnessroutine," erwiderte er grinsend und blockte den nächsten Angriff mit Leichtigkeit ab. „Und... etwas Erfahrung in schwierigen Situationen."

Sie konnte das Prickeln auf ihrer Haut spüren, während sie ihm zur Seite stand und gemeinsam mit ihm den Vampir in die Ecke trieben. Jeder Angriff, jede Bewegung brachte sie näher zueinander, und während sie kämpften, fühlte sie, wie ihre Schultern, ihre Hände, sogar ihre Körper immer wieder aneinander stießen. Es war wie ein Tanz, ein tödlicher, synchronisierter Tanz, und sie spürte die

Kraft, die von ihm ausging – eine Kraft, die sie nicht erwartet hatte und die sie seltsamerweise faszinierte.

„Also, Lichtenberg," flüsterte er neben ihrem Ohr, während sie beide einen Augenblick verschnauften, den Vampir vor sich fixierend, der sich in der Enge der Gasse gefangen fühlte. „Gefällt dir die Zusammenarbeit?"

„Es... ist akzeptabel," gab sie leise zu, und ihre Stimme klang sogar in ihren eigenen Ohren heiserer, als sie wollte.

Bevor der Vampir einen weiteren Angriff wagen konnte, schloss Wilhelmina die Hand fester um ihren Dolch, sprang vor und versenkte die silberne Klinge mit einem letzten, entschlossenen Stoß in die Brust ihres Gegners. Ein ersticktes Fauchen, ein letztes Zucken, und der Körper des Vampirs verwandelte sich in Asche, die sanft zu Boden rieselte und im Wind verwehte.

Wilhelmina atmete schwer, während sie sich zurücklehnte und Emil mit hochgezogener Augenbraue ansah. „Na schön," sagte sie, die Müdigkeit in ihrer Stimme verborgen, „das war also deine Vorstellung von einem aufregenden Abend, ja?"

„Oh, ich habe das schon als durchaus... anregend empfunden," erwiderte er, sein Blick funkelte, und er trat noch näher an sie heran. Sie spürte seinen Atem auf ihrer Haut, und für einen flüchtigen Moment vergaß sie alles – den Kampf, die Kälte der Nacht, sogar ihre Rolle als Jägerin.

„Du solltest vorsichtig sein, Emil," flüsterte sie schließlich und sah ihm direkt in die Augen, „wenn du mit einer Jägerin spielst."

„Vielleicht spiele ich nur mit dem Feuer, Wilhelmina," erwiderte er sanft und lehnte sich noch näher zu ihr, bis ihre Gesichter nur noch eine Handbreit voneinander entfernt waren. „Und vielleicht... gefällt mir das Risiko."

Ein Prickeln durchlief sie, ihre Gedanken waren wie eingefroren, und sie spürte das Verlangen, das wie eine Flamme in ihr brannte, eine gefährliche, anziehende Flamme.

Und so standen sie einen Augenblick lang einfach da, die Luft zwischen ihnen geladen und elektrisierend, bevor sie sich abrupt abwandte, versuchte, die Kontrolle zurückzugewinnen. „Du bist unmöglich," murmelte sie, mehr zu sich selbst als zu ihm.

„Und du bist stur, Lichtenberg," erwiderte er leise, ein leises Lachen in seiner Stimme.

Noch immer spürte sie das Nachbeben des Kampfes in ihren Adern und die unbestreitbare Hitze seines Blicks, die wie ein unausgesprochenes Versprechen in der Luft hing.

„Na schön, Emil," sagte sie schließlich und räusperte sich, ihre Stimme klang rauer, als sie wollte. „Ich denke, das war aufregend genug für eine Nacht."

„Für eine Nacht vielleicht," sagte er, und das geheimnisvolle Lächeln kehrte zurück. „Aber es gibt immer eine nächste, nicht wahr?"

Mit einem letzten durchdringenden Blick drehte er sich um, und sie sah ihm nach, wie er in die Dunkelheit verschwand – zurück in die Schatten, aus denen er gekommen war.

Noch bevor die Stille der Nacht über sie kommen konnte, spürte Wilhelmina ein Zittern in der Luft – eine unbestimmte Kälte, die nicht von dem verwehenden Vampirstaub herrührte. Sie hörte ein Rascheln und dann das unheimliche Fauchen eines weiteren Vampirs, der sich lautlos durch den Schatten schob. Anscheinend hatte ihre Beute heute Abend Verstärkung mitgebracht.

„Oh, bitte, nicht noch einer," murmelte Wilhelmina, und ihr Dolch glitt kampfbereit zurück in ihre Hand. Aus dem Augenwinkel bemerkte sie, dass Emil stehen geblieben war, und sie war sich nicht sicher, ob er das Grinsen auf den Lippen aus reiner Freude an der Lage trug oder sie nur auf die Palme bringen wollte.

„Lust auf eine Zugabe?" fragte er scheinheilig und zog ebenfalls eine kleine Klinge aus seinem Mantel – viel zu elegant für einen Mann, der behauptete, Antiquitätenhändler zu sein.

„Ich hoffe, du wirst nicht allzu enttäuscht sein, wenn ich die Hauptrolle spiele," entgegnete sie und trat vorsichtig einen Schritt vor. Der Vampir, seine Augen rot leuchtend, stürzte auf sie zu, seine Bewegungen geschmeidig und mörderisch zugleich.

„Ich glaube, ich kann damit leben, solange ich die besten Plätze habe," murmelte Emil und kam näher. Bevor sie etwas erwidern konnte, riss der Vampir das Maul auf und sprang mit einem tiefen, gurgelnden Knurren auf Wilhelmina zu. Sie wich dem Angriff gekonnt aus, doch der Vampir bewegte sich blitzschnell und griff erneut an, seine Klauen scharf und gnadenlos.

Mit einer geschmeidigen Bewegung schob sich Emil neben sie und verpasste dem Vampir einen Hieb mit seiner Klinge, der ihn einige Schritte zurücktaumeln ließ. Wilhelmina spürte, wie ihr Herz schneller schlug – ob wegen des Kampfes oder der Tatsache, dass Emil so nahe an ihr stand, konnte sie nicht genau sagen.

„Willst du mir etwa die Show stehlen?" fragte sie und machte sich bereit, den nächsten Angriff des Vampirs abzuwehren.

„Ich will dir nur beweisen, dass du nicht die Einzige bist, die mit solchen Nächten umzugehen weiß," erwiderte er mit einem Hauch von Spott. Er warf ihr ein Lächeln zu, das sie fast aus der Fassung brachte. „Aber wenn du willst, überlasse ich dir das gern."

„Ach nein, ich bin für jeden Beweis zu haben," konterte sie und trat wieder vor, ihre Haltung angespannt, die Augen auf den Vampir gerichtet, der sich bereits für einen weiteren Angriff bereit machte. Doch in einer Bewegung, die sie selbst überraschte, griff Emil nach ihrem Arm und zog sie zur Seite, kurz bevor der Vampir zuschlagen konnte.

Für einen atemlosen Moment standen sie so, seine Hand an ihrem Arm, sein Gesicht nur Zentimeter von ihrem entfernt. Seine

Augen blitzten im Mondlicht, und sie spürte die unbändige Kraft, die von ihm ausging. Es war ein irritierendes Gefühl, zwischen dem ungestümen Verlangen, sich ihm zu entziehen, und dem unerklärlichen Bedürfnis, ihm näher zu sein. Doch dann, als ob er ihre Gedanken lesen könnte, ließ er sie plötzlich los, und sie konzentrierten sich beide wieder auf den Vampir, der auf sie zukam.

„Bist du bereit für den letzten Akt?" fragte Emil mit einem Hauch von Triumph in der Stimme.

„Bereit, das Theater hier zu beenden," antwortete sie knapp und machte sich bereit für den Angriff.

Mit perfekter Koordination – wie ein eingespieltes Duo, das es sich niemals eingestehen würde – stürmten sie beide auf den Vampir zu. Wilhelmina landete den ersten Schlag, und als der Vampir zurückzuckte, trat Emil vor und versetzte ihm einen harten Hieb, der ihn gegen die Wand prallen ließ. Der Vampir, jetzt schwer angeschlagen, fauchte und knurrte, seine Wunden dampften im Mondlicht.

Wilhelmina nutzte die Gelegenheit und sprang auf den Vampir zu, ihren Dolch fest in der Hand. Doch der Vampir war noch nicht bereit, aufzugeben. Mit einem letzten Aufbäumen schlug er auf sie ein, und sie spürte die Klauen auf ihrem Arm – ein brennender Schmerz, der ihr die Sinne für einen Moment trübte.

„Wilhelmina!" Emil war sofort zur Stelle und packte den Vampir, drängte ihn zurück mit einer Kraft, die für einen gewöhnlichen Menschen unmöglich war. Seine Augen funkelten gefährlich, und Wilhelmina beobachtete fasziniert, wie seine Bewegungen plötzlich übermenschlich wirkten, als ob eine verborgene Stärke in ihm erwachte.

Für einen kurzen Augenblick sah sie den Vampir nicht mehr. Stattdessen spürte sie Emils Finger an ihrem Handgelenk, spürte seine Kraft und die brennende Hitze seiner Berührung. Ihre Blicke trafen sich, und da war dieser Moment – ein ungesagtes Versprechen, ein verstecktes Verlangen.

Dann, fast als hätte er sich selbst wieder im Griff, trat Emil zurück und ließ Wilhelmina ihren Angriff beenden. Mit einem schnellen Stoß versenkte sie den Dolch in der Brust des Vampirs, und seine Gestalt zerfiel in einen letzten Schrei zu Asche, die in der Nacht verflog.

Schwer atmend drehte Wilhelmina sich zu Emil um. „Du hast eine... interessante Art zu kämpfen, muss ich sagen."

„Ach, wirklich?" Er lächelte, und sie bemerkte den intensiven Glanz in seinen Augen. „Ich bin mir sicher, dass du noch einiges von mir lernen könntest."

„Von dir?" Sie hob eine Augenbraue und versuchte, die Wärme zu ignorieren, die sein Blick in ihr auslöste. „Was soll ich lernen, Emil? Wie man einen Kampf mit Arroganz gewinnt?"

Er trat näher, sein Blick herausfordernd, seine Stimme sanft, fast verführerisch. „Vielleicht... wie man den richtigen Moment erkennt. Wie man loslässt und zulässt, dass die Nacht einen umhüllt."

Ihre Wangen wurden warm, und sie hob den Kopf, um seinem intensiven Blick standzuhalten. „Loslassen ist nicht gerade mein Fachgebiet, Emil."

„Das habe ich gemerkt," flüsterte er, und für einen Moment war die ganze Dunkelheit der Nacht nur ein Hintergrund für das Knistern zwischen ihnen. Er hob eine Hand, als wolle er eine lose Haarsträhne von ihrem Gesicht streichen, hielt jedoch inne und ließ die Hand wieder sinken. „Aber manchmal," sagte er leise, „müssen wir uns den Dingen hingeben, die wir nicht verstehen."

Wilhelmina atmete tief durch und trat einen Schritt zurück, ihr Blick kühl, obwohl ihr Herz wild pochte. „Dinge, die ich nicht verstehe, sind normalerweise gefährlich. Und ich bin es gewohnt, die Gefahr zu kontrollieren."

„Vielleicht bist du nur gewohnt, sie aus der Ferne zu betrachten," erwiderte er mit einem leichten Lächeln, das mehr sagte, als seine Worte jemals könnten.

Sie wollte antworten, wollte ihm sagen, dass sie nichts aus der Ferne betrachtete – doch ihre Stimme versagte, und stattdessen spürte sie nur die Nähe, die Spannung, die durch die Dunkelheit schoss wie ein verbotener Strom.

„Na schön," murmelte sie schließlich und warf ihm einen letzten, herausfordernden Blick zu. „Dann überlasse ich dir den Rest der Nacht, Emil. Aber ich garantiere dir – beim nächsten Mal werde ich dir voraus sein."

„Das würde ich gern sehen, Wilhelmina." Sein Lächeln war verschmitzt, seine Augen durchdringend, und sie spürte, wie sie fast lächeln musste – fast.

„Ach, das wirst du," sagte sie mit einem Hauch von Spott, dann drehte sie sich um, ihr Herz raste, und sie verschwand in den Schatten der Nacht. Doch die Wärme seiner Berührung, das Glitzern in seinen Augen und das unausgesprochene Versprechen zwischen ihnen würden sie noch lange begleiten.

※

Die Nacht war noch jung, und der Duft von Asche hing schwer in der Luft, als Wilhelmina sich durch die stillen Straßen Münchens zurückzog. Die Kühle der Nacht und die Erinnerung an den Kampf waren alles, was sie normalerweise brauchte, um sich zu beruhigen – aber heute war etwas anders. Ihr Herz schlug noch immer schneller als sonst, und in ihrem Kopf schien eine endlose Melodie aus Bildern und Empfindungen zu kreisen. Es war, als hätte Emil sich direkt in ihren Gedanken eingenistet.

„Unmöglich," murmelte sie und schüttelte den Kopf. „Ein verfluchter Antiquitätenhändler. Als ob ich keine besseren Probleme hätte."

Doch je mehr sie versuchte, seine Gestalt aus ihren Gedanken zu verbannen, desto hartnäckiger drängten sich die Bilder auf: Seine Augen, dunkel und unergründlich, wie der Abgrund einer verborgenen Welt. Sein Lächeln, halb herausfordernd, halb verführerisch, als ob er etwas wüsste, das sie längst verdrängt hatte. Und seine Hand auf ihrem Arm – diese Hitze, die von ihm ausgegangen war, und der Augenblick, in dem sie beide wie gebannt inmitten des Chaos gestanden hatten.

„Konzentrier dich, Wilhelmina," flüsterte sie und fuhr sich mit einer Hand über das Gesicht. „Er ist nichts weiter als ein merkwürdiger, unverschämter Fremder."

Doch als sie allein in der Dunkelheit stand, schienen die Schatten um sie herum zu pulsieren, als ob sie die Wahrheit ihrer eigenen Gedanken verhöhnen wollten. Ein Gedanke, eine Fantasie begann sich in ihr zu formen, gegen ihren Willen, doch unwiderstehlich. Sie stellte sich vor, wie Emil sie an eine kalte Steinwand drückte, seine Hände fest auf ihren Schultern, seine Nähe fast bedrückend, und sie konnte den warmen Hauch seines Atems auf ihrer Haut spüren.

In ihrer Vorstellung warf er ihr diesen durchdringenden, spöttischen Blick zu – der Blick, der aussagte, dass er sich ihrer Reaktionen bewusst war, dass er sie genau durchschauen konnte. „Bist du dir sicher, dass du dich der Gefahr entziehen kannst?" flüsterte er leise, seine Stimme tief und rau, und sie spürte, wie ihr Herz ein wildes, verräterisches Pochen begann.

„Ich... brauche keine Hilfe," murmelte sie, doch die Worte klangen hohl, und seine Nähe machte es ihr schwer, einen klaren Gedanken zu fassen. In der Vorstellung lachte er leise, ein weiches, fast triumphierendes Lachen, das ihre Nerven zum Kribbeln brachte.

„Keine Hilfe?" Seine Finger glitten sanft über ihre Wange, sein Daumen strich eine fast unsichtbare Spur entlang ihrer Haut, und ein Schauer lief über ihren Rücken. „Du könntest es genießen,

Wilhelmina – das Unbekannte. Vielleicht weißt du längst, dass die Gefahr eine Seite hat, die du noch nie gewagt hast, anzusehen."

Sie spürte, wie sie sich ihm entgegenneigte, wie ihre Hand fast mechanisch auf seine Brust wanderte, sich an der Wärme seines Körpers festklammerte. Ihr Verstand sagte ihr, dass sie sich lösen sollte, dass dies nichts weiter als eine unangebrachte Fantasie war – doch ihr Herz, ihr Herz verlangte danach, mehr zu wissen, mehr zu spüren.

„Und du?" flüsterte sie in der Vorstellung, ihre Stimme kaum mehr als ein Hauch. „Warum bist du so sicher, dass du kein Risiko eingehst?"

Ein Lächeln zuckte über seine Lippen, die in ihrer Vorstellung nur eine Handbreit von den ihren entfernt waren. „Vielleicht bin ich das größte Risiko, das du jemals eingehen wirst, Wilhelmina."

Er lehnte sich vor, und sie spürte die Berührung seiner Lippen, warm und fordernd, und in diesem Moment schien die ganze Welt still zu stehen, jeder vernünftige Gedanke schmolz dahin. Es war, als ob ihre Kontrolle, ihre Disziplin in einem einzigen Atemzug verschwunden wären. Sie schloss die Augen und ließ sich in der Vorstellung von ihm überwältigen, die Dunkelheit, das Ungewisse, das Prickeln der Gefahr.

Doch dann, wie aus einem Traum, riss sie sich aus der Fantasie und blinzelte in die kühle Nacht. Ihre Hand war auf ihre Brust gelegt, und ihr Atem ging schneller als sonst. Es war nur ein Gedanke gewesen, eine flüchtige, absurde Vorstellung, und doch hatte sie das Gefühl, als hätte sie gerade etwas Unerlaubtes, Verbotenes getan. Sie schüttelte sich, um die Wärme und das Verlangen, das sich in ihrer Brust breitgemacht hatte, zu vertreiben.

„Was für ein Unsinn," murmelte sie und ballte die Hände zu Fäusten. „Ein Antiquitätenhändler – ein Fremder, nichts weiter."

Doch das Bild, das sich in ihrem Kopf geformt hatte, wollte sich nicht so leicht verjagen lassen. Seine Nähe, die Art, wie er sie angesehen hatte, fast so, als könnte er jede ihrer Gedanken lesen – und die stille Herausforderung, die in seinem Blick lag. Es war absurd. Und doch… konnte sie nicht leugnen, dass sie ihm gerne erneut begegnen würde.

Wilhelmina konnte den Blick kaum von dem Vampir wenden, den sie gemeinsam mit Emil niedergestreckt hatte und der nun – durch ihr geschicktes „Verhör" zwischen Leben und Tod gefangen – mit einem teuflischen Grinsen am Boden lag. Seine Augen glitzerten, und es war, als hätte er die Geduld eines Geiers, der genau wusste, dass die Geduldigen immer gewinnen.

„Nun?" fragte sie und legte den Dolch nahe an seinen Hals. „Wer hat dich geschickt? Und wozu?"

Der Vampir gluckste und verzog sein Gesicht zu einem blutigen, höhnischen Lächeln. „Ach, du meinst, du hast wirklich die geringste Ahnung davon, was hier passiert?" Seine Stimme triefte vor Spott. „Es ist köstlich – eine Jägerin der Lichtenbergs, die glaubt, sie wüsste, mit wem sie es zu tun hat."

„Nun, ich weiß, dass du nicht mehr lange mit mir zu tun haben wirst, wenn du nicht sprichst," erwiderte sie scharf und ließ das Messer ein wenig näher an seine Kehle gleiten. Ein Tropfen Blut rann an der Klinge herunter, und der Vampir verzog kurz das Gesicht, doch das amüsierte Funkeln in seinen Augen blieb ungebrochen.

„Wirklich? Ist das eine Drohung?" Er lächelte sie an, fast freundlich. „Vielleicht solltet ihr euch alle mal die Frage stellen, warum jemand wie ich überhaupt hier ist – warum jemand wie ich bereit wäre, sich von euch fangen zu lassen."

Wilhelmina spürte, wie die Worte in ihrem Kopf widerhallten, ein leises, nerviges Flüstern, das sie nicht einfach ignorieren konnte. Ein Vampir, der sich gefangen nehmen lässt? Das war untypisch, um es gelinde auszudrücken. Sie spürte ein Kribbeln in ihrer Magengegend – ein unwillkommenes Zeichen, dass hier etwas nicht stimmte, und sie hasste das Gefühl, einen Schritt hinterher zu sein.

„Was willst du damit sagen?" fragte sie scharf und drückte den Dolch fester, doch der Vampir reagierte nicht wie erwartet.

„Ihr seid alle so blind," murmelte er leise, fast mit einem Hauch von Mitleid, als sähe er einen Schwarm ahnungsloser Kinder, die in ein dunkles Labyrinth stürzen. „Du denkst, du verstehst die Regeln des Spiels, weil du eine Lichtenberg bist? Weil du dein ganzes Leben lang das Blut der Nacht jagst? Ach, Wilhelmina, du weißt nicht einmal, was wirklich auf dem Spiel steht."

Sie spürte, wie ihr das Blut in den Adern zu kochen begann. „Was meinst du damit? Was steht auf dem Spiel?"

Der Vampir ließ ein kurzes, kratziges Lachen hören, bevor er sich wieder erhob, seine Augen glühten wie das schwelende Ende eines Feuers. „Die ganze Bruderschaft – all deine hochwohlgeborenen, selbstgerechten Ahnen. Ihr seid nur Marionetten in einem größeren Spiel, ein Spiel, das keiner von euch auch nur im Ansatz versteht."

„Spiel?" Wilhelmina kniff die Augen zusammen, und sie merkte, wie Emil sich einen Schritt näher zu ihr beugte, seine Anwesenheit wie eine stille Warnung im Hintergrund.

„Oh ja, ein Spiel," murmelte der Vampir und grinste sie mit scharfen, blutigen Zähnen an. „Ein Spiel, das viel älter ist, als ihr Lichtenbergs glaubt. Und ihr seid längst nicht die Jäger in dieser Geschichte."

Wilhelmina öffnete den Mund, um eine Antwort zu geben, doch ihre Worte blieben ihr im Hals stecken, als der Vampir plötzlich nach Luft schnappte und sich in einem Krampf zusammenzog. Dunkle, dicke Blutsträhnen quollen aus seinen Mundwinkeln, und seine Augen traten vor Schmerz hervor.

„Nein! Du wirst mir jetzt nichts vormachen!" Sie packte ihn, doch die scharfen Bewegungen seines Körpers entglitten ihr, und er brach zu Boden, während sein Körper in unnatürlichen Zuckungen bebte.

Emil beobachtete die Szene ruhig, beinahe analytisch. „Sieht aus, als ob dein Gefangener... eine Meinung dazu hat, wie viel er noch preisgeben möchte."

„Das kann nicht sein," murmelte Wilhelmina und musterte den Vampir, der sich unter Schmerzen wand. Es war, als würde etwas in ihm explodieren, und innerhalb weniger Sekunden war er nicht mehr als eine zuckende, verkrümmte Hülle. Sie konnte nur hilflos zusehen, wie sich sein Körper in Asche auflöste, eine letzte Schicht düsterer Geheimnisse, die im kalten Nachtwind verweht wurden.

„Selbstzerstörung? Bei einem Vampir?" fragte sie leise, halb an sich selbst gerichtet. „So etwas habe ich noch nie gesehen."

„Vielleicht war es mehr als das," erwiderte Emil und ließ seinen Blick durch die Asche schweifen. „Er hat sich nicht selbst zerstört. Das war... jemand anderes. Jemand wollte nicht, dass er spricht."

Wilhelmina spürte, wie sich ihr Magen zusammenzog. Das war keine gewöhnliche Jagd gewesen, das war ein kaltblütig durchgeplanter Schachzug gewesen. Doch wer würde es wagen, die Bruderschaft zu manipulieren? Wer war so kühn – oder so töricht?

„Warum?" murmelte sie und starrte auf die Stelle, wo der Vampir gelegen hatte. „Warum sollte jemand die Bruderschaft dermaßen provozieren?"

„Vielleicht, weil ihr zu lange dasselbe getan habt, ohne zu merken, dass ihr nur ein Teil eines größeren Spiels seid," sagte Emil leise, sein Ton ungewohnt ernst. „Ein Spiel, bei dem die Regeln sich ändern, und die Spieler nichts davon wissen."

Sie blickte ihn an, und für einen kurzen Moment schien es, als ob Emil mehr wüsste, als er zuzugeben bereit war. Sein Gesicht war kühl, aber seine Augen – diese grünen, durchdringenden Augen – waren wachsam, fast lauernd, als ob er abwäge, wie viel er ihr verraten sollte.

„Und du?" fragte sie schließlich, ihre Stimme schneidend wie ihr Dolch. „Bist du einer dieser Spieler?"

Emil lächelte leicht, fast traurig, doch sein Blick blieb fest auf ihr ruhen. „Manchmal ist es besser, sich als Zuschauer zu betrachten. Spieler neigen dazu, sich zu verlieren."

„Tja, ich verliere mich nicht so leicht." Sie hob das Kinn und trat einen Schritt näher, die Spannung zwischen ihnen dicht wie ein Nebel, der kein Licht durchließ. „Und das gilt auch für diejenigen, die glauben, sie könnten mich auf ein Spielfeld locken, das ich nicht durchschaue."

Emil musterte sie einen langen Moment, und für einen flüchtigen Augenblick war in seinem Blick ein Hauch von Respekt, vielleicht sogar von Bewunderung. „Ich bezweifle das auch nicht, Wilhelmina. Aber manchmal ist es nicht unsere Wahl, auf welches Spielfeld wir gestellt werden."

Sie spürte, wie ihre Fäuste sich ballten, doch sie unterdrückte den Drang, ihm eine Antwort zu geben, die ihren Zweifel verraten würde. Stattdessen nickte sie nur knapp, ihre Gedanken wirbelten wie ein Sturm in ihrem Kopf. Das alles war größer, tiefer, als sie sich je hätte vorstellen können.

„Du hast vielleicht recht, Emil," sagte sie leise, ihr Blick glühte in der Dunkelheit, „aber ich werde herausfinden, was hier wirklich vor sich geht. Und ich werde nicht zögern, die Steine zu wenden, die auf diesem Spielfeld stehen."

„Das hoffe ich," murmelte er, und ein rätselhaftes Lächeln spielte um seine Lippen. „Denn ich glaube, du bist näher dran, als du ahnst."

Mit diesen Worten schritt Emil zurück in die Schatten, und Wilhelmina spürte, dass sie an einer Schwelle stand – an einem Punkt, an dem das Vertraute und das Unbekannte verschwammen und sich etwas viel Gefährlicheres dahinter verbarg. Sie stand allein in der Nacht und ließ seine Worte in ihrem Kopf widerhallen, während die Kälte sie fest umschloss.

Sie war näher dran – und ahnte gleichzeitig kaum, wie nahe sie wirklich war.

Kapitel 4

Der Trainingsraum der Bruderschaft war ein düsterer, weitläufiger Saal, beleuchtet nur von flackernden Kerzen, deren Schatten auf die steinernen Wände tanzten. Der Raum wirkte wie eine Festung vergangener Zeiten – kalt, unnachgiebig und ohne jeden Hauch von Nachsicht. Hier, an diesem Ort, wurden die besten Jäger der Lichtenbergs geschult, und heute war Wilhelmina an der Reihe, ihre Fähigkeiten unter Beweis zu stellen.

Mit einer präzisen Bewegung stieß sie ihren Dolch nach vorn und wirbelte im nächsten Moment in einer geschmeidigen Drehung zur Seite. Ihre Bewegungen waren wie ein gut abgestimmtes Uhrwerk: perfekt, effizient, tödlich. Jeder Schlag, jeder Schritt und jedes Manöver war das Ergebnis jahrelanger, disziplinierter Übung, und die Blicke der Anwesenden – Mitglieder der Bruderschaft, die sie kritisch musterten – zeigten nur einen Hauch von Anerkennung, gemischt mit unverhohlenem Neid.

Von ihrer erhöhten Position aus hatte sie eine klare Sicht auf den gesamten Raum, und so entging ihr auch nicht der Schatten, der in einer der Ecken stand und sie beobachtete. Emil. Natürlich. Selbst in dieser Welt aus Disziplin und Tradition, die ihm sicher fremd erschien, wagte er es, sich unter die strengen Augen der Bruderschaft zu mischen, als hätte er jedes Recht, hier zu sein.

Ein kaum merkliches Lächeln zuckte über ihre Lippen, und sie schüttelte unmerklich den Kopf. Sie sollte ihn ignorieren, seine Präsenz als das sehen, was sie war – eine Ablenkung, ein Spielchen, das er sich erlaubte, ohne die Konsequenzen wirklich zu begreifen.

Doch ein Teil von ihr fühlte sich ermutigt, ihn in seine Schranken zu weisen – und vielleicht ihm zu zeigen, dass sie mehr war als die Elite-Jägerin, die er kannte.

„Fertig, Lichtenberg?" Einer der älteren Jäger, ein Freund ihres Vaters, trat an sie heran, seine Augen kühl und abschätzend. „Dann lass uns sehen, wie du im direkten Kampf abschneidest."

„Immer bereit," erwiderte Wilhelmina trocken und richtete ihren Blick direkt auf ihn. Ihr Körper spannte sich, und sie ließ sich in die Kampfhaltung gleiten. Der Raum schien sich zusammenzuziehen, als sie sich dem Mann gegenüberstellte, die Kälte in seinem Blick eine stumme Herausforderung.

Kaum hatte er sich bewegt, schoss sie bereits vor, ihre Klinge blitzte im schwachen Kerzenlicht auf, und in einer geschmeidigen Bewegung wich sie seinen Hieben aus, parierte, griff wieder an, jedes Mal mit tödlicher Präzision. Die anderen Jäger schauten stumm zu, beeindruckt von der Geschmeidigkeit und Präzision, die sie in jedem Schlag und jeder Bewegung zeigte. Es war ein Tanz, ein grausamer, kühler Tanz aus Kontrolle und Gewalt, und Wilhelmina wusste genau, dass sie jeden Blick auf sich gezogen hatte – auch den von Emil.

Ihr „Gegner" stolperte, und sie nutzte den Moment, ihn zu entwaffnen, mit einer schnellen Bewegung, die ihn so überrumpelte, dass er keuchend und überrascht stehenblieb. Sie zog sich zurück, ein zufriedenes Funkeln in ihren Augen, und deutete ihm an, dass er aus dem Weg treten könne.

„Gut, Wilhelmina," murmelte der Jäger schließlich, mit einem verkniffenen Lächeln. „Aber es wäre klug, dich nicht auf deinem Erfolg auszuruhen. Stolz... ist oft der erste Schritt in den Abgrund."

„Danke für den Hinweis," antwortete sie spöttisch und drehte sich um, doch ihr Blick wanderte unwillkürlich zu Emil, der sie mit hochgezogenen Augenbrauen und einem leichten Lächeln beobachtete. Sie konnte die Herausforderung in seinen Augen lesen

– eine Mischung aus Neugier und Belustigung, die ihr Herzschlag beschleunigte.

„Gefällt dir die Show?" fragte sie und ging auf ihn zu, wobei sie sich bemühte, die Anspannung in ihrer Stimme zu verbergen.

„Es ist nicht schlecht," antwortete er, das Grinsen auf seinen Lippen kaum merklich breiter. „Aber ich frage mich, ob du nur gegen so biedere Gegner kämpfen kannst oder auch gegen jemanden, der... kreativer ist."

„Kreativer?" Sie musterte ihn, eine Augenbraue gehoben. „Du meinst, du könntest es besser?"

Er trat näher, und die Luft zwischen ihnen schien sich zu verdichten. „Nun, ich könnte es zumindest versuchen."

„Ach, ich bin sicher, dass du das würdest," antwortete sie und spürte, wie ihre Finger um den Dolch an ihrer Seite krampften. „Aber glaub mir, ich habe noch nie jemanden getroffen, der gegen mich bestehen konnte."

„Vielleicht, weil du es nie mit jemandem aufgenommen hast, der das Risiko liebt," sagte er leise, und in seinem Blick lag ein unmissverständliches Funkeln, das etwas in ihr wachrief, das sie lange unterdrückt hatte.

※

Wilhelmina fixierte Emil mit einem herausfordernden Blick. Es lag ein Funke Spannung in der Luft, wie ein unausgesprochener, gefährlicher Tanz. Und ehe sie sich versah, hatte Emil sich gelöst und trat auf sie zu, sein Lächeln war eine Mischung aus Neugier und unterschwelliger Arroganz.

„Nun, wenn du so überzeugt bist von deinen Fähigkeiten, vielleicht solltest du mir dann eine... Lektion erteilen?" Sein Tonfall war so unschuldig wie sein Blick provokant. „Oder hast du Angst?"

Wilhelmina lachte leise, schüttelte kaum merklich den Kopf und ließ die Herausforderung nicht unbeantwortet. „Angst? Vor dir? Das wäre ja geradezu rührend." Sie ließ ihren Dolch ein wenig tiefer sinken, nur um ihn im nächsten Moment mit einer geschmeidigen Bewegung in Richtung Emils Seite zu führen. Doch wie von einem inneren Instinkt geleitet, wich er ihrem Schlag mit einer Eleganz aus, die sie unwillkürlich überraschte.

„Du bist schneller, als ich dachte," gab sie zu, und ihre Stimme trug einen leisen Anflug von Bewunderung, den sie verbergen wollte.

„Schnell genug?" Er bewegte sich geschmeidig weiter, bis er direkt hinter ihr stand, seine Hand auf ihrer Schulter. Die Berührung war nur flüchtig, aber sie schien einen warmen Strom auszulösen, der sie für einen Augenblick innehalten ließ.

„Willst du wirklich herausfinden, wie schnell ich bin?" flüsterte er, so nahe, dass sie seinen Atem auf ihrer Haut spürte. Sie schloss kurz die Augen, um die Welle der Gefühle abzuwehren, die seine Worte in ihr auslösten, doch in ihrem Inneren regte sich ein Drang, der stärker war als die Disziplin, die sie sich über die Jahre antrainiert hatte.

„Du überschätzt dich," sagte sie und schob seine Hand von ihrer Schulter. Doch bevor sie den Abstand wiederherstellen konnte, griff Emil erneut zu und erfasste ihre Hand mit einer festen, zugleich sanften Bewegung.

„Und du unterschätzt mich," murmelte er, seine Stimme war eine leise Herausforderung, ein stilles Versprechen. Er führte ihre Hand, die noch immer den Dolch hielt, hinunter und positionierte sie an ihrer Hüfte, während er sich näher beugte, sein Blick voller unausgesprochener Worte.

Wilhelmina spürte, wie ihre Beherrschung zu schmelzen begann. Seine Nähe, sein Duft und die Art, wie er sie ansah, all das ließ ihren Atem stocken. Sie wollte ihm widerstehen, wollte die Kontrolle behalten – doch ein Teil von ihr, ein verborgener, längst verdrängter Teil, wollte mehr.

„Das... ist nicht der richtige Ort," murmelte sie, ihre Stimme klang schwach, beinahe rau. Doch anstatt sie loszulassen, brachte er seine Hand langsam zu ihrem Nacken und fuhr sanft mit dem Daumen über ihre Haut. Die Berührung war wie ein flüchtiges Versprechen, und sie spürte, wie ein Schauer durch sie lief.

„Vielleicht nicht," flüsterte er, sein Gesicht so nahe, dass ihre Lippen sich fast berührten, „aber manchmal ist der Ort das geringste Problem."

Er zog sie näher zu sich, und ihre Hände lagen nun flach auf seiner Brust, wo sie die Hitze seines Körpers unter ihren Fingern spüren konnte. Für einen Moment vergaß sie alles – den Raum, die Bruderschaft, sogar ihren Vater. Es gab nur noch Emil und diese unbeschreibliche Spannung, die zwischen ihnen wie ein stilles Feuer loderte.

Seine Lippen näherten sich den ihren, ein Hauch, eine Berührung, die so sanft war, dass sie kaum wagte zu atmen. Sie wusste, dass dies falsch war, dass dies gegen alles verstieß, was sie je gelernt hatte – doch sie konnte und wollte es nicht stoppen. In dem Moment, in dem ihre Lippen sich berührten, explodierte ein warmes, brennendes Verlangen in ihr. Es war, als würde sie sich endlich dem hingeben, wogegen sie sich all die Jahre gewehrt hatte.

Doch gerade, als sie sich dem Kuss hingeben wollte, hörte sie Schritte hinter sich. Blitzschnell riss sie sich los und trat einen Schritt zurück, ihre Brust hob und senkte sich, und ihre Augen weiteten sich. Emil sah sie mit einem Ausdruck an, der nichts als stilles Bedauern und ein leises, verschmitztes Grinsen zeigte.

„Wir werden diese Lektion wohl ein anderes Mal fortsetzen müssen," murmelte er und deutete leicht spöttisch auf die Tür, wo ein Mitglied der Bruderschaft gerade eintrat und die beiden irritiert ansah.

Wilhelmina nickte knapp, doch ihr Herz pochte noch immer wild. Sie wusste, dass dies nicht das letzte Mal gewesen war, dass sie Emil so nah gekommen war.

∞

Wilhelmina hatte sich kaum von der intensiven Begegnung mit Emil erholt, als sie die Schritte ihres Vaters durch die steinernen Gänge des Anwesens hörte. Friedrich von Lichtenberg war nicht der Typ Mensch, dessen Ankunft man ignorieren konnte. Selbst die kältesten Wände der Bruderschaft schienen seinen unverkennbaren, kühlen Gang widerzuspiegeln. Wilhelmina richtete sich auf, ihr Atem beruhigte sich, und sie sammelte sich schnell, während sie sich fragte, ob ihm etwas von dem eben erlebten Moment zwischen ihr und Emil aufgefallen war.

Doch als Friedrich die Tür zum Trainingsraum öffnete, warf er nicht einmal einen Blick auf seine Tochter. Sein scharfer, misstrauischer Blick lag stattdessen auf Emil, der gerade lässig an der gegenüberliegenden Wand lehnte und Friedrich mit einem unschuldigen, beinahe ironischen Lächeln musterte. Die Spannung zwischen den beiden Männern war so dicht, dass man sie hätte schneiden können, und Wilhelmina fühlte sich unwillkürlich wie in einer unsichtbaren Frontlinie gefangen.

„Emil Schwarzwald." Friedrichs Stimme triefte förmlich vor Kälte, und er ließ das Gewicht seines Namens auf Emil niederprasseln. „Ich frage mich, was genau Sie dazu veranlasst, Ihre wertvolle Zeit in den Hallen der Bruderschaft zu verbringen. Ist die Antiquitätenwelt nicht mehr... herausfordernd genug für Sie?"

Emil ließ sich von Friedrichs herablassendem Ton nicht aus der Ruhe bringen. Er löste sich von der Wand, sein Blick war ruhig, doch seine Augen funkelten belustigt. „Oh, Herr von Lichtenberg," begann er gelassen, „manchmal reicht es nicht aus, sich nur mit alten

Dingen zu beschäftigen. Manchmal möchte man auch sehen, was aus diesen alten Prinzipien geworden ist."

„Alte Prinzipien," wiederholte Friedrich mit zusammengekniffenen Augen. „Interessant. Sie sprechen, als hätten Sie eine tiefe... Bindung zu diesen Prinzipien." Seine Stimme schwankte zwischen Spott und drohender Ernsthaftigkeit, und Wilhelmina konnte den kalten, abschätzigen Blick in den Augen ihres Vaters nur zu gut erkennen. Es war ein Blick, der selten Gutes verhieß.

Emil jedoch zuckte nur mit den Schultern und lächelte ungerührt. „Man könnte sagen, ich bin ein... Bewunderer der Geschichte. Und die Lichtenbergs haben schließlich eine recht interessante Geschichte, nicht wahr?"

„Und dennoch," entgegnete Friedrich kühl, „ist Bewunderung selten ein ausreichender Grund, um in den innersten Kreisen der Bruderschaft zu verweilen. Besonders dann nicht, wenn man nur ein Antiquitätenhändler ist."

Wilhelmina spürte, wie die Spannung zwischen den beiden immer weiter zunahm, und der unterschwellige Zorn in den Worten ihres Vaters bereitete ihr ein mulmiges Gefühl. Sie wusste, dass Friedrich nicht oft einen so deutlichen Groll gegen jemanden hegte – und wenn doch, dann war dieser Groll niemals grundlos. Sie versuchte, das Gespräch in eine weniger aggressive Richtung zu lenken.

„Vater, Emil hat mir in letzter Zeit bei einigen Untersuchungen geholfen," begann sie, doch Friedrichs scharfer Blick ließ sie verstummen.

„Wilhelmina," unterbrach er sie und warf ihr einen warnenden Blick zu. „Die Bruderschaft hat jahrhundertelang ohne äußere Hilfe bestanden. Wir sind nicht angewiesen auf Fremde, die sich mit vagen Erklärungen in unsere Angelegenheiten drängen."

Emil verschränkte die Arme vor der Brust und schien diese Bemerkung eher als Unterhaltung denn als Bedrohung aufzufassen. „Nun, Herr von Lichtenberg, es mag sein, dass ich ein Fremder bin," sagte er mit einem betont unschuldigen Tonfall, „aber manchmal sind es die Außenstehenden, die den klarsten Blick auf das Ganze haben."

„Das Ganze?" Friedrichs Lächeln war eine Mischung aus Verachtung und Misstrauen. „Ich frage mich, ob Sie überhaupt verstehen, was hier wirklich auf dem Spiel steht."

Emil hielt dem Blick des alten Jägers ohne zu Zögern stand. „Oh, das tue ich," antwortete er leise, und seine Stimme klang fast sanft, aber dennoch voller unausgesprochener Bedeutung. „Mehr, als Sie vielleicht ahnen."

Ein kurzer, unausgesprochener Schlagabtausch folgte diesen Worten. Friedrichs Augen verengten sich, und für einen Moment schien er Emil bis auf die Knochen durchleuchten zu wollen. Wilhelmina hielt den Atem an, verwirrt und gleichzeitig fasziniert von der wortlosen Konfrontation, die sich zwischen den beiden abspielte.

Schließlich wandte Friedrich sich mit einem missbilligenden Blick an seine Tochter. „Wilhelmina, ich erwarte, dass du dich auf deine Pflichten konzentrierst und nicht auf die Gesellschaft fragwürdiger... Verbündeter."

„Fragwürdig?" Sie hielt dem stechenden Blick ihres Vaters stand und spürte, wie eine leise Wut in ihr aufstieg. „Vater, Emil hat mir in den letzten Tagen mehr geholfen als jeder andere hier. Vielleicht wäre es klüger, ihm nicht so schnell zu misstrauen."

Friedrich warf Emil einen letzten, abschätzenden Blick zu, bevor er sich endgültig abwandte. „Wie auch immer," murmelte er, mehr zu sich selbst als zu ihnen, „denn die Wahrheit wird immer ans Licht kommen. Und ich hoffe, du bist dir dessen bewusst, Emil Schwarzwald."

Mit diesen Worten verschwand er, und seine Schritte hallten durch die kühlen Gänge, bis nur noch Stille übrigblieb.

Emil beobachtete ihm nach, ein nachdenkliches, fast ironisches Lächeln auf den Lippen. „Dein Vater ist ein faszinierender Mann," sagte er leise, und sein Tonfall war eine Mischung aus Amüsement und Respekt.

„Faszinierend ist nicht das Wort, das ich wählen würde," murmelte Wilhelmina und sah ihm nachdenklich nach. „Aber... warum hatte ich das Gefühl, dass ihr mehr miteinander geteilt habt, als das, was gerade ausgesprochen wurde?"

Emil sah sie an, seine Augen durchdringend, und für einen kurzen Moment dachte sie, dass er ihr etwas sagen würde. Doch dann zuckte er nur mit den Schultern, als wäre das Ganze eine Belanglosigkeit.

„Vielleicht ist es nur das Schicksal, Wilhelmina," sagte er schließlich mit einem leichten, verschmitzten Lächeln. „Aber wenn ich du wäre... würde ich einen Teil meiner Aufmerksamkeit auf deinen Vater richten. Manche Geheimnisse... sind näher, als man glaubt."

Wilhelmina erwiderte seinen Blick und spürte, wie die unausgesprochenen Fragen sich in ihrem Inneren auftürmten.

⊙≫

In jener Nacht, nachdem die Kühle des Anwesens sie mit einer Kälte erfüllt hatte, die selbst eine heiße Dusche nicht vertreiben konnte, legte Wilhelmina sich erschöpft ins Bett. Die Dunkelheit ihres Zimmers hüllte sie ein, doch die Bilder des Tages verfolgten sie wie Schatten. Die Begegnung mit Emil, das intensive Training, der stumme Schlagabtausch zwischen ihm und ihrem Vater... all das wirbelte in ihrem Kopf herum und ließ sie nicht los.

Nach einer Weile schloss sie die Augen und driftete langsam in einen unruhigen Schlaf, doch die Erinnerungen ließen sie nicht los.

In der Stille ihres Geistes formte sich plötzlich ein lebhaftes Bild: Sie stand im Trainingsraum, nur sie und Emil, wie zuvor. Doch diesmal war alles anders – es war, als wäre die Spannung zwischen ihnen greifbar, fast elektrisch, und die Kühle des Raums wurde durch eine unerklärliche Wärme ersetzt.

In ihrem Traum bewegte sich Emil auf sie zu, sein Blick durchdringend und voller Verlangen. Er trat so nah an sie heran, dass sie seinen Atem auf ihrer Haut spüren konnte. Ein Schauder lief ihr über den Rücken, doch sie wich nicht zurück. Stattdessen spürte sie, wie ihre Hände von selbst zu ihm fanden und auf seiner Brust ruhten, während ihre Augen sich suchten und fanden.

„Hast du Angst, Wilhelmina?" Seine Stimme war ein Flüstern, ein leises, raues Versprechen, das sie zum Zittern brachte.

„Angst?" Ihre Stimme klang fester, als sie es beabsichtigt hatte. „Ich habe keine Angst, Emil. Aber du solltest besser wissen, worauf du dich einlässt."

Er lächelte leicht, und ohne ein weiteres Wort beugte er sich vor und legte seine Lippen auf ihre. Der Kuss war alles andere als sanft, er war fordernd und verlangend, so als ob er sie herausforderte, ihm zu widerstehen. Seine Hände lagen auf ihrer Taille, zogen sie enger an sich, und sie spürte die Wärme seines Körpers wie ein loderndes Feuer, das jede rationale Überlegung hinwegfegte.

Ihr Atem ging schneller, und ihre Hände glitten über seine Schultern, während sie den Kuss erwiderte, ihren eigenen Willen in die Berührung legte. Ihre Körper schienen wie im Einklang, jeder Atemzug, jede Berührung war ein Wortloses Einverständnis, eine unausgesprochene Herausforderung. Sie spürte seine Finger auf ihrer Haut, stark und sicher, während sie ihn näher zu sich zog, als wollte sie die Lücke zwischen ihnen endgültig schließen.

Doch dann änderte sich das Bild. Sie standen plötzlich nicht mehr im Trainingsraum, sondern auf einem düsteren Schlachtfeld, der Boden um sie herum war staubig und von Blut getränkt. Emil stand weiterhin vor ihr, doch sein Gesicht war von Schatten durchzogen, seine Augen leuchteten dunkel und voller Geheimnisse, die ihr verborgen blieben. Die Spannung war immer noch da, doch diesmal schien sie von einem bedrohlichen Unterton begleitet.

„Warum kämpfst du, Wilhelmina?" Seine Stimme war nun rau und scharf, als ob er ihre Hingabe hinterfragen wollte. „Gegen wen kämpfst du wirklich?"

Sie öffnete den Mund, doch bevor sie antworten konnte, spürte sie seine Hand auf ihrem Rücken, wie er sie näher an sich zog. Es war eine Mischung aus Leidenschaft und Gefahr, die sie nicht einordnen konnte, und ihre Sinne schienen ihr zu entgleiten. Seine Lippen fanden ihren Hals, und sie schloss die Augen, spürte die Hitze seines Atems, die jede Spur von Vernunft in ihr verwischte.

Plötzlich aber wandelte sich die Szenerie erneut, und diesmal stand sie mit Emil an einem tiefen Abgrund, die Dunkelheit unter ihnen schien endlos. Er hielt ihre Hand, doch sein Griff war fest, fast bedrohlich.

„Wirst du mit mir springen, Wilhelmina?" fragte er, und in seinem Blick lag eine unausgesprochene Frage, die mehr verlangte als Worte.

Ihr Herz raste, und sie wusste, dass sie vor einer Entscheidung stand, die sie nicht in Worte fassen konnte. Doch bevor sie antworten konnte, spürte sie, wie sie fiel – ein endloses, stürzendes Gefühl, und Emils Gesicht verblasste langsam vor ihr, bis nichts mehr außer Dunkelheit blieb.

Mit einem Keuchen erwachte Wilhelmina und richtete sich abrupt im Bett auf. Ihr Atem ging schwer, und sie fühlte, wie ihr Herz wild in ihrer Brust schlug. Der Traum verblasste, doch die Wärme seiner Berührung schien noch auf ihrer Haut nachzuhallen. Es war, als hätte sie einen Teil von ihm in sich aufgenommen, eine Erinnerung, die nicht real war und doch jede Grenze zwischen Traum und Realität verwischte.

Sie fuhr sich mit einer Hand über das Gesicht und versuchte, die Kontrolle über ihren Atem zurückzugewinnen. Doch sie wusste, dass dieser Traum mehr gewesen war – eine Vorahnung, ein stilles Versprechen, das sich wie ein Flüstern in ihrem Verstand einnistete.

Kapitel 5

Die Nacht lag schwer und doch sanft über München, ein leiser Wind ließ die Blätter im Englischen Garten rascheln. Der Mond stand hoch am Himmel und tauchte die Szenerie in ein silbriges Licht, das alles unwirklich und fast magisch erscheinen ließ. Wilhelmina spürte die vertraute Anspannung in sich, doch diesmal mischte sich etwas Neues darunter – eine prickelnde Erwartung, die sie nur schwer einordnen konnte.

Sie war früher gekommen, als verabredet, und lehnte nun an einem Baum, die Arme verschränkt und den Blick auf den Weg gerichtet. Es war ungewöhnlich, dass sie sich mit jemandem so geheim und abseits der Bruderschaft traf, und genau das machte diesen Moment umso aufregender.

Dann hörte sie leise Schritte auf dem Kiesweg. Sie wusste, dass es Emil war, noch bevor sie ihn sah. Ein leises Lächeln umspielte ihre Lippen, das sie schnell wieder zu verbergen versuchte, als er näher kam und im Mondschein stehen blieb, seine Augen blitzten leicht amüsiert.

„Bist du nervös, Wilhelmina?" fragte er, und seine Stimme klang wie ein leises Versprechen, das sich in die Dunkelheit legte.

„Nervös? Kaum." Sie hob das Kinn und lächelte herausfordernd. „Das hier ist schließlich nur ein... Treffen. Nicht mehr und nicht weniger."

Er trat näher, so dass sie seinen Duft wahrnehmen konnte, der nach alten Büchern und einer unterschwelligen, herben Note roch, die ihr Herz schneller schlagen ließ. „Nur ein Treffen, hm?" Seine

Stimme war ein Flüstern, doch sie spürte jede Nuance, jede versteckte Bedeutung darin. „Interessant, dass du dann mitten in der Nacht dafür den Englischen Garten gewählt hast."

Wilhelmina schüttelte den Kopf und erwiderte spöttisch: „Willst du etwa sagen, dass ich Angst vor der Dunkelheit habe?"

„Vielleicht." Er trat noch näher, und seine Augen fingen das Mondlicht ein, das sie wie ein Flüstern umspielte. „Vielleicht bist du es aber auch, die mich fürchtet."

Sie lachte leise, ein kurzes, herausforderndes Lachen, doch bevor sie antworten konnte, beugte sich Emil vor, bis ihre Gesichter nur noch eine Handbreit voneinander entfernt waren. Sein Blick war fest, ein ungeschriebenes Versprechen, das in der Stille der Nacht zwischen ihnen hing.

„Wilhelmina," murmelte er, und sie spürte, wie seine Stimme sie umhüllte, „wenn du wirklich keine Angst hast... dann beweis es mir."

Die Zeit schien für einen Augenblick stillzustehen. Sie konnte sein Lächeln sehen, dieses leise, selbstbewusste Grinsen, das sie sowohl reizte als auch herausforderte. Ohne lange zu überlegen, trat sie einen Schritt näher und legte eine Hand auf seine Brust. Sie spürte seinen Herzschlag, gleichmäßig und stark, und für einen Moment vergaß sie alles andere – die Bruderschaft, ihre Pflichten, ihren Vater.

Dann, ganz langsam, näherte sie sich ihm, und als ihre Lippen sich berührten, schien die Welt um sie herum zu verschwinden. Der Kuss war zuerst sanft, eine vorsichtige Erkundung, doch bald wurde er fordernder, intensiver. Seine Hände glitten sanft über ihre Taille, zogen sie enger an sich, und sie spürte, wie die Hitze zwischen ihnen wuchs, ein stilles, drängendes Verlangen, das keine Worte brauchte.

Der Mondschein legte sich über sie wie ein unsichtbarer Schleier, und in diesem Moment, in dieser Berührung, gab es keine Geheimnisse mehr, keine Lügen, nur sie beide.

Wilhelmina spürte, wie die Wärme von Emils Berührung ihren ganzen Körper durchströmte, die Welt um sie herum schien in diesem Moment stillzustehen. Der Kuss war voller unausgesprochener Worte, einer Sehnsucht, die sie selbst überrascht hätte – hätte sie nicht so tief in dieser Zweisamkeit versunken gelegen.

Doch dann, wie aus dem Nichts, unterbrach ein kratzendes Geräusch die Stille. Wilhelmina löste sich abrupt von Emil und fuhr herum, ihr ganzer Körper spannte sich an, während sie die Umgebung absuchte. Der vertraute, kalte Schauer – das typische Gefühl, wenn sich ein übernatürliches Wesen in der Nähe befand – durchzuckte sie.

Emil schien die Veränderung in der Atmosphäre ebenso bemerkt zu haben, denn er ließ Wilhelmina los und war sofort in Alarmbereitschaft, sein Blick in die Dunkelheit gerichtet.

„Wir sind nicht allein," murmelte er, und sie nickte, ihre Augen durchforsteten die Bäume am Rande der Lichtung. Dann, fast lautlos, trat eine Gestalt aus den Schatten. Der Vampir war hochgewachsen, seine Augen glühten in einem unheimlichen Rot, und seine Lippen verzogen sich zu einem widerlichen Grinsen.

„Nun, welch eine romantische Szenerie," zischte er, und seine Stimme klang wie eine Mischung aus Spott und Neid. „Eine Jägerin und ein Unsterblicher. Was für ein köstlicher Anblick."

Wilhelmina griff instinktiv nach ihrem Dolch und spürte, wie Emil dicht neben ihr stand, seine Augen wachsam und gefährlich. Ohne ein Wort verstanden sie einander – ein Team, zwei Kämpfer, die wussten, dass sie sich gegenseitig vertrauen konnten.

„Also gut," murmelte Emil, sein Tonfall ruhig und kontrolliert, doch ein unterschwelliger Hauch von Wut schwang mit. „Du willst Ärger? Du bekommst Ärger."

Wilhelmina machte den ersten Schritt und stürzte sich auf den Vampir, ihr Dolch blitzte im Mondschein, und der Vampir wich geschickt zur Seite. Doch bevor er angreifen konnte, war Emil zur Stelle und setzte ihm zu, seine Bewegungen geschmeidig und präzise wie die eines Raubtiers.

Der Vampir zischte und schlug nach Emil, doch Wilhelmina nutzte den Moment der Ablenkung und griff erneut an, ihre Bewegungen waren einstudiert und tödlich. Sie konnte spüren, wie sie und Emil sich perfekt ergänzten, wie ein präzises Uhrwerk, jeder Schlag, jeder Tritt war im Einklang, als hätten sie nie etwas anderes getan.

„Beeindruckend," fauchte der Vampir, als er sich zurückzog, seine Augen blitzten vor Hass und etwas, das fast wie Angst wirkte. „Aber denkt nicht, dass ihr mich so leicht besiegen könnt."

Mit einer schnellen Bewegung warf er sich auf Wilhelmina, doch sie duckte sich geschickt, und im gleichen Moment griff Emil von der Seite an und rammte dem Vampir eine silberne Klinge in den Arm. Ein erstickter Schrei entrang sich den Lippen des Vampirs, doch anstatt sich zurückzuziehen, kämpfte er weiter, wie ein verwundetes Tier, das um sein Überleben kämpft.

Wilhelmina spürte, wie ihr Herz raste, doch sie war völlig auf den Kampf fokussiert, und in diesem Moment spürte sie nichts außer der Bewegung, dem Rhythmus, der sie und Emil verband. Als der Vampir einen letzten, verzweifelten Angriff startete, waren sie beide bereit: Wilhelmina wich dem Hieb aus, und Emil nutzte den Moment, um den Vampir mit einem präzisen Stoß in die Brust zu treffen.

Ein ersticktes Keuchen, ein letztes Zucken, und der Körper des Vampirs fiel zu Boden und zerfiel in Sekunden zu Asche, die der Wind in die Dunkelheit trug.

Schwer atmend sah Wilhelmina Emil an, ihre Augen funkelten vor Adrenalin und etwas anderem – einem Verlangen, das die Hitze des Kampfes nur verstärkt hatte. Emil grinste leicht, seine Brust hob und senkte sich, und er trat näher zu ihr, eine Hand immer noch an der Klinge, die er in der Hand hielt.

„Scheint, als würden wir ein ziemlich gutes Team abgeben," murmelte er und ließ die Klinge sinken, sein Blick ruhte fest auf ihr.

„Vielleicht," entgegnete sie leise, ihr Atem noch schwer vom Kampf. „Oder vielleicht habe ich nur einen talentierten Helfer gefunden."

Er lachte leise, und in diesem Moment schien der Kampf, der Angriff des Vampirs, all das unwichtig zu sein. Sie standen da, den Mond über sich und die nächtliche Ruhe um sich herum, und die Nähe zwischen ihnen schien die Dunkelheit erneut mit Spannung zu füllen.

„Ich denke," begann Emil leise, „dass es noch einige Lektionen gibt, die wir gemeinsam durchstehen könnten."

Doch bevor sie antworten konnte, bemerkte Wilhelmina eine Bewegung am Rande der Lichtung. Hastig wandte sie sich um und entdeckte Lieselotte, die am Rand der Bäume stand und ihnen zunickte, ihre Augen blitzten in einer Mischung aus Verständnis und einem leisen, wissenden Lächeln.

„Wilhelmina, wir müssen reden," sagte Lieselotte, ihre Stimme war ruhig, doch ein leises Lächeln umspielte ihre Lippen, das nichts als Zustimmung andeutete.

Emil nickte Wilhelmina zu und trat dann einen Schritt zurück, seine Augen ruhten noch einen Moment lang auf ihr, bevor er sich schließlich in den Schatten zurückzog, ohne ein weiteres Wort.

Lieselotte trat zu Wilhelmina und verschränkte die Arme vor der Brust, ihr Blick voller Belustigung. „Also... du und Emil? Was würde dein Vater sagen?"

Wilhelmina verdrehte die Augen und schüttelte den Kopf. „Lieselotte, es ist... kompliziert."

„Kompliziert?" Lieselotte hob eine Augenbraue und grinste leicht. „Klingt für mich eher... gefährlich. Und... aufregend."

Wilhelmina konnte sich ein kleines Lächeln nicht verkneifen. „Manchmal sind die besten Dinge gefährlich."

Lieselotte nickte verständnisvoll. „Verbotene Berührungen, verbotene Liebe – ich verstehe das besser, als du denkst." Sie hielt kurz inne und warf einen Blick in die Richtung, in die Emil verschwunden war. „Manchmal sind die Dinge, die wir uns am meisten wünschen, die, die wir uns am wenigsten erlauben."

Wilhelmina runzelte die Stirn und sah ihre Freundin an. „Was meinst du damit, Lieselotte?"

Lieselotte lächelte nur leise und seufzte. „Manchmal sind wir, die Jäger, dazu verdammt, ständig zu jagen und zu schützen, bis wir vergessen, dass wir selbst ein Leben haben." Sie legte eine Hand auf Wilhelminas Schulter und sah sie eindringlich an. „Aber manchmal... muss man die Regeln brechen, um wirklich zu leben."

Mit diesen Worten ließ sie Wilhelmina in tiefen Gedanken zurück, während der Mond sie beide in ein silbernes Licht hüllte und die Nacht unbarmherzig still blieb.

Wilhelmina sah Lieselotte lange nach, während die Worte ihrer Freundin in ihrem Kopf widerhallten. Es war selten, dass Lieselotte sich so kryptisch ausdrückte, und noch seltener, dass sie solche persönlichen Ratschläge gab. Irgendetwas in ihrem Blick und in ihren Worten ließ Wilhelmina ahnen, dass Lieselotte selbst einen Kampf austrug – einen stillen, verborgenen, den sie niemandem anvertraute.

Lieselotte drehte sich um und lächelte Wilhelmina zu, diesmal weicher, ohne Spott oder Ironie. Es war ein Lächeln, das beinahe wehmütig wirkte. Sie schritt zu ihr zurück und zog sie sanft beiseite, wo die Schatten der Bäume sie wie ein unsichtbarer Schleier bedeckten.

„Weißt du," begann Lieselotte leise, „manchmal vergisst die Bruderschaft, dass wir keine bloßen Werkzeuge sind. Dass wir Menschen sind, mit Sehnsüchten und... Schwächen."

Wilhelmina musterte sie überrascht. So offen hatte sie Lieselotte noch nie erlebt. Normalerweise war ihre Freundin eher diejenige, die über die Prinzipien der Bruderschaft wachte und die Regeln stets ernst nahm. Doch heute Nacht war da ein Schatten in ihren Augen, ein Ausdruck, der etwas tief Vergrabenes verriet.

„Lieselotte, du... sprichst, als ob du wüsstest, wovon du redest," sagte Wilhelmina zögerlich, doch sie sah ihre Freundin wachsam an, bereit, mehr über dieses verborgene Kapitel in ihrem Leben zu erfahren.

Lieselotte nickte langsam, und in ihrem Blick lag ein unausgesprochenes Geständnis. „Ich... verstehe mehr, als du denkst, Wilhelmina. Ich weiß, wie es ist, jemanden zu lieben, den man nicht lieben sollte."

Für einen Moment stand Stille zwischen ihnen, und Wilhelmina spürte, wie ihr Herz schneller schlug. „Du... du meinst...?"

„Ja," unterbrach Lieselotte sie, und ihre Stimme klang fest, wenn auch ein wenig brüchig. „Manchmal muss man lernen, in den Schatten zu leben, auch wenn es bedeutet, immer einen Teil von sich selbst zu verstecken." Sie schloss kurz die Augen, als kämpfte sie gegen eine Welle von Erinnerungen. „Es gibt jemanden... jemanden, den ich niemals offiziell lieben dürfte. Jemanden, den mein Vater, die Bruderschaft – sie alle niemals akzeptieren würden."

Wilhelmina spürte, wie das Geheimnis ihrer Freundin wie eine Last auf ihren Schultern lag. Sie wollte etwas sagen, wollte Lieselotte fragen, wer dieser Jemand war, doch ein leises Zittern in ihrer Stimme ließ sie zögern.

„Ich habe mein ganzes Leben nach den Regeln der Bruderschaft gelebt," fuhr Lieselotte fort, ihre Augen wanderten in die Ferne, als könnte sie in der Dunkelheit der Nacht das Gesicht eines unsichtbaren Geliebten erkennen. „Doch dann... lernte ich ihn kennen. Er ist alles, was ich nicht sein darf, alles, was die Bruderschaft verabscheut. Aber er ist auch der einzige Mensch, bei dem ich das Gefühl habe, dass ich wirklich... lebe."

Wilhelmina legte sanft eine Hand auf die Schulter ihrer Freundin. „Ich wusste nicht, dass du so sehr... versteckt lebst, Lieselotte."

Lieselotte lächelte traurig und schüttelte den Kopf. „Es ist besser so, glaub mir. Für die meisten Dinge in unserem Leben müssen wir Opfer bringen. Manche von uns opfern ihre Freiheit, andere ihre Träume... und wieder andere..." Sie hielt inne und atmete tief durch. „Wieder andere opfern ihre Liebe."

Wilhelmina spürte die Schwere der Worte, das unausgesprochene Bedauern in Lieselottes Stimme. Und sie verstand, dass dies nicht einfach eine Geschichte war – es war ein Teil von Lieselottes Seele, der niemals das Licht der Welt erblicken durfte. Sie wollte etwas sagen, wollte sie trösten, doch Lieselotte schüttelte leicht den Kopf und lächelte gequält.

„Versteh mich nicht falsch," sagte sie leise, „ich habe mich längst damit abgefunden. Es ist mein Schicksal, für die Bruderschaft zu kämpfen, und ich habe diesen Weg gewählt. Aber du..." Ihre Augen funkelten im Mondlicht, und sie sah Wilhelmina eindringlich an. „Du hast vielleicht eine Wahl. Vielleicht kannst du dir erlauben, das zu tun, was dein Herz wirklich will."

Wilhelmina konnte nicht leugnen, dass ihre Worte sie zutiefst berührten. Sie dachte an Emil, an die Wärme seines Blicks, die Anziehungskraft, die jedes Zusammentreffen mit ihm in ihr weckte. Die Bruderschaft, ihre Familie, selbst ihre eigenen Prinzipien – all das schien in seiner Nähe für einen Moment bedeutungslos. Doch in ihrem Inneren wusste sie auch, dass dieser Weg gefährlich und voller ungewisser Konsequenzen war.

„Ich weiß nicht, Lieselotte," murmelte sie schließlich, „was, wenn ich am Ende nur all das verliere, woran ich je geglaubt habe?"

Lieselotte lächelte ein letztes Mal und legte ihr sanft die Hand auf die Wange. „Manchmal, Wilhelmina, ist das einzige, was wir verlieren können, die Ketten, die wir uns selbst angelegt haben."

Sie ließ die Hand sinken und trat einen Schritt zurück, ihre Augen noch immer voller unausgesprochener Geheimnisse. „Ich werde dich decken, solange ich kann," sagte sie leise. „Aber irgendwann musst du entscheiden, für was – oder wen – du wirklich kämpfen willst."

Mit diesen Worten ließ sie Wilhelmina in der Stille der Nacht zurück, und die letzten Worte schwebten wie ein stilles Echo in der Dunkelheit.

Als die Dunkelheit des Gartens sie wieder umhüllte und Lieselottes Schritte leiser wurden, stand Wilhelmina eine Weile still da, tief in Gedanken versunken. Die Nacht war still, und nur das leise Rascheln der Blätter im Wind begleitete ihre innere Unruhe. Lieselottes Worte hatten sich in ihr Herz gebrannt, wie ein stilles, eindringliches Echo: *„Vielleicht kannst du dir erlauben, das zu tun, was dein Herz wirklich will."*

Sie schloss die Augen und atmete tief ein, als ob sie die Schwere des Moments, der Versuchung und der Entscheidung, die in der Luft lag, verarbeiten wollte. Doch kaum waren ihre Augen geschlossen, formte sich unwillkürlich ein Bild in ihrem Kopf – ein Bild, das sie nicht abschütteln konnte, selbst wenn sie es gewollt hätte.

In ihrer Fantasie stand sie wieder auf derselben Lichtung, unter dem Mondlicht, doch diesmal war sie allein mit Emil. Er trat auf sie zu, so nah, dass sie seinen Atem spüren konnte, sein Duft sie wie ein sanfter Nebel umhüllte. Die Anziehungskraft zwischen ihnen war wie ein Magnet, ein unsichtbares Band, das sich nur verstärkte, je näher er kam.

„Wilhelmina," murmelte er in ihrer Vorstellung, seine Stimme klang wie ein samtiger Hauch, und sie spürte, wie ihre Atmung schneller wurde. „Warum widerstehst du mir? Warum widerstehst du... uns?"

Er streckte die Hand aus und strich ihr sanft über die Wange, sein Daumen glitt leicht über ihre Haut, und sie fühlte die Wärme seiner Berührung, die ihre kühle Fassade zum Schmelzen brachte. Sein Blick war intensiv, fast hypnotisch, und seine Augen schienen in der Dunkelheit zu glühen, voller Verlangen und stiller Versprechen.

Sie wollte antworten, wollte ihm erklären, dass sie keine Wahl hatte, dass die Regeln der Bruderschaft ihr Herz in Ketten legten, doch die Worte kamen nicht über ihre Lippen. Stattdessen spürte sie, wie ihre Hand fast wie von selbst zu ihm fand, ihre Finger glitten über seine Brust, und sie fühlte das starke Pochen seines Herzschlags, als wäre es eine Antwort auf ihr eigenes Verlangen.

In dieser Vorstellung zog er sie dichter an sich, ihre Körper verschmolzen in einem vertrauten, vertraulichen Rhythmus. Seine Hand ruhte auf ihrem Rücken, ihre Beine berührten sich, und sie spürte, wie sich ihre Brust an seine Brust schmiegte, als wäre das der einzige Ort, an dem sie je gehört hatte.

Ohne ein weiteres Wort beugte er sich vor, und seine Lippen fanden die ihren, diesmal ohne Zögern, ohne Zurückhaltung. Der Kuss war tief und voller Leidenschaft, ein unausgesprochener Bund, der alles sagte, was Worte nicht ausdrücken konnten. Seine Hände glitten über ihren Rücken, fester, und sie lehnte sich an ihn, gab sich diesem Moment hin, als würde nichts anderes in der Welt existieren.

In ihrer Fantasie waren sie beide frei von Regeln, von Verpflichtungen und Erwartungen. Es gab keine Bruderschaft, kein Verbot – nur sie und Emil, eingehüllt in das Mondlicht, das wie ein stiller Zeuge ihrer Zweisamkeit schien. Sie stellte sich vor, wie sie noch enger an ihn gedrückt wurde, ihre Körper verschmolzen wie ein stilles Feuer, das sie beide von innen heraus erwärmte.

Doch dann, wie ein kalter Windstoß, zerrte die Realität an ihr. Sie öffnete die Augen und stand wieder allein im nächtlichen Garten. Der Mondschein schien sie anzulächeln, als wüsste er um das Verlangen, das in ihr brodelte, um das Verlangen, das nie vollständig gestillt werden konnte.

Wilhelmina atmete tief ein und legte eine Hand auf ihre Brust, wo ihr Herz immer noch unruhig pochte. Es war nur eine Fantasie gewesen, nur ein flüchtiger Moment, den sie sich erlaubt hatte – und doch wusste sie, dass diese Vorstellung sie in der Dunkelheit der Nacht begleiten würde, wie ein leises, verlockendes Flüstern, das niemals ganz verschwinden würde.

„*Vielleicht kannst du dir erlauben, das zu tun, was dein Herz wirklich will...*"

Die Worte ihrer Freundin klangen erneut in ihrem Kopf, und während sie langsam den Garten verließ, wusste sie, dass dieser Gedanke – diese Möglichkeit – wie ein leises Feuer in ihr weiter brennen würde.

Kapitel 6

Die alten, verstaubten Archive der Bruderschaft lagen tief unter dem Familienanwesen, versteckt in einer verborgenen Kammer, die nur selten betreten wurde. Wilhelmina kannte diesen Ort seit ihrer Kindheit, doch die kalte, düstere Atmosphäre hatte sie immer mit einem unheimlichen Gefühl erfüllt. Heute Nacht jedoch zog sie etwas Magisches, fast Unwiderstehliches hierher, als ob eine unbekannte Macht sie in diese verborgenen Tiefen lockte.

Sie hatte gehört, dass es in den Archiven Aufzeichnungen gab, die weit in die Vergangenheit reichten – Aufzeichnungen, die die frühesten Tage der Bruderschaft dokumentierten und strengstens bewacht wurden. Vielleicht, dachte sie, könnte sie hier Antworten finden, die ihr in letzter Zeit so dringend gefehlt hatten.

Mit einer Hand fuhr sie über die staubigen Lederbuchrücken und zog schließlich ein Buch hervor, dessen Einband von der Zeit gezeichnet war. Der Titel war fast unleserlich, doch sie konnte noch die Wörter *„Hexenbündnisse und uralte Fehden"* erkennen. Ihr Herzschlag beschleunigte sich, als sie die Seiten aufschlug und begann, die vergilbten, handgeschriebenen Zeilen zu lesen.

Die Aufzeichnungen beschrieben eine Zeit, die weit vor ihrer Vorstellungskraft lag. Die Bruderschaft hatte nicht immer die Feinde bekämpft, die sie heute verfolgten. Vielmehr war einst eine Allianz mit magischen Zirkeln und Hexenmeistern geschlossen worden, um eine dunkle Bedrohung zu bekämpfen, die alle übernatürlichen Grenzen sprengte. Diese mystischen Verbündeten hatten die Bruderschaft mit Schutzzaubern und mächtigen Artefakten ausgestattet, doch etwas war geschehen, das die Allianz in blutige Feindschaft gewandelt hatte.

„Ein Bündnis... mit Hexen," murmelte Wilhelmina und runzelte die Stirn. Warum hatte ihr Vater ihr niemals davon erzählt? Hatte die Bruderschaft wirklich eine Verbindung zur Hexerei? Und noch wichtiger: Was war geschehen, das diese Verbindung in Hass verwandelt hatte?

Gerade als sie in den nächsten Absatz vertieft war, bemerkte sie eine leise Bewegung aus dem Augenwinkel. Sie erstarrte, doch als sie vorsichtig aufblickte, war nichts als die tiefe Dunkelheit der Archive zu sehen. Ein Zittern lief über ihre Haut – das seltsame Gefühl, beobachtet zu werden.

„Wohl die Nerven," flüsterte sie sich selbst zu, um die Beklommenheit zu verscheuchen. Doch ihr Blick wanderte dennoch noch einmal durch den Raum, und für einen flüchtigen Moment meinte sie, einen dunklen Schatten an der Wand zu sehen, eine leise Bewegung, die so schnell verschwunden war, dass sie es für eine Einbildung halten konnte.

Doch Isabella, ihre frühere Mentorin und eine mächtige, rätselhafte Hexe, die seit kurzem in München verweilte, hatte in Wahrheit alles beobachtet. Im Verborgenen blieb sie in den Schatten stehen, ihre Augen waren kalt und wachsam, während sie die junge Jägerin beobachtete, die eine alte Wahrheit entdeckte, die vielleicht nie für sie bestimmt gewesen war.

Isabella zog sich lautlos zurück, ihre Gedanken dunkel und unergründlich, während sie darüber nachdachte, wie viel Wilhelmina bereits wusste – und wie viel mehr sie ihr noch verheimlichen musste.

※

A m nächsten Abend, noch immer benommen von den Enthüllungen der vergangenen Nacht, erhielt Wilhelmina eine überraschende Einladung von Emil. Seine Nachricht war knapp und unaufdringlich – er bat sie zu einem „Geschäftsessen" in seinem versteckten Dachgarten. Sie las die Worte mehrmals und konnte sich ein leichtes Schmunzeln nicht verkneifen. Ein Geschäftstreffen? Die Wahl des Ortes ließ vermuten, dass Emil weitaus mehr beabsichtigte als ein Gespräch über Antiquitäten oder alte Bündnisse.

Am Abend trat Wilhelmina auf das Dach von Emils Anwesen und blieb einen Moment lang überwältigt stehen. Vor ihr lag ein kleiner, üppig bewachsener Garten, ein Refugium hoch über der Stadt, das sie förmlich in eine andere Welt zog. Das warme Licht zahlreicher Laternen ließ alles in einem weichen, goldenen Glanz erstrahlen, und der sanfte Duft von Jasmin und Rosen erfüllte die Luft. Die dunklen Silhouetten der Stadt erstreckten sich bis zum Horizont, und der Mond war eine leuchtende Scheibe am Himmel.

Emil stand schon am Rande des Gartens und beobachtete sie mit diesem leisen Lächeln, das sie gleichzeitig reizte und faszinierte. „Ich freue mich, dass du gekommen bist," sagte er und trat auf sie zu.

„Geschäftsessen?" fragte Wilhelmina und hob die Augenbrauen, während sie den Garten mit einem vielsagenden Blick musterte. „Das ist wohl die eleganteste Art, Geschäfte zu führen, die ich je erlebt habe."

Er lachte leise und zuckte leicht mit den Schultern. „Nun ja, man sagt, das Ambiente trägt zur... Produktivität bei." Er führte sie zu einem kleinen Tisch, der mit Kristallgläsern und feinem Porzellan gedeckt war. Zwei Gläser mit tiefrotem Wein standen bereits bereit, und eine leichte Brise ließ die Flamme der Kerzen sanft flackern.

Sie setzte sich, und Emil schenkte ihr ein. „Zu unseren... gemeinsamen Interessen," murmelte er, sein Blick voller unausgesprochener Bedeutungen, während ihre Gläser leise aneinander klangen.

Das Gespräch begann zunächst förmlich, beinahe distanziert – sie sprachen über die Stadt, über den Wandel der Zeit und über die Geheimnisse der Antiquitäten, doch Wilhelmina spürte die Spannung zwischen ihnen, eine unausgesprochene Anziehungskraft, die mit jedem Wort wuchs.

Schließlich legte Emil sein Glas beiseite und beugte sich ein wenig vor, sein Blick wurde ernster, und seine Augen schienen in der Dunkelheit zu glühen. „Wilhelmina," begann er leise, „ich muss dir etwas gestehen." Er hielt inne, und sie spürte, wie sich die Spannung in der Luft verdichtete.

„Ein Geständnis?" fragte sie herausfordernd und legte ihre Hände ruhig auf den Tisch. „Emil Schwarzwald – wer hätte gedacht, dass du etwas verheimlichst?"

Ein leichtes Lächeln huschte über seine Lippen, doch es war nicht die übliche Belustigung. „Nun ja, jeder hat Geheimnisse, nicht wahr? Aber in diesem Fall... könnte es dich betreffen."

Ihre Augen verengten sich leicht, und sie spürte, wie ihr Herz schneller schlug. „Was versuchst du mir zu sagen, Emil?"

Er nahm ihre Hand, seine Finger schlossen sich sanft um ihre, und in diesem Moment fühlte sie, wie eine plötzliche, prickelnde Wärme ihre Haut durchflutete. Ein Gefühl, das so intensiv war, dass es beinahe magisch wirkte.

„Wilhelmina," murmelte er leise, sein Blick ließ keinen Zweifel daran, wie ernst er war, „ich habe in letzter Zeit viel über uns nachgedacht. Über das, was wir sind, was wir werden könnten – und über die Barrieren, die uns auferlegt sind."

Sie konnte seinen Blick kaum ertragen, so durchdringend und ehrlich war er. Eine seltsame, magische Energie erfüllte den Raum, die Luft zwischen ihnen schien fast zu knistern. Er beugte sich langsam näher zu ihr, und die Zeit schien stillzustehen, die Stadt, die Bruderschaft, ihre Verpflichtungen – alles schien in den Hintergrund zu treten.

Als sich ihre Lippen berührten, durchzog sie ein Kribbeln, das sie bis ins Innerste berührte. Der Kuss war tief und zärtlich, zugleich aber auch voller Leidenschaft, die sie beide zu überraschen schien. In diesem Moment spürte sie eine fremde, mächtige Energie, die wie ein sanfter Funke über ihre Haut zog – eine Magie, die zwischen ihnen beiden pulsierte und ihre Verbindung auf eine tiefere Ebene zu heben schien.

Seine Hand legte sich auf ihre Wange, und ein leises Licht schien von ihm auszugehen, etwas Magisches und Verbotenes, das sie mit jeder Berührung in sich aufnahm. Es war, als ob ihre Seelen miteinander verschmolzen, als ob jede Berührung ihre tiefsten Gefühle freilegte, und sie fühlte sich, als ob sie den Boden unter den Füßen verlieren würde.

Er zog sich leicht zurück, sein Blick war weich, und ein Hauch von Traurigkeit lag in seinen Augen. „Ich weiß, dass dies für dich nicht leicht ist, Wilhelmina," murmelte er. „Unsere Welten... sie wurden nie dafür geschaffen, sich zu vereinen. Aber ich wünschte, wir könnten uns eine eigene Welt schaffen – nur für diesen Moment."

Wilhelmina spürte die Tränen in ihren Augen, doch sie blinzelte sie weg und nickte leise. „Vielleicht... ist dieser Moment genug," flüsterte sie, und ihre Stimme war brüchig.

Sie verbrachten den Rest des Abends in stiller Vertrautheit, ihre Blicke sprachen mehr, als Worte es jemals gekonnt hätten. Der Dachgarten schien sie beide zu umarmen, eine kleine, geheime Welt für zwei Menschen, die sich zwischen ihren Verpflichtungen und ihren Herzen verloren hatten.

Wilhelmina kehrte in den frühen Morgenstunden zurück zum Anwesen der Bruderschaft, die Erinnerungen an den vergangenen Abend noch immer lebendig in ihrem Herzen. Jeder Schritt hallte durch die kühlen Gänge, und der Duft von Emils geheimem Dachgarten schien noch an ihrer Kleidung zu haften, als eine leise Erinnerung an jene verbotene Nähe. Sie hatte noch die

Wärme seiner Hände auf ihrer Haut gespürt und die unbeschreibliche Verbindung, die sie mit ihm empfunden hatte.

Doch kaum hatte sie die Schwelle ihres Zimmers überschritten, wurde sie von einem der Diener gerufen. „Wilhelmina, dein Vater wünscht dich in seinem Arbeitszimmer zu sprechen – unverzüglich."

Ihr Herz zog sich bei der kühlen, formellen Stimme des Dieners zusammen. Es war ungewöhnlich, dass Friedrich sie so früh am Morgen zu sich rief. Wilhelmina bemühte sich um einen neutralen Ausdruck und folgte dem Diener, ihre Gedanken schwirrten und eine leichte Unruhe durchdrang sie.

Als sie das große, düster gehaltene Arbeitszimmer betrat, stand ihr Vater bereits am Fenster, den Rücken zu ihr gewandt. Das erste Morgenlicht warf lange Schatten, die den Raum noch ernster und unnahbarer erscheinen ließen.

„Du wolltest mich sprechen, Vater?" Ihre Stimme klang fest, doch sie spürte ein seltsames Unbehagen, das sich in ihrer Brust ausbreitete.

Friedrich drehte sich langsam zu ihr um, seine Miene war streng und undurchdringlich, wie so oft, wenn es um wichtige Angelegenheiten der Bruderschaft ging. Er trat an seinen Schreibtisch und verschränkte die Hände vor sich. „Wilhelmina," begann er mit seiner tiefen, kühlen Stimme, „es ist an der Zeit, dass du dich deinem Schicksal stellst."

Ein kalter Schauder durchlief sie bei diesen Worten, und sie spürte eine Vorahnung in ihrem Magen. „Was genau meinst du damit?"

Friedrichs Augen waren kalt und fest auf sie gerichtet. „Es wurde entschieden, dass es an der Zeit ist, eine Verbindung zu festigen – eine Allianz, die unsere Familie stärken und die Zukunft der Bruderschaft sichern wird."

Wilhelmina konnte den Blick ihres Vaters kaum ertragen. „Eine Verbindung?" Ihre Stimme klang leise, doch in ihr begann ein leises, wütendes Flüstern zu wachsen. „Du... du meinst eine Verlobung?"

„Ja," sagte Friedrich ohne einen Anflug von Zögern. „Du wirst mit einem würdigen Jäger unserer Wahl verlobt. Ein Mann, der dir ebenbürtig ist und unsere Ideale teilt."

In Wilhelmina regte sich eine Welle der Wut, doch sie schluckte heftig, um ihre Worte unter Kontrolle zu halten. „Und wer ist dieser... würdige Jäger?"

Friedrichs Blick wurde noch härter. „Das wirst du erfahren, wenn die Zeit gekommen ist. Aber ich erwarte, dass du diese Entscheidung respektierst und dich deinem Erbe verpflichtet fühlst."

„Mein Erbe?" Wilhelminas Stimme wurde schärfer, ihre Augen blitzten auf. „Heißt das, ich soll für die Bruderschaft alles opfern, was mir wichtig ist? Auch meine eigene Wahl?"

Friedrich verzog keine Miene. „Manchmal, Wilhelmina, erfordert die Loyalität Opfer. Deine Pflicht und deine Familie kommen vor deinen persönlichen... Neigungen."

Sie merkte, wie ihre Hände sich zu Fäusten ballten, und sie fühlte sich, als hätte ihr jemand die Luft abgeschnürt. In ihren Gedanken tauchte unwillkürlich das Bild von Emil auf – seine Wärme, seine Nähe, die Magie, die sie bei ihm gespürt hatte. Die Vorstellung, sich an einen anderen Mann zu binden, von der Bruderschaft wie ein Schachstein bewegt zu werden, weckte eine Rebellion in ihr, die sie kaum unterdrücken konnte.

„Vielleicht... gibt es Dinge, die nicht so einfach geopfert werden können," sagte sie leise, fast zu sich selbst, doch Friedrichs Gesicht verzog sich zu einer zynischen Miene.

„Du bist eine Lichtenberg, Wilhelmina," antwortete er mit einer kühlen Schärfe, die ihr das Blut in den Adern gefrieren ließ. „Du tust, was von dir erwartet wird. Und ich hoffe, dass dir klar ist, dass jedes Zögern eine Schwäche darstellt."

Für einen Moment schwieg sie, zu wütend, um zu sprechen, zu verletzt, um die Worte zu finden. Schließlich nickte sie steif, ohne ihn anzusehen. „Ist das alles, was du zu sagen hast?"
„Ja." Er nickte knapp. „Du darfst jetzt gehen."
Ohne ein weiteres Wort verließ sie das Zimmer, und mit jedem Schritt, den sie tat, spürte sie, wie der Zorn in ihr wuchs, wie die unerbittliche Enge ihrer Pflichten sie erdrückte.

Wilhelmina marschierte aus dem Arbeitszimmer ihres Vaters, ihre Schritte hallten durch die kühlen Flure des Anwesens, doch ihr Herz schien von einer Hitze durchdrungen, die jeden Schritt schwer und zugleich kraftvoll machte. Die Ankündigung ihres Vaters – die Verlobung, das geopferte Leben, das man ihr auferlegen wollte – all das ließ einen Sturm der Wut in ihr toben. Es war, als hätte man ihr Leben ohne Vorwarnung einem fremden Zweck unterworfen, als wäre sie nichts weiter als ein Bauer auf dem Schachbrett der Bruderschaft.

Ohne zu wissen, wohin sie lief, fand sie sich schließlich in einem abgelegenen Flügel des Anwesens wieder, weit weg von den Blicken der anderen. Sie lehnte sich an die kalte Wand, atmete tief und schloss die Augen, um das Flackern der Gedanken und Gefühle zu ordnen, das in ihrem Kopf tobte. Doch anstatt die Wut zu vertreiben, verstärkte das Schließen der Augen nur die Vorstellung, die sie heimlich gehegt hatte – eine Vorstellung, die nun wie ein heißer, ungebändigter Wunsch durch ihre Gedanken brannte.

In ihrem Kopf tauchte das Bild von Emil auf, schärfer und lebendiger, als es je zuvor gewesen war. Sie sah ihn klar vor sich, sein durchdringender Blick, sein schelmisches Lächeln und die Art, wie er es wagte, sie herauszufordern und sie mit einer Intensität zu betrachten, die kein anderer Mann je gezeigt hatte. Sie konnte sich vorstellen, wie er seine Hand nach ihr ausstreckte, wie seine Finger ihre Haut berührten und die Wut und das Chaos in ihr in etwas anderes verwandelten – etwas Wildes, Ungezähmtes.

In ihrer Fantasie drehte sie sich zu Emil um und griff nach seiner Hand. Ihre Stimme war fest und zugleich voller Entschlossenheit. „Lass uns einfach fortgehen, Emil. Fort von allem, von der Bruderschaft, von all den Erwartungen. Nur wir."

Sie stellte sich vor, wie er ihre Hand festhielt, wie er ein Lächeln auf den Lippen trug, das voller Zustimmung und Abenteuerlust war. Seine Augen funkelten mit einem Verlangen, das ihr Herz schneller schlagen ließ, und sie sah, wie er sie näher an sich zog, als wäre der Rest der Welt in einem einzigen Atemzug verschwunden.

„Wilhelmina," hörte sie ihn in ihrer Vorstellung sagen, seine Stimme rau und leise, „wir könnten eine Welt für uns allein schaffen. Ohne Regeln. Ohne Grenzen."

In ihrem Kopf sah sie, wie sie gemeinsam durch die Straßen Münchens flohen, vorbei an den düsteren Gassen und hoch hinauf in die Bergwelt der Alpen, wo niemand sie finden würde. In einer kleinen, abgelegenen Hütte, verborgen vor den strengen Augen der Bruderschaft und den Erwartungen ihrer Familie, wären sie frei. Frei, ohne Verpflichtungen, frei von der Last des Lichtenberg-Namens und all der Geheimnisse, die damit verbunden waren.

Die Fantasie wurde immer lebendiger. Sie sah sich selbst in dieser Hütte, das Licht des Kaminfeuers erhellte das Zimmer, und Emil stand neben ihr, seine Hände an ihrer Taille, während er sie sanft an sich zog. Die Welt war still, nichts außer ihnen beiden existierte. Ihre Lippen trafen sich in einem Kuss, der tief und voller Verlangen war, ein Kuss, der all das ausdrückte, was sie sich niemals laut zu sagen trauten.

Sie spürte seine Finger auf ihrer Haut, wie er sie eng an sich zog und das Gefühl von Freiheit und Sicherheit zugleich in ihr auslöste. Hier, in dieser Vorstellung, war sie nicht Wilhelmina von Lichtenberg, die Erbin einer langen Linie von Jägern. Hier war sie einfach nur sie selbst – ein Mensch mit Sehnsüchten, ein Herz, das wild und frei schlug, ein Körper, der das Verlangen zuließ, das in ihr wütete.

Doch plötzlich wurde ihre Fantasie von einem bitteren Gefühl der Ernüchterung zerrissen. Die Realität drängte sich wie ein kalter Schatten in ihre Gedanken und zerschlug die Idylle der Vorstellung. Sie wusste, dass es unmöglich war, dass eine Flucht nur ein Traum bleiben würde. Die Bruderschaft, ihr Vater – sie würden sie niemals loslassen. Selbst wenn sie es versuchte, sie würde niemals wirklich frei sein.

Die Vorstellung zerbrach, und die Wut kehrte zurück, stärker und schmerzvoller als zuvor. Sie schlug die Faust gegen die Wand, die kalte Härte war ein grausamer Kontrast zu der Wärme, die sie in Emils Nähe empfunden hatte. Alles, was sie wollte, war ein Leben, das sie selbst gestalten konnte – und doch schienen all ihre Entscheidungen bereits für sie getroffen zu sein.

„Verfluchte Bruderschaft," flüsterte sie wütend. „Verfluchte Erwartungen."

Doch selbst in dieser Dunkelheit schien das Bild von Emil in ihrem Kopf wie ein kleiner Funken zu leuchten, ein Flüstern, das sie an all das erinnerte, was sie wirklich wollte – und an all das, was sie vielleicht niemals haben würde.

Kapitel 7

Der Antiquitätenladen lag still und dunkel in der engen Gasse, nur eine einzige Lampe warf ein warmes, gedämpftes Licht auf die verstaubten Bücher und kunstvoll gearbeiteten Statuen, die sich überall im Raum türmten. Wilhelmina schlich durch die Nacht, ihr Herz klopfte wild in ihrer Brust, und jeder Schritt, den sie auf Emils Laden zuging, schien das Knistern der Spannung in ihr noch zu verstärken.

Sie wusste, dass es riskant war, sich so spät zu treffen, doch die Worte ihres Vaters hallten noch immer in ihren Gedanken wider. Der Gedanke an die geplante Verlobung, die strengen Erwartungen der Bruderschaft – all das hatte in ihr den Wunsch geweckt, für einen einzigen Augenblick die Kontrolle aufzugeben, sich von dieser Last zu befreien. Und Emil... Emil war der einzige, bei dem sie das Gefühl hatte, wirklich sie selbst sein zu können.

Kaum hatte sie die schwere, hölzerne Tür geöffnet, stand er schon da, inmitten des Raumes, in das warme Licht der Lampe gehüllt, als hätte er auf sie gewartet. Er hob den Kopf und sah sie an, sein Blick war voller unausgesprochener Worte, die alles zwischen ihnen verständlich machten, ohne dass sie ein einziges Wort wechseln mussten.

„Ich wusste, dass du kommst," sagte er leise, seine Stimme war tief und voll mit einer Wärme, die sie sofort umfing.

„Ich auch," flüsterte sie zurück, während sie die Tür hinter sich schloss und langsam auf ihn zuging.

Ohne ein weiteres Wort schritt er auf sie zu, seine Hand fand ihre, und ein sanfter, elektrischer Schauer zog durch ihren Körper. Die Luft zwischen ihnen war dicht und warm, als würde sich eine unsichtbare Energie um sie legen, die jedes Gefühl, jede Bewegung verstärkte. Emil zog sie an sich, und sie spürte die Hitze seines Körpers, die Vertrautheit seiner Nähe, die sie augenblicklich all ihre Zweifel vergessen ließ.

Ihre Lippen fanden sich, und der Kuss war intensiv, voller Leidenschaft, die sie beide zu überraschen schien. Seine Hände glitten über ihren Rücken, zogen sie näher zu sich, und sie erwiderte die Berührung, ihre Finger fuhren durch sein Haar, während sich der Raum um sie herum zu drehen schien. Es war, als hätte sich die Zeit angehalten, als würde der gesamte Antiquitätenladen, der staubige Duft der alten Bücher und das warme Licht in diesem Moment nur für sie existieren.

Doch da war noch mehr – ein Kribbeln, eine magische Energie, die wie eine unsichtbare Welle über ihre Haut glitt und sie beide umfing. Jeder Kuss, jede Berührung schien durch diese unsichtbare Kraft verstärkt, und Wilhelmina fühlte sich wie in einem Fiebertraum, einem Zustand, in dem die Realität verschwommen und die Gefühle nur noch intensiver wurden.

„Wilhelmina," murmelte Emil, seine Stimme war kaum mehr als ein Flüstern, doch sie spürte die Dringlichkeit in seinem Ton. „Das hier ist... mehr als nur wir."

Sie sah ihn an, ihre Atmung schwer, ihr Blick verschleiert. „Ich weiß. Aber es fühlt sich so richtig an."

Er schloss die Augen für einen Moment, als würde er gegen etwas ankämpfen, doch dann gab er sich erneut ihren Lippen hin, und ihre Küsse wurden heftiger, die Energie zwischen ihnen wuchs weiter an, wie ein stiller, brennender Sturm, der sich nur schwer unterdrücken ließ. Sie fühlte seine Hände, fest und warm, auf ihrer Haut, jede

Berührung schien ihr Herz schneller schlagen zu lassen, und sie gab sich diesem Moment hin, wie einer Welle, die sie mit sich riss.

In diesem Moment schien die Welt zu verschwinden, keine Bruderschaft, keine Regeln – nur sie beide, verschlungen in einer stillen, magischen Ekstase, die keine Grenzen kannte.

⚜

Der Morgen brach herein, das erste schwache Licht durchdrang die Gassen, als Wilhelmina sich, noch immer im Bann der letzten Nacht, in den Räumen der Bruderschaft zurückfand. Die Erinnerungen an Emil, an die Leidenschaft und die Magie, die sie beide umgeben hatte, schienen wie ein sanfter, heimlicher Schatten über ihr zu schweben und jeden Gedanken zu durchdringen.

Doch plötzlich hörte sie ein leises Klopfen an der Tür, und bevor sie reagieren konnte, trat Lieselotte ein. Ihre sonst lebhafte Freundin wirkte ungewöhnlich besorgt und müde, ihre Augen schienen von einer inneren Unruhe zu sprechen, die Wilhelmina sofort auffiel.

„Lieselotte?" fragte Wilhelmina überrascht und richtete sich auf. „Ist alles in Ordnung?"

Lieselotte nickte kurz, doch ihre Augen glitten nervös durch den Raum, als ob sie nach Worten suchte. „Ich... ich wollte dich sprechen, Wilhelmina. Ich weiß nicht, wen ich sonst fragen soll."

Wilhelmina spürte, dass hinter dieser ungewöhnlichen Nervosität etwas Größeres lag. „Natürlich, setz dich. Was ist los?"

Lieselotte ließ sich auf einen Stuhl sinken und zögerte, ihre Hände spielten unruhig mit einem Band an ihrem Ärmel. „Es ist Magnus..." Sie stockte und sah Wilhelmina hilflos an. „Ich weiß, du kennst ihn nicht wirklich. Aber er bedeutet mir so viel... und die Dinge zwischen uns... sie werden komplizierter."

Wilhelmina runzelte die Stirn. Sie wusste, dass Magnus ein verbündeter Werwolf war, doch Lieselotte hatte ihre Verbindung zu ihm stets geheim gehalten. Dass sie nun von ihm sprach, musste bedeuten, dass die Situation ernst war. „Kompliziert? Was genau meinst du damit?"

Lieselotte zögerte und seufzte schwer. „Es gibt Dinge, die die Bruderschaft nie verstehen wird. Sie... sie erwarten von uns, dass wir alles für die Mission opfern, dass wir unsere Gefühle beiseiteschieben. Aber Magnus und ich... wir haben etwas aufgebaut, etwas Echtes." Sie hielt inne und schien die richtigen Worte zu suchen. „Aber in letzter Zeit... ist er verändert. Als ob etwas ihn quält. Und ich weiß nicht, wie ich ihm helfen kann."

Wilhelmina spürte die Verzweiflung in Lieselottes Stimme, doch ihre eigenen Gedanken waren noch bei Emil, bei dem, was sie mit ihm geteilt hatte. Ein Teil von ihr verstand Lieselottes Dilemma, die Last eines verbotenen Verlangens, die Schwierigkeit, zwischen Herz und Pflicht zu entscheiden. Und doch konnte sie sich nicht ganz auf das Leid ihrer Freundin konzentrieren – nicht, solange ihre eigenen Gefühle wie ein Flächenbrand in ihr tobten.

„Vielleicht... braucht Magnus einfach Zeit," murmelte Wilhelmina, ihre Stimme war sanft, doch ihre Gedanken schienen weit entfernt. „Manchmal sind die Dinge komplizierter, als sie scheinen."

Lieselotte warf ihr einen prüfenden Blick zu. „Wilhelmina... bist du bei mir? Ich meine, ich habe das Gefühl, dass du... dass du selbst etwas auf dem Herzen hast."

Wilhelmina zwang sich zu einem Lächeln. „Es ist nichts," sagte sie schnell und versuchte, den Ausdruck in ihren Augen zu verbergen. „Ich verstehe nur, wie schwierig das sein muss. Liebe und Verpflichtungen... sie stehen oft im Widerspruch zueinander."

Lieselotte nickte, doch sie schien ihre Freundin durchschaut zu haben. „Vielleicht, Wilhelmina, sollten wir beide aufhören, so zu tun, als könnten wir unsere Herzen für immer vor der Bruderschaft verstecken. Manchmal... gibt es Dinge, die uns wichtiger sind als jede Verpflichtung."

Wilhelmina schwieg und sah Lieselotte einen langen Moment an. Ein unausgesprochenes Verständnis ging zwischen ihnen hin und her, ein Wissen, dass sie beide den Preis für ihr Schweigen und ihre Entscheidungen trugen – und dass diese Last manchmal mehr war, als ein Herz tragen konnte.

Lieselotte erhob sich schließlich und trat zur Tür. „Danke, Wilhelmina. Ich… ich denke, ich werde einen Weg finden." Doch bevor sie ging, warf sie einen letzten Blick über die Schulter und flüsterte leise: „Pass auf dich auf."

Wilhelmina sah ihr nach und spürte, wie die stille Verbundenheit zwischen ihnen wuchs, geprägt von Geheimnissen, die sie nie ganz teilen konnten. In Gedanken war sie schon wieder bei Emil und wusste, dass auch sie an der Schwelle zu einem Weg stand, den niemand gutheißen würde.

Das Anwesen der Lichtenbergs war in eine seltsame Stille gehüllt, als Wilhelmina das Gefühl beschlich, dass etwas Unheilvolles in der Luft lag. Während sie durch die langen Gänge ging, bemerkte sie die Unruhe in den Gesichtern der Diener, das verstohlene Flüstern und die angespannten Blicke, die auf einen Ort gerichtet waren – das Arbeitszimmer ihres Vaters.

Als sie näher kam, hörte sie gedämpfte Stimmen aus dem Zimmer. Sie erkannte sofort die tiefe, strenge Stimme ihres Vaters, doch die zweite Stimme war kühler, seidig und voller unheimlicher Ruhe. Sie blieb unwillkürlich stehen, eine seltsame Anspannung durchströmte sie. Ohne sich bewusst zu sein, hielt sie den Atem an, während sie zu lauschen versuchte.

„Friedrich," sprach die fremde Stimme, in der ein Hauch von Amüsement mitschwang. „Eure Bruderschaft hat viele Jahrhunderte lang einen beeindruckenden Stand gehalten. Doch die Zeiten ändern sich, und wir beide wissen, dass alte Fehden nur die Geister der Vergangenheit wecken."

Wilhelmina fröstelte, als sie die Stimme erkannte – Graf Viktor von Blutfels, ein mächtiger Vampir, dessen Einfluss in den Schatten Münchens gefürchtet war. Sie hatte Gerüchte über ihn gehört, dunkle Erzählungen von blutigen Intrigen und einer Macht, die weit über die der üblichen Vampire hinausging. Doch was suchte ein solches Wesen im Haus der Lichtenbergs?

Sie trat vorsichtig näher, jede Bewegung langsam und leise, bis sie den Gesprächsfetzen folgen konnte.

„Wir haben keinen Grund, alte Abmachungen wieder aufleben zu lassen, von Blutfels," sagte Friedrich mit einer Kälte, die ihr bekannt war. „Unsere Ziele stehen seit Jahrhunderten im Widerspruch. Die Bruderschaft wird sich nie dem Einfluss eines Wesens wie dir beugen."

„Oh, Friedrich," erwiderte von Blutfels leise, und in seiner Stimme lag eine seltsame Bedrohung, die wie ein Hauch von Dunkelheit durch den Raum schwebte. „Die Bruderschaft sollte nicht so selbstsicher sein. Die Zeit, in der ihr über die Regeln bestimmt habt, könnte schneller vorüber sein, als dir lieb ist."

Eine lange Pause folgte, und Wilhelmina wagte kaum zu atmen. Sie konnte das Unbehagen ihres Vaters förmlich spüren, doch Friedrich zeigte es nicht. Er hatte gelernt, seine Reaktionen im Angesicht der Feinde zu verbergen, eine Disziplin, die er auch ihr stets eingebläut hatte.

„Was genau suchst du, Viktor?" fragte Friedrich schließlich, seine Stimme angespannt. „Warum kommst du in mein Haus, obwohl du weißt, dass unsere Fehde ungebrochen ist?"

Ein leises Lachen erfüllte den Raum, und Wilhelmina spürte die Kälte, die sich wie ein Schleier auf das Anwesen legte. „Weil ich, Friedrich, keine Feinde sehe – nur Verbündete, die noch nicht zu ihrem Potenzial erwacht sind."

Die Worte des Grafen hingen schwer in der Luft, und Wilhelmina spürte, wie eine seltsame Beklommenheit sie erfasste. Was hatte von Blutfels wirklich im Sinn? Wollte er die Bruderschaft spalten? Oder verfolgte er gar einen noch düstereren Plan, dessen Ausmaß sie sich noch nicht vorstellen konnte?

Plötzlich klangen Schritte näher, und Wilhelmina wich hastig zurück, gerade rechtzeitig, um sich hinter einer Wand zu verbergen. Die Tür des Arbeitszimmers öffnete sich, und sie sah, wie der Graf auf den Flur trat, seine Gestalt hochgewachsen und in einen dunklen Umhang gehüllt, der wie ein Schatten über dem Boden schwebte. Seine Augen glitten kurz über den leeren Flur, als würde er etwas oder jemanden suchen, doch schließlich bewegte er sich in die entgegengesetzte Richtung.

Wilhelmina sah ihm nach, ihr Herz pochte wild, und eine Mischung aus Angst und Wut durchströmte sie. Sie konnte die Art und Weise nicht ertragen, wie dieser Vampir es wagte, in das Haus ihrer Familie einzudringen, mit dem Wissen, dass er sie wie Spielfiguren auf seinem dunklen Schachbrett bewegen wollte.

Langsam näherte sie sich dem Arbeitszimmer, in dem ihr Vater noch immer stand, die Schultern gestrafft, den Blick hart und undurchdringlich. Er wirkte wie ein Mann, der einen Schlag erhalten hatte, den er sich jedoch nie anmerken lassen würde.

„Vater?" Wilhelmina trat vorsichtig ein und versuchte, ruhig zu klingen, auch wenn ihre Gedanken tobten. „Was wollte der Graf von Blutfels?"

Friedrich wandte sich ihr zu, und sein Blick war wie immer scharf und unnahbar. „Das spielt keine Rolle, Wilhelmina. Er ist eine Bedrohung – eine, die wir ernst nehmen müssen. Aber du... du musst dich nicht damit belasten."

Doch Wilhelmina spürte, dass ihr Vater mehr wusste, als er zu sagen bereit war. Sie kannte diesen Ausdruck auf seinem Gesicht, die Anspannung, die nur dann auftrat, wenn er sich einer Gefahr bewusst war, die sich nicht so leicht abwehren ließ.

„Aber Vater, wenn er unser Feind ist, sollten wir uns nicht verstecken," sagte sie fest, obwohl sie das Gefühl hatte, dass ihre Worte gegen eine unsichtbare Mauer prallten. „Wir sollten vorbereitet sein – auf alles, was er plant."

Friedrich musterte sie für einen Moment, und sie glaubte, einen Anflug von Sorge in seinen Augen zu sehen. „Du hast Recht," sagte er schließlich, und seine Stimme war leise. „Aber manche Dinge... Wilhelmina, sie gehen über das hinaus, was du dir vorstellen kannst. Manchmal ist es klüger, nicht alles zu wissen."

„Nicht alles zu wissen?" Sie hob herausfordernd das Kinn. „Wir leben in Zeiten, in denen das Verborgene immer wieder zu uns zurückkommt, Vater. Ignoranz hilft uns nicht weiter."

Für einen kurzen Augenblick glaubte sie, Friedrichs Fassade bröckeln zu sehen. Doch dann nickte er knapp, seine Lippen waren schmal zusammengepresst. „Vielleicht hast du recht, Wilhelmina," sagte er schließlich, seine Stimme klang rau. „Vielleicht ist das Dunkle, das von Blutfels mit sich bringt, nur der Anfang. Und wir müssen vorbereitet sein."

Er drehte sich ab, und sie wusste, dass er nicht mehr sprechen würde. Die Unterredung mit von Blutfels hatte ihn zutiefst beunruhigt – und sie wusste, dass dies nicht das Ende war, sondern nur der Anfang eines drohenden Schattens, der sich über die Bruderschaft und ihre Welt legte.

Wilhelmina spürte die Bedrohung, die in der Luft lag, doch in ihrem Inneren regte sich auch eine neue Entschlossenheit.

In der Nacht lag Wilhelmina unruhig in ihrem Bett. Der Besuch von Graf von Blutfels und das seltsame Gespräch mit ihrem Vater hatten eine Unruhe in ihr geweckt, die sie nicht abschütteln konnte.

Die Worte ihres Vaters hallten in ihrem Kopf wider, doch die Angst, die sie gespürt hatte, vermischte sich mit einer anderen, brennenden Sehnsucht – einer Sehnsucht, die sie in den Armen von Emil für einen Moment hatte vergessen lassen.

Als sie endlich einschlief, verfiel sie in einen seltsamen, lebhaften Traum. Sie befand sich in Emils Antiquitätenladen, allein in der Dämmerung des Kerzenlichts. Der Raum war in ein geheimnisvolles Zwielicht getaucht, das Schatten auf die alten Bücher und Artefakte warf, die überall verstreut waren. Das Flackern der Kerzen warf ein warmes, goldenes Licht auf die Regale, und in dieser Stille spürte sie Emils Nähe, ohne dass sie ihn sehen konnte.

Plötzlich erschien er neben ihr, sein Blick war fest auf sie gerichtet, voller unausgesprochener Worte und intensiver Leidenschaft. Er trat auf sie zu, und die Spannung zwischen ihnen füllte die Luft. Sie konnte sich der Anziehungskraft nicht entziehen, ihre Körper zogen sich magisch an. Als er ihre Hand ergriff und sie sanft an sich zog, fühlte sie eine Welle der Wärme und Vertrautheit, die sie überwältigte.

Seine Berührung war vertraut, seine Hände wanderten über ihre Schultern und ruhten auf ihrer Taille, als wollte er sie näher an sich ziehen, in eine Welt jenseits von Regeln und Erwartungen. Ihre Lippen trafen sich, und der Kuss war voller Verlangen und einer Intensität, die sie tief in ihren Träumen verloren ließ. Seine Nähe, sein Atem auf ihrer Haut, all das ließ die Realität verblassen, und sie spürte nur noch ihn – als wäre dies der einzige Ort, an dem sie je wirklich sie selbst gewesen war.

Doch plötzlich veränderte sich die Szenerie. Der warme, einladende Raum verdunkelte sich, und das vertraute Zwielicht verwandelte sich in eine kalte, unheimliche Dunkelheit. Emil wich zurück, sein Gesicht wurde unscharf, und vor ihr tauchte eine Gestalt auf, in einem düsteren Umhang gehüllt, seine Augen leuchteten in einem unheimlichen Rot – Graf von Blutfels.

Ein kaltes Lachen durchdrang die Stille, und Wilhelmina fühlte, wie die Angst sie ergriff, als von Blutfels in den Raum trat. Emil war verschwunden, und sie stand allein in der Dunkelheit, unfähig, sich zu bewegen. Die vertraute Wärme und Geborgenheit, die sie bei Emil empfunden hatte, wich einer lähmenden Kälte, die durch ihre Knochen zu kriechen schien.

„Du kannst nicht entkommen, Wilhelmina," flüsterte die Stimme von Blutfels, und seine Worte waren ein dunkles Versprechen. „Die Bruderschaft, dein Vater, sogar dein Geliebter... sie alle sind nur Figuren in einem Spiel, das du niemals gewinnen wirst."

Wilhelmina wollte widersprechen, wollte ihm sagen, dass sie keine Marionette war, doch die Worte blieben ihr im Hals stecken. Ihre Beine fühlten sich wie festgewachsen an, und das Gefühl der Ohnmacht schnürte ihr die Kehle zu. Sie sah sich selbst wie eine Schachfigur auf einem Brett, gefangen zwischen den Ränken der Bruderschaft und den finsteren Plänen von Blutfels, inmitten eines Spiels, das sie nie ganz verstehen konnte.

Plötzlich spürte sie wieder eine Berührung – warm und beruhigend. Sie drehte sich um und sah Emil, der wieder vor ihr stand, seine Augen voller Entschlossenheit. Er ergriff ihre Hand, und ein schwaches, goldenes Leuchten schimmerte um sie beide. „Vertrau mir," flüsterte er, und die Dunkelheit um sie herum schien für einen Moment zu weichen.

Doch im nächsten Augenblick verdunkelte sich der Raum erneut, und Emils Hand begann, in ihrer zu verblassen, als ob er sich in Schatten auflöste. Graf von Blutfels' kaltes Lachen hallte durch die Luft, und sie sah, wie Emil langsam von der Dunkelheit verschluckt wurde, unerreichbar und fern.

„Du wirst ihn verlieren, Wilhelmina," flüsterte die Stimme des Grafen. „Er gehört nicht in deine Welt."

Ein Gefühl der Verzweiflung überkam sie, und in einem letzten verzweifelten Versuch streckte sie ihre Hand nach Emil aus, doch er verschwand endgültig in der Dunkelheit, während von Blutfels' bedrohliche Gestalt immer näher kam.

Schweißgebadet und mit einem erstickten Keuchen wachte sie auf, ihr Herz raste, und sie spürte die Kälte des Traumes noch immer in ihren Gliedern. Sie saß einen Moment im Dunkeln, unfähig, sich zu bewegen, und ließ die Bilder des Traums nachhallen.

Noch nie zuvor hatte sie eine solche Angst gespürt – nicht um ihr eigenes Leben, sondern um Emil.

Kapitel 8

Der Ballsaal der Bruderschaft erstrahlte in prächtigem Glanz. Hohe Kronleuchter tauchten den Raum in goldenes Licht, Spiegel an den Wänden reflektierten die Eleganz und das Gewicht der Tradition, das die jahrhundertealte Gesellschaft umgab. Wilhelmina stand am Rand des Raumes und musterte das Geschehen mit einem Ausdruck ruhiger Fassade, während in ihrem Inneren die Anspannung brodelte.

Der heutige Abend war kein gewöhnliches Gesellschaftsereignis – es war der Moment, in dem ihre Verlobung offiziell bekannt gegeben werden sollte. Obwohl ihr Vater ihr noch nicht den Namen des Auserwählten genannt hatte, war der Druck dieser bevorstehenden Ankündigung erdrückend. Die Bruderschaft versammelte sich in prächtigen Kleidern und formellen Anzügen, und das feine Lächeln auf den Gesichtern der Gäste verbarg kaum die ständige Wachsamkeit.

Plötzlich wurde sie aus ihren Gedanken gerissen, als eine tiefe Stimme direkt hinter ihr erklang. „Wilhelmina, darf ich um diesen Tanz bitten?" Sie drehte sich um und sah einen hochgewachsenen Mann mit aristokratischem Gesichtsausdruck und eisblauen Augen vor sich. Sein Anzug war perfekt geschnitten, und in seiner Haltung lag eine seltsame Mischung aus Stolz und Ergebenheit – ihr Verlobter.

Sie zwang sich, ihm die Hand zu reichen, und nickte stumm. Sein Griff war fest, doch ihm fehlte die Wärme, die sie bei Emil stets gespürt hatte. Der Verlobte führte sie auf die Tanzfläche, und schon nach den ersten Schritten wusste sie, dass dies eine Verpflichtung war, die sie über sich ergehen lassen musste – eine Pflicht und nichts weiter.

Als sie sich im Takt der Musik bewegten, glitten seine Augen prüfend über ihr Gesicht. „Wilhelmina," begann er, seine Stimme kühl und kontrolliert, „ich hoffe, dass diese Verbindung für dich keine Last darstellt."

Sie zwang sich zu einem leichten Lächeln. „Was könnte ich anderes empfinden als Freude?" Ihre Worte trugen eine Spur von Ironie, die er offenbar nicht bemerkte.

Doch bevor er antworten konnte, spürte sie plötzlich einen bekannten Blick auf sich ruhen. Ein leises Prickeln durchlief sie, und sie hob den Kopf, ihr Blick wanderte über den Ballsaal, bis sie ihn entdeckte – Emil.

Er stand am Rand des Saals, elegant gekleidet, seine Augen funkelten mit einer Mischung aus Belustigung und Spannung. Es war, als hätte er diese geheime Einladung an sie geschickt, eine stumme Aufforderung, die allein für sie bestimmt war.

Wilhelmina musste sich zwingen, den Blick von ihm abzuwenden und das Gesicht ihres Verlobten anzusehen, dessen Mundwinkel sich leicht zusammengezogen hatten. „Alles in Ordnung?" fragte er mit kühler Höflichkeit.

„Ja," antwortete sie schnell, die Fassade der Ergebenheit wieder aufsetzend. „Ich habe nur jemanden gesehen, den ich nicht erwartet hätte."

Ihr Verlobter nickte verstehend, doch sein Blick wirkte misstrauisch. „Bedenke, Wilhelmina, dass heute unser Abend ist. Und die Bruderschaft hat lange auf diesen Moment gewartet."

Wilhelmina unterdrückte die aufsteigende Wut, die diese Worte in ihr auslösten. Er war sich seiner Machtstellung sicher und verfolgte die Werte der Bruderschaft ohne jeden Zweifel – das war offensichtlich. Sie lächelte nur höflich, während der Tanz sich dem Ende zuneigte.

Kaum hatte er sie losgelassen, drehte sie sich unwillkürlich in Emils Richtung. Sein Blick hielt den ihren fest, und ohne ein Wort verstanden sie einander. Noch bevor die nächste Tanzrunde begann, verschwand sie unauffällig durch eine Seitentür, wohl wissend, dass Emil ihr folgen würde.

Im Inneren bebte sie vor Spannung, die Gedanken an ihre Verpflichtungen und den Ballsaal hinter sich lassend.

Wilhelmina glitt durch die dunklen Korridore des Anwesens, die leise Musik und das Murmeln der Gäste entfernten sich immer weiter, bis nur noch Stille sie umgab. Sie erreichte den Wintergarten, ein verborgenes Refugium voller üppiger Pflanzen und blühender Rosen, das von großen Glasfenstern umgeben war, durch die das Mondlicht in sanften Streifen fiel. Es war ein geheimer, magischer Ort, den kaum jemand während des Balls betreten würde – perfekt für eine heimliche Begegnung.

Sie drehte sich um, und ihr Herz machte einen Sprung, als sie Emil in der Tür stehen sah. Er schloss sie leise hinter sich und musterte sie mit einem Ausdruck, der ihr Herz höher schlagen ließ. Sein Blick wanderte über ihr Gesicht, als ob er jeden Gedanken, jede Emotion in ihren Augen lesen könnte.

„Du siehst... wunderschön aus," flüsterte er, während er nähertrat. Seine Stimme war leise, fast ehrfürchtig, und doch lag darin die vertraute Leidenschaft, die zwischen ihnen wie eine unsichtbare Glut loderte.

Wilhelmina erwiderte nichts; Worte schienen in diesem Moment überflüssig. Die Spannung zwischen ihnen, die unterdrückten Emotionen der letzten Tage, die Wut auf die Bruderschaft, die Pflicht zur Verlobung – all das prallte in diesem

Augenblick zusammen. Sie trat auf ihn zu, und als sich ihre Lippen berührten, war es, als ob die Welt um sie herum in Flammen stand.

Der Kuss war voller Sehnsucht und einer Tiefe, die sie beide überwältigte. Seine Hände glitten über ihren Rücken, zogen sie enger an sich, und sie spürte das vertraute Prickeln, das jede Berührung von ihm in ihr auslöste. Sie konnte die Wärme seines Atems auf ihrer Haut spüren, das leise Klopfen seines Herzens, das im Einklang mit ihrem eigenen schlug.

Sie lehnte sich an ihn, und er drückte sie sanft gegen eine Wand aus Efeu, die sie wie ein natürlicher Vorhang abschirmte. Seine Finger fuhren über ihre Haut, sein Kuss wurde fordernder, und für einen Moment war nichts mehr wichtig – keine Bruderschaft, keine Verpflichtungen, nur das brennende Verlangen, das in ihnen beiden loderte.

Doch plötzlich hörte sie das leise Knarzen einer Tür. Sie zuckte zusammen und stieß Emil leicht zurück. Ihre Blicke trafen sich in einem Moment stummer Panik, beide atmeten schwer und versuchten, ihre unruhigen Gedanken zu ordnen. Schritte näherten sich, und in ihrem Magen breitete sich ein mulmiges Gefühl aus.

„Wilhelmina?" Es war die Stimme ihres Vaters, die kühl und kontrolliert durch den Wintergarten hallte. Sie konnte die Stirnrunzeln in seiner Stimme beinahe hören, die unausgesprochene Frage und das leise Misstrauen.

Wilhelmina zwang sich, ihre Atmung zu beruhigen, und schob Emil leicht zurück in die Schatten der Pflanzen, bevor sie ihrem Vater entgegentrat. „Ja, Vater?" Ihre Stimme klang überraschend ruhig, doch das Klopfen ihres Herzens verriet die innerliche Unruhe.

Friedrich trat einen Schritt in den Wintergarten, seine Augen musterten sie prüfend. „Was machst du hier? Die Verlobungsankündigung steht bevor. Die Gäste erwarten dich."

„Ich... brauchte nur einen Moment für mich," erwiderte Wilhelmina mit einem entschuldigenden Lächeln. „Der Abend ist... etwas überwältigend."

Ihr Vater betrachtete sie einen Moment lang, dann nickte er knapp. „Das verstehe ich. Aber du solltest zurückkommen. Wir alle haben unsere Pflichten."

„Natürlich." Sie zwang sich zu einem gehorsamen Lächeln, obwohl ihre Gedanken bei Emil waren, der still in den Schatten lauerte und diesen riskanten Moment beobachtete. „Ich komme sofort."

Friedrich nickte noch einmal und trat dann aus dem Wintergarten hinaus, seine Schritte hallten durch den leeren Flur, bis sie schließlich verklangen.

Wilhelmina drehte sich zu Emil um, und für einen Moment konnten sie beide nur stumm in die Augen des anderen sehen, das Adrenalin des Moments noch immer spürbar.

„Das war... knapp," flüsterte Emil und schenkte ihr ein leichtes, schelmisches Lächeln. „Aber ich würde es wieder riskieren."

Sie lächelte, ihre Hand fand seine, und sie drückte seine Finger fest. „Ich auch. Immer wieder."

Doch die Realität ihres Lebens, die Bürde ihrer Pflichten, holte sie unbarmherzig zurück. Sie löste sich schweren Herzens von ihm, wusste, dass sie diesen Moment in ihrem Herzen bewahren musste, um die bevorstehenden Stunden zu überstehen.

„Ich muss gehen," flüsterte sie, ihre Stimme war rau und voller unterdrückter Emotionen. „Aber das hier... ich werde es nie vergessen."

Emil nickte und ließ ihre Hand los, doch sein Blick ruhte noch lange auf ihr, als sie aus dem Wintergarten trat, zurück in die leere Welt der Bruderschaft, die nichts von den Gefühlen ahnte, die sie in sich trug.

Nachdem Wilhelmina den Wintergarten verlassen hatte und zurück zum Ballsaal gegangen war, stand Emil noch eine Weile regungslos in den Schatten verborgen. Die Emotionen, die gerade zwischen ihnen entflammt waren, brannten noch in ihm, doch er wusste, dass dieses Spiel riskanter wurde, als er selbst erwartet hatte. Das unerwartete Auftauchen von Friedrich hatte ihn daran erinnert, dass ihre Begegnungen keine Spuren hinterlassen durften – zumindest vorerst.

Gerade als er sich zum Gehen wandte, hörte er das leise Rascheln eines Kleides hinter sich. Ein kühler Hauch streifte ihn, und er wusste sofort, dass jemand in seiner Nähe war, der ihm vertraut war, aber auch Gefahr bedeutete. Isabella.

Sie stand am Rand des Wintergartens, halb verborgen im Schatten, ihre Gestalt wie eine unheimliche Silhouette im Mondlicht. Ihre Augen leuchteten mit einem eigenartigen Glanz, und ein wissendes, fast mitleidiges Lächeln spielte um ihre Lippen. „Emil," sagte sie leise und trat näher. „Du bist ein mutiger Mann – oder ein törichter. Du weißt, dass dies kein sicherer Ort für deine... Gefühle ist."

Emil erwiderte ihren Blick, seine Miene blieb unbewegt. „Isabella, ich brauche keine Lektionen in Vorsicht von dir. Ich weiß, was ich tue."

Isabella hob leicht eine Augenbraue und verschränkte die Arme vor der Brust. „Ach, das bezweifle ich. Du spielst ein Spiel, Emil, aber nicht auf dem Spielbrett, das du glaubst zu kontrollieren. Die Bruderschaft, der Schattenrat, Friedrich von Lichtenberg... sie alle haben eine eigene Agenda, die weit über das hinausgeht, was du sehen kannst."

Emil musterte sie schweigend, doch ein leichter Schatten der Sorge huschte über sein Gesicht. „Was genau willst du damit sagen?"

Isabella trat näher, ihre Stimme wurde leiser, als ob ihre Worte nur für ihn bestimmt waren. „Ich habe eine Vision gehabt, Emil.

Eine Vision über dich... und über Wilhelmina." Ein seltsames Funkeln trat in ihre Augen, und sie schien die Spannung des Moments fast zu genießen. „Ihr beide seid Teil eines größeren Plans. Ein Plan, der in der Dunkelheit gewebt wurde, lange bevor ihr euch begegnet seid."

Emil schüttelte den Kopf, eine Mischung aus Unwillen und Trotz in seinen Augen. „Ich werde mein Leben nicht nach deinen Visionen richten, Isabella. Mein Schicksal gehört mir."

Ein leichtes Lächeln huschte über Isabellas Lippen, fast so, als würde sie sein Unverständnis amüsieren. „So einfach ist das nicht, Emil. Manchmal ist das Schicksal stärker als unsere Wünsche. Wilhelmina ist kein gewöhnliches Mädchen, und du bist kein gewöhnlicher Hexenmeister. Eure Verbindung... könnte eine Entscheidung herbeiführen, die die Machtstrukturen unserer Welt verändern wird."

Seine Augen verengten sich, und für einen Moment schien ein Funke von Furcht durch ihn zu gehen. Doch dann schüttelte er entschlossen den Kopf. „Ich liebe Wilhelmina. Und das ist alles, was zählt. Ob du es verstehst oder nicht."

Isabella legte ihm sanft eine Hand auf die Schulter, doch ihr Blick war ernst und voller unausgesprochener Warnungen. „Du musst verstehen, Emil. Liebe allein wird nicht genügen. Der Weg, den ihr beide wählt, führt in dunkle Tiefen, und es wird ein Opfer geben – vielleicht eines, das ihr beide niemals ertragen könntet."

Emil wollte widersprechen, doch Isabellas Worte hatten ein seltsames, bedrückendes Gefühl in ihm ausgelöst. Sie war eine mächtige Hexe, deren Vorahnungen sich oft bewahrheiteten, und auch wenn er sich gegen den Gedanken sträubte, konnte er die Wahrheit in ihren Augen erkennen.

„Wenn das wahr ist," sagte er schließlich mit fester Stimme, „dann werde ich alles tun, um Wilhelmina zu schützen. Was auch immer nötig ist."

Isabella neigte leicht den Kopf, fast wie eine Verbeugung vor seiner Entschlossenheit. „Dann sei vorsichtig, Emil. Die Bruderschaft hat längst ihre Netze ausgeworfen, und Graf von Blutfels ist nicht der einzige Schatten, der sich um euch legt." Sie trat einen Schritt zurück und ließ ihre Hand sinken, bevor sie leise, fast flüsternd hinzufügte: „Denke immer daran: Der Preis für wahre Liebe ist oft das eigene Leben."

Mit diesen Worten verschwand Isabella lautlos im Dunkel des Gartens, und Emil blieb allein zurück. Ihre kryptische Warnung lag schwer auf ihm, wie ein düsteres Omen, das ihn nicht loslassen wollte. Er spürte, dass die Entscheidung, die er getroffen hatte, Wilhelmina zu lieben, ihn auf einen Weg geführt hatte, der voller Gefahren und Opfer war.

Tief in sich wusste Emil, dass er nicht von Wilhelmina lassen konnte – und auch wenn die Schatten näher rückten, würde er sich diesem Schicksal stellen.

Die langen Stunden des Balls zogen sich für Wilhelmina wie eine Ewigkeit hin, und jedes Gespräch, jede förmliche Verbeugung erschien ihr wie ein schweres Ritual, das sie kaum noch ertragen konnte. Die Anwesenheit ihres Verlobten, das ständige Drängen ihres Vaters, das strenge Lächeln der Bruderschaftsmitglieder – all das ließ sie sich wie eine Gefangene fühlen.

Als sie endlich allein in ihrem Zimmer war und sich in die Kissen sinken ließ, überkam sie eine Welle der Erschöpfung. Doch selbst in der Stille, als sie die Augen schloss, fand sie keine Ruhe. Die Begegnung im Wintergarten, die Blicke, die sie und Emil in jener heimlichen Sekunde geteilt hatten, brannten wie eine unauslöschliche Flamme in ihr.

Langsam schwand die Realität, und sie glitt in einen Traum, so lebendig und klar, dass er wie eine versteckte Wahrheit in ihrem Innersten schien. Sie stand in einem Garten, jedoch nicht in Emils verborgenem Dachgarten und auch nicht in dem Wintergarten des Anwesens – sondern in einem prächtigen, blühenden Ort, umgeben von unzähligen weißen Rosen, die im sanften Mondlicht schimmerten.

Ein warmer Windhauch streifte sie, und plötzlich spürte sie eine Berührung auf ihrer Schulter. Sie drehte sich um und sah Emil, gekleidet in einen eleganten schwarzen Anzug, der seine Gestalt umschmeichelte und seine Augen wie tiefgrüne Edelsteine leuchten ließ. Sein Blick war voller Zärtlichkeit und Verlangen, und sein Gesicht war von einem Ausdruck durchzogen, der sowohl Glück als auch stille Angst verbarg.

„Wilhelmina," flüsterte er und trat auf sie zu, „es gibt keinen Ort in dieser Welt, an dem ich lieber wäre als an deiner Seite."

In diesem Moment fiel ihr Blick auf das, was sie beide trugen. Sie war in ein wunderschönes weißes Kleid gehüllt, das in sanften Wellen um sie fiel, wie das schimmernde Licht des Mondes selbst. Der Gedanke durchzuckte sie – sie träumte von einer Hochzeit. Ihrer Hochzeit mit Emil.

Er nahm ihre Hände in seine, und die Welt schien für einen Augenblick stillzustehen. Sein Blick hielt den ihren fest, und ein leises Lächeln umspielte seine Lippen. „Wilhelmina, versprich mir, dass nichts uns jemals trennen wird. Dass du trotz allem an meiner Seite bleibst."

Die Worte kamen wie von selbst über ihre Lippen, voller Entschlossenheit und Liebe: „Ich verspreche es, Emil. Für immer."

Sie fühlte seine Lippen auf ihren, sanft und doch voller Leidenschaft, und als sie sich in seinen Armen verlor, spürte sie die Gewissheit, dass dies das Leben war, das sie immer führen wollte – ein Leben jenseits der Fesseln, die ihr auferlegt worden waren.

Keine Bruderschaft, keine Verpflichtungen, keine Gefahren – nur sie und Emil, verbunden in einem Versprechen, das in ihrem Traum fast realer schien als die Welt, die sie am Tage kannte.

Doch plötzlich begann der Traum sich zu verändern. Der blühende Garten verblasste, und in der Ferne sah sie Gestalten auftauchen. Dunkle, gesichtslose Gestalten, die näher kamen, und ihre leeren Augenhöhlen fixierten sie, wie kalte Schattengestalten, die ihre Liebe zu durchdringen versuchten. Ihr Herz zog sich zusammen, und sie spürte ein Gefühl der Bedrohung, das ihre Glückseligkeit erstickte.

Die Hand von Emil, die eben noch fest und sicher war, begann zu zittern, und sein Gesicht verzog sich vor Schmerz. „Wilhelmina..." Seine Stimme klang gebrochen, und sie sah, wie die Dunkelheit ihn langsam umhüllte, als ob unsichtbare Ketten sich um ihn schlangen und ihn von ihr fortzogen.

„Nein!" Sie streckte die Hand nach ihm aus, verzweifelt, doch ihre Finger griffen ins Leere. „Ich lasse dich nicht los, Emil! Ich habe es dir versprochen!"

Doch die Schatten kamen näher, formten ein unheilvolles Netz um sie beide, und die Liebe, die eben noch so real gewesen war, schien wie ein zerbrechliches Licht im Angesicht der finsteren Macht, die sich über sie legte. Emil verschwand in der Dunkelheit, und sie war allein, umringt von den bedrohlichen Gestalten, die ihre Glückseligkeit in einen Albtraum verwandelt hatten.

Mit einem erstickten Schrei wachte Wilhelmina auf. Ihr Herz raste, und sie brauchte einen Moment, um zu begreifen, dass sie in ihrem Bett lag, dass sie sicher war und dass Emil in dieser Nacht nicht bei ihr war. Doch die Worte ihres Traums, die Gestalten, die Furcht vor Verlust – all das fühlte sich so real an, dass es sie tief in ihrem Innersten erschütterte.

Sie starrte in die Dunkelheit, ihre Gedanken immer noch bei Emil und den Worten, die sie im Traum gesprochen hatte. *„Für* *immer."* Ein Versprechen, das sie niemals widerrufen wollte, selbst wenn es sie in die dunkelsten Tiefen ihrer Welt ziehen würde.

Doch das Bild der bedrohlichen Gestalten verließ sie nicht. Tief in ihrem Herzen wusste sie, dass die Schatten näher rückten, dass ihre Liebe zu Emil nicht nur ein geheimes Glück, sondern auch eine Gefahr war.

Kapitel 9

Wilhelmina konnte nicht anders – die Unruhe in ihrem Herzen und die Dunkelheit ihrer Träume verfolgten sie, und der einzige Gedanke, der sie nun leitete, war, Emil zu finden. In der Stille der Nacht folgte sie ihm, nachdem sie ihn flüchtig durch die Gassen Münchens hatte verschwinden sehen. Ihr Herz schlug schneller, eine Mischung aus Sorge und einem unstillbaren Bedürfnis, die Wahrheit über ihn zu erfahren. Sie wusste, dass Emil ein Mann voller Geheimnisse war, doch etwas drängte sie nun, das zu sehen, was er verborgen hielt.

Die schmalen, gepflasterten Straßen führten sie zu einer alten Kapelle, deren Fenster zerbrochen und deren Türen überwuchert waren, ein Überbleibsel längst vergessener Zeiten. Er verschwand in der Kapelle, und sie schlich ihm vorsichtig hinterher, ihre Schritte so leise wie möglich. Sie wusste, dass sie mit jedem Schritt eine Grenze überschritt – eine Grenze des Vertrauens, die sie jedoch bereit war zu übertreten.

Im Inneren der Kapelle war alles still, bis auf ein leises Flüstern, das wie ein Hauch von Magie in der Luft schwebte. Zwischen den Ruinen des Altarraums schimmerte ein schwaches Licht, und als Wilhelmina näher trat, erkannte sie Emil, der inmitten eines Kreises von Kerzen stand. Seine Augen waren geschlossen, und um ihn herum glitt ein seltsames, goldenes Licht, das sich wie eine lebendige Aura um seinen Körper legte. Er murmelte unverständliche Worte, seine Stimme tief und hypnotisch, und in der Luft lag eine Macht, die so intensiv war, dass Wilhelmina den Atem anhielt.

Sie beobachtete, wie die Lichtströme aus seinen Händen flossen und sich zu einem Netz formten, das um ihn herum in der Luft vibrierte. Das war kein einfaches Ritual, das war Magie – echte, mächtige Magie. Ein Hexenmeister.

Der Schock fuhr ihr durch den Körper, und sie konnte sich kaum rühren, doch etwas in ihr zwang sie, weiter zuzusehen. Plötzlich öffnete Emil die Augen und sah direkt in ihre Richtung. Für einen Moment schien er wie erstarrt, doch dann verschwand das Licht, und die Kapelle lag wieder in Dunkelheit. Nur der schwache Kerzenschein erhellte noch seine Silhouette.

„Wilhelmina," flüsterte er, seine Stimme klang rau, als ob er mit dieser Begegnung nicht gerechnet hätte.

Wilhelmina stand wie erstarrt im Eingang der alten Kapelle, die Stille lastete schwer auf ihr, durchzogen von dem Wissen, das sich eben wie ein schwerer Schleier über sie gelegt hatte. Emil, ihr Emil, war ein Hexenmeister. Die Wahrheit, die sich wie ein scharfer Riss durch ihre Realität zog, ließ sie nicht los. Sie hatte ihn nicht nur als Geliebten, sondern als Verbündeten der Bruderschaft gesehen. Doch was nun?

Emil trat langsam auf sie zu, seine Miene angespannt, fast schmerzlich, und dennoch schimmerte in seinen Augen eine ruhige Entschlossenheit. Er wusste, dass dies der Moment war, in dem keine Lügen mehr helfen würden.

„Wilhelmina," begann er leise, seine Stimme warm und flehend, „ich wollte es dir sagen, aber... ich wusste nicht, wie."

Sie starrte ihn an, ihre Augen suchten nach einer Erklärung, die ihr Herz vielleicht beruhigen würde. „Du bist ein Hexenmeister, Emil? Die ganze Zeit über? Du hast das vor mir verborgen – wieso?" Ihre Stimme klang schärfer, als sie es beabsichtigt hatte, durchzogen von der Wut, die sie aus Enttäuschung und Schmerz heraus empfand.

Emil senkte den Kopf, seine Lippen waren fest aufeinander gepresst, als ob die Worte ihm schwer fielen. „Ich habe es nicht verschwiegen, weil ich dir misstraute, Wilhelmina. Sondern weil ich wusste, was das für dich bedeuten würde. Deine Familie, die Bruderschaft – sie haben Hexenmeister immer als Feinde gesehen. Hätte ich es dir früher erzählt, hättest du mich vielleicht als Feind gesehen."

Sie schluckte, ihre Gedanken rasten. Alles, was sie in ihm gesehen hatte, seine Stärke, sein Wissen – das alles war ein Teil dieser Macht, die er in sich trug. Eine Macht, die sie zu fürchten gelernt hatte. Doch hier stand er, der Mann, den sie liebte, und sie konnte nicht anders, als diese Erkenntnis in Frage zu stellen.

„Warum hast du dich überhaupt in mein Leben begeben, Emil? Wenn du wusstest, was ich bin, was meine Pflicht ist?" Ihre Stimme brach leicht, und sie spürte, wie sich ihre Wut mit der Traurigkeit vermischte.

Er trat noch näher, seine Augen suchten die ihren, und in ihnen lag eine tiefe, ungefilterte Ehrlichkeit. „Weil ich dich liebe, Wilhelmina," flüsterte er, als ob es das einfachste und zugleich das schwerste Geständnis der Welt war. „Von dem Moment an, als ich dich sah, wusste ich, dass du anders bist. Du bist nicht einfach nur eine Jägerin. Du bist jemand, der nach Wahrheit sucht – auch wenn diese Wahrheit unbequem ist."

Die Worte trafen sie hart. Sie wollte ihm glauben, doch die Konflikte in ihrem Inneren rissen an ihr, zogen sie in verschiedene Richtungen. Der Kampf zwischen ihrer Liebe zu Emil und ihrer Pflicht zur Bruderschaft schien wie eine Kluft, die sich unüberwindbar auftat.

„Emil... du hast eine Vergangenheit, die du mir verschwiegen hast. Und jetzt weiß ich nicht, ob ich dir noch vertrauen kann," sagte sie mit bebender Stimme, während sie ihn ansah und in seinem Blick versuchte, eine Antwort zu finden, die all die Widersprüche in ihr lösen könnte.

Er nickte langsam, und ein Schatten von Schmerz lag auf seinem Gesicht. „Ich verstehe. Aber ich bitte dich nur um eine Chance, es dir zu erklären. Meine Vergangenheit ist dunkel, ja – aber sie hat mich zu dem gemacht, der ich heute bin. Die Magie, die ich besitze, ist kein Fluch für mich. Sie ist ein Teil von mir. Und auch wenn die Bruderschaft diese Macht verachtet, glaube ich, dass wir uns ergänzen können, dass wir... uns stärken."

Wilhelmina schloss die Augen, während sie seine Worte auf sich wirken ließ. Sie wusste, dass dieser Moment eine Entscheidung war – ein Moment, in dem sie entweder in die Dunkelheit ihrer Zweifel zurückfallen oder mit Emil einen Weg suchen konnte, der in den Augen der Bruderschaft niemals akzeptabel sein würde.

Langsam öffnete sie die Augen, ihre Stimme kaum mehr als ein Flüstern. „Wenn ich dir vertrauen soll, Emil, dann musst du mir die ganze Wahrheit erzählen. Nicht nur Bruchstücke, nicht nur das, was bequem ist. Alles."

Er sah sie an, sein Blick durchzogen von einer unendlichen Müdigkeit, doch auch von einer Entschlossenheit, die sie noch nie in ihm gesehen hatte. „Ich werde es dir erzählen, Wilhelmina. Aber ich bitte dich, mir Zeit zu geben – nicht alles in mir ist so leicht zu erklären."

In diesem Augenblick wusste sie, dass ihr Vertrauen zu ihm ein Risiko war. Doch etwas in ihr – eine Kraft, die sich nicht von Regeln und Traditionen bändigen ließ – drängte sie dazu, ihm zu vertrauen. Vielleicht war es Liebe, vielleicht war es etwas Unergründliches. Aber sie wusste, dass sie diesen Schritt gehen würde.

Sie legte eine Hand auf seine Wange und spürte, wie seine Haut warm unter ihrer Berührung wurde. „Dann gib mir einen Grund, dir zu vertrauen," flüsterte sie.

Emil schloss die Augen und lehnte seine Stirn an ihre. In diesem Moment, inmitten der verfallenen Kapelle, während das Kerzenlicht sanft flackerte, lagen alle ihre Ängste, ihre Wut und ihre Liebe offen vor ihnen.

Wilhelmina fühlte sich nach der Begegnung mit Emil wie benommen. Die Enthüllung seiner wahren Natur als Hexenmeister hatte sie erschüttert, und obwohl sie ihm eine Chance gegeben hatte, ihr alles zu erklären, war der Zweifel ein leiser, beharrlicher Schatten, der sie nicht losließ. Sie spürte das Gewicht dieser neuen Wahrheit in jeder Faser ihres Körpers und wusste doch, dass ihr Herz zu Emil zog.

Auf dem Weg zurück zum Anwesen der Bruderschaft erhaschte sie plötzlich eine Bewegung in einem der Gärten am Rand des großen Anwesens. Zwischen den Büschen und im Schatten der Bäume konnte sie zwei Gestalten ausmachen, die eng aneinander standen, so nah, dass keine Distanz zwischen ihnen zu bestehen schien. Wilhelmina blieb wie angewurzelt stehen, ihr Herz schlug schneller, als sie erkannte, wer dort im Verborgenen stand.

Lieselotte... und Magnus, der Werwolf-Alpha.

Lieselotte, ihre Freundin und Vertraute, die immer von Pflicht und Tradition sprach, war heimlich mit einem Wesen zusammen, das die Bruderschaft als gefährlich ansah. Das war eine Verbindung, die genauso verboten war wie die, die sie selbst mit Emil eingegangen war. Sie spürte die Faszination und auch den Schock, der sie durchfuhr, während sie zusah, wie Magnus Lieselotte sanft über die Wange strich und sie mit einer Zärtlichkeit ansah, die keiner von ihnen öffentlich gezeigt hätte.

Wilhelmina trat unabsichtlich einen Schritt zurück, und ein Ast knackte unter ihrem Fuß. Lieselotte fuhr herum, ihre Augen weiteten sich, als sie erkannte, wer sie beobachtete.

„Wilhelmina!" flüsterte sie erschrocken und wich instinktiv von Magnus zurück, als ob sie durch die Distanz die Situation weniger brisant machen könnte. Doch der Blick in ihren Augen zeigte nur eines: Lieselotte wusste, dass sie ertappt worden war.

„Lieselotte..." Wilhelmina war sprachlos, die Fassungslosigkeit stand ihr ins Gesicht geschrieben. „Du und Magnus? Wie lange...?"

Lieselotte sah sie mit einer Mischung aus Scham und Trotz an, und dann schlich sich ein entschlossener Ausdruck in ihre Augen. „Seit Jahren," gestand sie leise und trat auf Wilhelmina zu, während Magnus schweigend und mit versteinerter Miene im Schatten stehen blieb. „Ich habe es dir nie erzählt, weil ich dich schützen wollte – und auch mich."

Wilhelmina wusste nicht, was sie sagen sollte. Die Entdeckung dieses Geheimnisses, das Lieselotte so gut verborgen gehalten hatte, spiegelte ihre eigenen inneren Kämpfe wider. Beide waren in Verbindungen verstrickt, die die Bruderschaft niemals dulden würde.

„Warum hast du mir nichts gesagt?" flüsterte Wilhelmina schließlich, ihre Stimme klang rau, beinahe verletzlich. Sie hatte immer geglaubt, Lieselotte könnte ihr alles anvertrauen.

Lieselotte schloss kurz die Augen und nahm tief Luft. „Ich wollte dich nicht in Gefahr bringen, Wilhelmina. Je weniger du weißt, desto besser. Es ist schon gefährlich genug, dass ich..." Sie sah kurz zu Magnus, der ihr einen beruhigenden Blick zuwarf. „Dass wir uns treffen. Die Bruderschaft würde uns niemals erlauben, zusammen zu sein. Ein Werwolf und eine Jägerin... das ist in ihren Augen Verrat."

Wilhelmina spürte die aufgestaute Frustration ihrer Freundin, eine Frustration, die sie nun nur zu gut verstand. Ihre eigene Liebe zu Emil war nicht viel anders – verboten und voller Gefahr, aber ebenso voller Verlangen und Hingabe.

„Lieselotte," begann sie vorsichtig, „ich weiß, wie es ist, eine verbotene Verbindung einzugehen. Ich... ich bin in einer ähnlichen Lage."

Lieselottes Augen weiteten sich überrascht. „Du... meinst Emil, nicht wahr?" Sie ließ den Atem aus, und ein leises Lächeln stahl sich auf ihre Lippen. „Ich habe es immer geahnt. Da war diese Spannung zwischen euch, ein Gefühl, das nicht übersehen werden konnte."

„Ich weiß nicht, was ich tun soll, Lieselotte," gestand Wilhelmina leise, und ihre Worte schienen das Geheimnis zwischen ihnen endgültig zu brechen. „Er ist ein Hexenmeister. Und ich... ich kann nicht entscheiden, ob ich ihm vertrauen soll oder ob meine Pflicht mir verbietet, ihm zu vertrauen."

Lieselotte legte sanft eine Hand auf ihre Schulter. „Manchmal," flüsterte sie mit einer Tiefe, die Wilhelmina noch nie in ihrer Stimme gehört hatte, „ist unsere größte Pflicht, unserem Herzen zu folgen, auch wenn es bedeutet, gegen alles zu kämpfen, was wir gelernt haben."

Magnus trat näher, seine Anwesenheit wirkte beruhigend, seine Augen waren fest auf Lieselotte gerichtet, als ob er bereit wäre, alles für sie aufzugeben. „Die Liebe ist keine Sünde, Wilhelmina," sagte er leise, „doch die Bruderschaft lässt uns glauben, dass sie eine Schwäche ist."

Wilhelmina sah zwischen den beiden hin und her, und zum ersten Mal erkannte sie, dass ihre Freundschaft mit Lieselotte sie vielleicht stärker machen würde, als sie es je für möglich gehalten hätte. Sie war nicht allein – und beide hatten mehr gemeinsam, als sie jemals geahnt hätten.

„Vielleicht," flüsterte sie, und eine Entschlossenheit ergriff sie, die all ihre Zweifel verdrängte, „vielleicht ist es an der Zeit, dass wir beide die Regeln selbst neu schreiben."

Lieselotte nickte, und zwischen ihnen entstand eine stille Übereinkunft, ein geheimes Bündnis, das ihre Verbindung als Freundinnen, als Verbündete in der Dunkelheit, nur noch mehr verstärkte.

Wilhelmina ließ Lieselotte und Magnus hinter sich, ihr Herz war schwer von den Geheimnissen und Enthüllungen, die in dieser Nacht ans Licht gekommen waren. Sie wusste, dass sie so schnell wie möglich zu Emil musste – zu dem einzigen Menschen, der sie vielleicht wirklich verstehen konnte, auch wenn er selbst von so vielen Geheimnissen umgeben war.

Sie machte sich auf den Weg zu Emils Antiquitätenladen, der in der Dunkelheit der Nacht wie ein stiller, verborgener Zufluchtsort wirkte. Der Mond war hoch am Himmel, als sie leise die Tür öffnete und in die stille Dunkelheit des Ladens trat. Kaum war sie eingetreten, spürte sie Emils Anwesenheit. Er wartete auf sie, wie er es fast immer tat, als hätte er gewusst, dass sie kommen würde.

„Wilhelmina," flüsterte er, als sie sich ihm näherte, und seine Stimme war voller unausgesprochener Worte, voller Sehnsucht und Schuld gleichermaßen. Sein Gesicht war im Halbdunkel verborgen, doch sie konnte das Licht in seinen Augen sehen, das sanfte, tiefe Grün, das sie wie ein beruhigendes Feuer umfing.

Ohne ein weiteres Wort nahm er ihre Hand und führte sie durch den Laden, vorbei an alten Büchern und zerbrechlichen Artefakten, bis sie in einem verborgenen Raum ankamen – seiner privaten Bibliothek. Der Raum war klein, doch die Wände waren von oben bis unten mit Büchern bedeckt, und Kerzen tauchten alles in ein warmes, goldenes Licht. Es war ein Ort der Stille und des Wissens, ein Ort, an dem sie beide sich endlich von der Welt abschirmen konnten.

Kaum hatten sie die Schwelle überschritten, schloss Emil die Tür, und die Luft zwischen ihnen war schwer von der Spannung der vergangenen Tage. Sie standen sich gegenüber, und in diesem Augenblick schienen Worte überflüssig. Wilhelmina sah ihn an, ihre Augen funkelten vor Entschlossenheit, doch auch vor einer Verletzlichkeit, die sie nicht länger verstecken konnte.

„Emil," begann sie leise, ihre Stimme zitterte leicht. „Ich habe heute Dinge erfahren, die alles verändert haben. Und ich weiß nicht mehr, was richtig und was falsch ist. Aber ich weiß, dass ich... bei dir sein will, mehr als bei irgendjemand anderem."

Emil trat langsam auf sie zu, und in seinem Blick lag eine Wärme, die all ihre Zweifel und Ängste in einem Moment zu verbrennen schien. Er legte eine Hand an ihre Wange, sein Daumen strich sanft über ihre Haut, und sie fühlte, wie ihre Fassade bröckelte, wie all die Verteidigungen, die sie sich aufgebaut hatte, verschwanden.

„Wilhelmina," flüsterte er und lehnte seine Stirn an ihre, „ich weiß, dass ich dir viel verschwiegen habe. Doch eines war immer wahr: meine Liebe zu dir. Nichts und niemand kann das ändern, nicht die Bruderschaft, nicht die Dunkelheit, die uns beide umgibt."

Ihre Augen füllten sich mit Tränen, und ohne nachzudenken, legte sie ihre Hände auf seine Brust, spürte den festen Schlag seines Herzens unter ihren Fingerspitzen. Er zog sie näher zu sich, und die Kälte, die sie bis eben noch umgeben hatte, wich einer Wärme, die sich in jeder Faser ihres Körpers ausbreitete. Ihre Lippen fanden seine in einem tiefen, sehnsuchtsvollen Kuss, der all die aufgestaute Leidenschaft und den Schmerz der letzten Tage in sich trug.

In seiner Umarmung war sie nicht die Jägerin, die Pflichtbewusste, die Tochter der Bruderschaft. Sie war einfach nur Wilhelmina, und das Gefühl, so vollständig und wahrhaftig sie selbst zu sein, durchflutete sie mit einer Kraft, die alle Schatten und Ängste für diesen Moment verdrängte.

Seine Hände glitten über ihren Rücken, zogen sie noch näher zu sich, und in der Dunkelheit der Bibliothek fand sie eine Ruhe, die sie lange nicht gespürt hatte. Die Kerzen warfen flackernde Schatten auf die Wände, und sie versanken in einem Moment, der sich außerhalb der Zeit anfühlte, als ob sie in einem geheimen Raum existierten, der nur ihnen beiden gehörte.

Als sie sich schließlich von ihm löste, sah sie ihn an, und die letzten Spuren von Zweifel schienen von ihrem Gesicht gewichen zu sein. „Egal, was kommt," flüsterte sie, „ich werde bei dir bleiben."

Emil schloss die Augen und atmete tief ein, als ob diese Worte ihn von einer Last befreiten, die er lange mit sich getragen hatte. „Dann werden wir alles gemeinsam durchstehen, Wilhelmina. Bis zum Ende."

In dieser stillen Übereinkunft, umgeben von den alten Büchern und dem schwachen Licht der Kerzen, schworen sie sich, dass keine Macht der Welt sie mehr voneinander trennen würde.

Kapitel 10

Die Nacht war still und schwer, das Mondlicht warf bleiche Schatten auf die Straßen Münchens. Wilhelmina und Emil standen auf einem der alten Dächer, die Stadt breitete sich unter ihnen aus wie ein trügerisches Netz aus glühenden Lichtern und verborgenen Gefahren. Es war das erste Mal, dass sie als Partner auf die Jagd gingen, vereint durch ihre gemeinsame Liebe und das unausgesprochene Versprechen, einander zu schützen.

Wilhelmina prüfte ihre Waffen – ein schlanker, silberner Dolch und ein kleiner, in Leder gebundener Talisman, den sie stets bei sich trug. Emil, an ihrer Seite, hielt einen alten, in Magie getränkten Stab, dessen Spitze im Mondlicht blass aufleuchtete. In dieser Nacht waren sie weder nur Jägerin noch Hexenmeister, sondern eine gefährliche Kombination, die die Vampirwelt zu fürchten gelernt hatte.

„Bist du bereit?" fragte Emil und sah sie mit einem Funken Abenteuerlust in den Augen an.

„Mehr als das," erwiderte Wilhelmina und spürte das Kribbeln der bevorstehenden Jagd, das Adrenalin, das sie beide durchströmte und ihre Magie förmlich zum Pulsieren brachte.

Sie bewegten sich lautlos durch die Schatten, ihre Schritte leicht und geschmeidig, und ihr Atem ging synchron. Die Verbindung, die sie während der vergangenen Tage aufgebaut hatten, schien sich auf die Jagd zu übertragen. Es war, als könnten sie die Gedanken des anderen spüren, als würden sie in einem gemeinsamen Rhythmus kämpfen.

Plötzlich blitzte eine Bewegung im Augenwinkel von Wilhelmina auf, und sie erstarrte. Emil nickte stumm, seine Augen auf den Punkt gerichtet, an dem der Schatten verschwunden war. Ein Vampir, schnell und tödlich, war aus dem Versteck hervor geschossen, seine Fangzähne blitzten im Mondlicht auf, und er stürzte sich auf sie.

Wilhelmina wich aus, ihr Dolch blitzte in einer fließenden Bewegung und traf den Vampir an der Schulter. Der Vampir fauchte und versuchte, zurückzuweichen, doch Emil hob seinen Stab, und ein goldenes Licht brach aus, das den Vampir zurückschleuderte. Der Vampir schrie vor Schmerz, als die magische Energie seinen Körper durchdrang.

„Jetzt, Wilhelmina!" rief Emil, und sie nutzte den Moment, um den Vampir mit einer schnellen, präzisen Bewegung zu erledigen. Der Körper fiel regungslos zu Boden, und die Stille der Nacht kehrte zurück.

Doch sie hatten keine Zeit zum Atemholen – weitere Schatten bewegten sich in der Ferne. Sie warfen einander einen kurzen, verständnisvollen Blick zu und wussten, dass dies nur der Anfang war.

Die nächsten Augenblicke waren ein einziges Chaos aus Kampf und Magie, eine tödliche Tanz der Reflexe, bei dem sie Seite an Seite kämpften. Die Magie, die Emil entfesselte, verstärkte ihre Bewegungen, ließ sie schneller und kraftvoller agieren. Seine magischen Schutzschilde fingen die Angriffe ab, die zu nah an sie herankamen, während sie ihre Waffen mit einer Präzision führte, die ihr Training und ihre Entschlossenheit zeigte.

Ein besonders großer Vampir sprang sie von hinten an, seine scharfen Zähne blitzten gefährlich auf, doch bevor er sie erreichen konnte, war Emil zur Stelle. Er streckte seine Hand aus, und eine Welle goldenen Lichts schoss aus seiner Handfläche und umhüllte den Vampir, der aufschrie, bevor er in einer Explosion aus Asche zu Boden fiel.

Wilhelmina drehte sich kurz zu Emil um, ihre Augen glühten vor Erregung. „Wir sind ein ziemlich gutes Team," murmelte sie, und ein Lächeln huschte über ihre Lippen, obwohl ihre Brust heftig vor Anstrengung hob und senkte.

Emil grinste. „Das dachte ich mir auch."

Doch der Moment der Zufriedenheit war kurz. In der Ferne hörten sie ein leises Rufen, ein Signal, das bedeutete, dass weitere Vampire auf dem Weg waren. Wilhelmina spürte, wie die Luft schwerer wurde, wie die Gefahr sich dichter um sie legte. Sie mussten sich beeilen.

„Noch eine Runde?" fragte Emil und streckte ihr die Hand entgegen, ein Funken von Herausforderung in seinem Blick.

„Natürlich," erwiderte Wilhelmina und griff seine Hand, spürte die Kraft seiner Magie durch sich fließen, während sie sich erneut in die Dunkelheit stürzten.

Zusammen kämpften sie gegen die ankommenden Vampire, ihre Magie und ihre Waffen wirkten wie eine einzige, verschmolzene Kraft. Sie bewegten sich wie ein eingespieltes Team, das keine Worte brauchte, das nur aus Instinkt und Vertrauen handelte. Ihre Energien verschmolzen in den Bewegungen, in den Angriffen, in den Schutzzaubern, die Emil wirkte, und in den präzisen Hieben, die Wilhelmina ausführte.

Am Ende, als die letzte Gefahr gebannt war und der letzte Vampir am Boden lag, standen sie atemlos und erschöpft nebeneinander. Die Stille kehrte zurück, und das Gewicht der Nacht legte sich wie eine beruhigende Decke um sie.

Wilhelmina legte eine Hand auf Emils Arm, spürte die Wärme, die noch von ihm ausging, und atmete tief durch. „Ich hätte nie gedacht, dass wir... dass ich das zusammen mit jemandem erleben könnte."

Emil sah sie an, und in seinen Augen lag ein Ausdruck von Zuneigung und Stolz. „Du bist mehr als nur eine Jägerin, Wilhelmina. Du bist meine Partnerin – im Kampf und darüber hinaus."

Ein Lächeln glitt über ihre Lippen, und sie wussten beide, dass dies der Beginn einer neuen, unzertrennlichen Verbindung war.

Nach der gemeinsamen Jagd und dem Rausch der Adrenalin erfüllten Wilhelmina und Emil ein unerwartetes Gefühl von Ruhe und Vertrautheit. Doch kaum zurück im sicheren Bereich des Anwesens, erwartete sie eine Überraschung.

Lieselotte stand dort im Halbdunkel und sah sie mit einem Blick an, der deutlich machte, dass etwas Dringendes im Raum stand. Neben ihr, versteckt im Schatten, konnte Wilhelmina die Gestalt von Magnus ausmachen. Es war selten, dass er das Gelände der Bruderschaft betrat, und seine Anwesenheit bedeutete, dass die Situation wirklich ernst war.

„Wilhelmina, Emil," begann Lieselotte leise, und ein Hauch von Panik lag in ihrer Stimme. „Wir... wir brauchen eure Hilfe."

Wilhelmina sah ihre Freundin aufmerksam an und bemerkte die Schatten unter ihren Augen, die die schlaflosen Nächte verrieten. Sie wusste sofort, dass Lieselotte und Magnus lange über diesen Schritt nachgedacht hatten.

„Was ist los?" fragte Emil, während sein Blick prüfend auf Magnus ruhte. Zwischen ihm und Magnus herrschte oft eine stillschweigende Spannung, die aus dem unausgesprochenen Misstrauen zwischen Werwolf und Hexenmeister resultierte. Doch heute schien es bedeutungslos.

Lieselotte zögerte einen Moment, dann straffte sie sich und sprach weiter. „Magnus und ich... wir können so nicht länger in München bleiben. Die Bruderschaft wird uns früher oder später entdecken, und das könnte das Ende für uns beide bedeuten." Ihre Stimme war leise, fast flüsternd, aber die Dringlichkeit darin war unverkennbar.

„Eine Flucht also?" Wilhelmina sah ihre Freundin an, ihre Gedanken rasten. Sie wusste, dass Lieselotte bereit war, alles zu opfern, um mit Magnus zusammen zu sein, aber eine Flucht... Das war mehr, als sie je erwartet hatte. „Wohin wollt ihr? Wie wollt ihr das anstellen, ohne dass die Bruderschaft euch verfolgt?"

Magnus trat vor, seine Stimme klang tief und fest. „Es gibt Orte, weit außerhalb von hier, die für die Bruderschaft schwer zugänglich sind. Doch wir brauchen Hilfe, um unbemerkt aus München herauszukommen. Es sind nicht nur Jäger hinter uns her..."

Emil nickte, sein Gesichtsausdruck war ernst. „Die Schattenwesen..." murmelte er und sah Magnus scharf an. „Verfolgen sie euch?"

Magnus schüttelte den Kopf. „Noch nicht, aber wir haben Grund zur Annahme, dass der Schattenrat von unserer Verbindung weiß. Das könnte früher oder später ein Verfolgungsbefehl bedeuten. Und wenn wir erst einmal außerhalb der Stadt sind... dann könnte es sicherer für uns werden."

Wilhelmina spürte einen Knoten in ihrer Brust. Die Bruderschaft hatte ihre Methoden, und einmal entfesselt, würde sie nicht so einfach aufgeben. Doch die Vorstellung, ihre Freundin und Magnus in Gefahr zu wissen, war unerträglich.

„Wir helfen euch," sagte sie, ohne nachzudenken, und ihr Blick war entschlossen, als sie Lieselotte ansah. „Sag mir nur, was wir tun müssen."

Lieselotte schien einen Moment zu zögern, als ob sie den Ernst ihrer Bitte noch einmal überdachte, doch dann umarmte sie Wilhelmina fest. „Danke," flüsterte sie. „Du weißt nicht, wie viel uns das bedeutet."

Emil beobachtete die Szene, und nach einem Moment nickte er ebenfalls. „Ich werde ein Portal vorbereiten, das euch sicher aus München bringt. Doch es wird Zeit brauchen und... es wird riskant. Jeder, der uns beobachtet, könnte unseren Plan durchschauen."

Magnus sah Emil mit einem Ausdruck an, in dem Dankbarkeit und Zurückhaltung lagen. „Risiken sind wir bereit einzugehen. Solange wir es schaffen, hier zu verschwinden."

Wilhelmina spürte, wie der Ernst der Situation auf ihr lastete, doch sie wusste, dass es der einzige Weg war, ihrer Freundin und Magnus eine Chance zu geben, ein freies Leben zu führen. Ein Leben ohne die ständigen Bedrohungen und Regeln der Bruderschaft.

„Wir treffen uns morgen Nacht," sagte Emil ruhig, seine Augen blitzten mit einem Hauch von Entschlossenheit. „Im alten Stadtteil. Dort ist die Energie des Ortes stark genug, um das Portal stabil zu halten."

Lieselotte nickte, und sie schien für einen Moment wie befreit. Doch dann richtete sie den Blick erneut auf Wilhelmina, und ihre Augen verrieten eine innere Zerrissenheit. „Wilhelmina, bist du sicher, dass du das tun willst? Es könnte Konsequenzen für dich haben."

Wilhelmina legte eine Hand auf Lieselottes Schulter und lächelte schwach. „Die Bruderschaft verlangt von uns, zu kämpfen – aber ich wähle, für das Richtige zu kämpfen. Und das Richtige ist es, dir zu helfen."

In dieser stillen Übereinkunft, in der Schatten und Geheimnisse sie alle verbanden, schmiedeten sie den Plan für die Flucht.

⁂

Der Himmel über München war schwer mit Wolken bedeckt, und ein kalter Wind fegte durch die dunklen Gassen der Stadt, als Wilhelmina sich auf den Weg zu Emils Geheimversteck machte. Nach den letzten Stunden – der Jagd, der dramatischen

Fluchtplanung von Lieselotte und Magnus – sehnte sie sich nach einem Moment des Friedens, einem Ort, an dem all die Konflikte und Entscheidungen, die auf ihr lasteten, für einen Moment in den Hintergrund treten konnten. Emil war ihr Zufluchtsort geworden, und nichts schien sie mehr zu beruhigen, als seine Nähe.

Emil wartete bereits im Schutz der alten Mauern, als sie eintrat, die Tür hinter sich schloss und für einen Moment still stehen blieb. Der Raum war nur von wenigen Kerzen erleuchtet, die ein warmes, sanftes Licht verbreiteten. Der Duft von alten Büchern und Kräutern lag in der Luft, und es war fast, als würde die Magie des Ortes sie willkommen heißen.

„Da bist du ja," sagte Emil leise, ein Lächeln spielte um seine Lippen, das jedoch die Erschöpfung in seinen Augen nicht verbergen konnte. „Ich habe schon fast gedacht, du würdest den Weg hierher vergessen."

Wilhelmina zog eine Augenbraue hoch, ihre Lippen umspielte ein sarkastisches Lächeln. „Ach, wirklich? Als ob ich diesen Ort – und deine Gesellschaft – freiwillig verpassen würde. Ich habe schließlich immer eine Schwäche für gefährliche Verstecke und noch gefährlichere Männer gehabt."

Emil schmunzelte und trat auf sie zu. „Oh, ich bin mir sicher, das ist es genau, was anziehend an mir ist. Die Gefahr. Und nichts anderes."

„Natürlich." Sie lächelte und ließ sich ohne zu zögern in seine Arme ziehen, spürte die Wärme seines Körpers, die sie inmitten all der Unsicherheiten beruhigte. In seiner Nähe fühlte sie sich, als ob die Welt sie beide für einen Moment in Ruhe ließ, als ob alle Verpflichtungen, Intrigen und Kämpfe nichts weiter als ein weit entfernter Schatten waren.

Ihre Lippen fanden seine, und der Kuss war tief, voller Leidenschaft, als ob all die unterdrückten Gefühle der letzten Tage endlich in einer Flutwelle freigelassen wurden. Sie spürte seine

Hände auf ihrem Rücken, stark und sicher, und eine seltsame Wärme durchflutete sie – eine Energie, die von ihm ausging und ihre Sinne benebelte. Es war, als würde ihre Magie durch seine Berührung auf eine Weise verstärkt, die sie noch nie erlebt hatte. Die Luft um sie schien regelrecht zu knistern.

„Ich hoffe, du bist dir der Konsequenzen bewusst, wenn du mir so nahe kommst," murmelte Emil zwischen den Küssen und sah sie mit einem schelmischen Glanz in den Augen an.

Wilhelmina schnaubte, ihre Augen funkelten vor Ironie. „Oh, glaub mir, Konsequenzen und ich sind schon lange beste Freunde. Schließlich habe ich mich freiwillig für das Abenteuer 'Beziehung mit einem Hexenmeister' gemeldet."

„Dann bist du offensichtlich verrückter, als ich dachte," erwiderte er, doch seine Stimme wurde leiser, intensiver, als seine Hände sanft über ihre Schultern glitten. „Aber gut... dann hoffe ich, dass du bereit bist für das, was noch kommt."

Er führte sie sanft zu einem gepolsterten Sitz in der Nähe der Bücherregale, und sie sank neben ihm nieder, seine Nähe war wie eine Droge, von der sie nicht genug bekommen konnte. Sie spürte die Magie, die sich wie ein unsichtbarer Schleier um sie beide legte, eine Verbindung, die jenseits von Worten lag.

Ihre Berührungen wurden intensiver, und es schien, als würden sie beide von einer unsichtbaren Kraft angetrieben. Jede Bewegung, jede Berührung verstärkte die Magie zwischen ihnen, ließ sie sich in einem Strudel von Empfindungen verlieren, die die Realität verschwimmen ließen.

Doch gerade in dem Moment, als sie sich in dieser Einheit völlig verloren hatten, als der Rest der Welt verblasste, wurde die Stille des Raums jäh durchbrochen. Ein scharfer, klagender Ton durchschnitt die Luft – das Signal eines Notrufes, das Emil magisch mit einem Teil des Verstecks verbunden hatte. Er erstarrte, und die Realität holte sie beide mit unerbittlicher Härte zurück.

„Was...?" Wilhelmina zog sich zurück, ihre Augen weit vor Überraschung. Emil schloss kurz die Augen, seine Stirn runzelte sich, und er schien die Störung zu analysieren.

„Das ist eine Nachricht," sagte er, seine Stimme nun angespannt. „Irgendjemand hat versucht, mich dringend zu erreichen – die magische Verbindung wurde aktiviert."

„Wer könnte das sein?" fragte Wilhelmina und spürte, wie sich die Wärme des Moments in der eiskalten Realität auflöste.

Emil schüttelte den Kopf. „Ich weiß es nicht genau, aber wenn die Warnung aktiviert wurde, bedeutet das, dass es wirklich wichtig ist."

Widerwillig löste sich Wilhelmina vollständig aus seiner Umarmung, obwohl ihre Gedanken noch immer bei den gestohlenen Momenten des Friedens verweilten. Sie sah, wie Emil aufstand und eine kleine, bläulich leuchtende Kugel aktivierte, die an der Wand befestigt war und die Nachricht als magische Projektion in den Raum warf.

Die Nachricht war knapp und in mysteriösen Worten verfasst – kaum etwas wurde direkt erklärt, und die Worte schienen mit einem Schutzzauber versehen zu sein, der sie nur für Emil vollständig entzifferbar machte. Er musterte den Text mit einem finsteren Ausdruck.

„Wir müssen auf der Hut sein, Wilhelmina," murmelte er schließlich, sein Blick fest auf die Projektion gerichtet. „Ich glaube, jemand ist uns näher, als wir dachten."

Sie spürte, wie eine unheimliche Vorahnung sie durchfuhr. Der Moment der Leidenschaft und Vertrautheit war vorbei, und die Bedrohung, die die Bruderschaft, der Schattenrat und die dunklen Kräfte darstellten, holte sie jäh zurück in eine Welt voller Unsicherheiten und Gefahren.

Friedrich von Lichtenberg hatte nie zu den Männern gehört, die sich von den Launen des Schicksals beeindrucken ließen. Nein, in seiner Welt gab es klare Regeln, strikte Verpflichtungen und eine Bruderschaft, die alle Geheimnisse unter Kontrolle zu haben schien. Doch in letzter Zeit hatte sich etwas verändert. Eine Unruhe lag in der Luft, eine, die er nicht einfach als Zufall abtun konnte.

Mit ernster Miene durchquerte er die langen, stillen Flure des Familienanwesens. Er hatte einen Verdacht, und Friedrich von Lichtenberg ließ sich selten von bloßen Vermutungen leiten – er wollte Beweise. Besonders, wenn diese Beweise seine Tochter und deren zunehmend seltsames Verhalten betrafen.

An diesem Abend war ihm etwas ins Auge gefallen. Ein Brief, der halb verborgen unter Wilhelminas Bett lag und dessen Siegel eine Form hatte, die er nur zu gut kannte – das Symbol der Hexenzirkel, das ausschließlich durch bestimmte magische Kreise kursierte. Die Entdeckung hatte ihn alarmiert. Was auch immer Wilhelmina trieb, es führte sie direkt in die Fänge von Kräften, die die Bruderschaft seit Jahrhunderten verachtete.

„Wilhelmina," murmelte er leise vor sich hin und nahm den Brief in die Hand. „Wie tief steckst du wirklich in diesem Schlamassel?"

Die Tinte des Briefes leuchtete schwach im Licht der Lampe, doch als er den Inhalt entschlüsseln wollte, erkannte er, dass der Text nur auf den ersten Blick verständlich war – darunter lag eine magische Verschlüsselung. *Wie passend*, dachte er sarkastisch. „Ein Vater zu sein, war noch nie einfacher."

Er rief einen der Bediensteten zu sich, einen stillen, loyalen Mann, der mehr wusste, als er jemals sagte. „Findet heraus, wo Wilhelmina die letzten Nächte war," befahl Friedrich, seine Stimme scharf. „Und zwar bis auf die letzte Minute."

Der Bedienstete nickte und verschwand lautlos, um seinen Befehlen nachzugehen. Friedrich blieb allein, das Pergament knisterte unter seinen Fingern, und sein Blick war fest auf den verschlüsselten Text geheftet. Er wusste, dass es nur eine Frage der Zeit war, bis sich die wahren Ausmaße von Wilhelminas geheimem Leben vor ihm entfalteten. Seine Tochter hatte offensichtlich ein Talent dafür, ihre Verpflichtungen zu ignorieren – und nun war es an der Zeit, dass er herausfand, wie weit sie wirklich bereit war zu gehen.

In dieser Nacht setzte sich Friedrich an seinen Schreibtisch, legte den Brief sorgsam zur Seite und zog ein altes, dickes Buch hervor – eines, das seit Jahrzehnten in seiner Familie weitergereicht wurde und nur von ausgewählten Mitgliedern der Bruderschaft gelesen werden durfte. Es enthielt längst vergessene Rituale, Schutzzauber und Methoden zur Entschlüsselung der geheimen Kommunikation, die oft in magischen Kreisen verwendet wurde.

Er fuhr sich über das Kinn und murmelte sarkastisch: „Wilhelmina, du hast das Talent für Dramen nicht von fremden Leuten. Aber glaub nicht, dass ich mich von ein bisschen Zauberei täuschen lasse."

Während er das Buch durchblätterte, fiel ihm eine Passage ins Auge, die eine Methode zur Entschlüsselung von Nachrichten beschrieb, die in Kreisen mächtiger Hexenmeister verwendet wurden. Ein kaltes Lächeln schlich sich auf sein Gesicht. Er würde die Wahrheit erfahren, koste es, was es wolle.

Er war sich sicher, dass hinter Wilhelminas Verhalten mehr steckte als jugendlicher Leichtsinn. Ihre Heimlichkeiten, ihre nächtlichen Ausflüge – und diese unpassende Freundschaft zu einem Antiquitätenhändler, dessen Ruf mehr als zweifelhaft war. Friedrich kniff die Augen zusammen, als er den Namen Emil Schwarzwald in Gedanken durchging. Emil – dieser seltsam charmante Mann, der sich in letzter Zeit viel zu oft in Wilhelminas Nähe befand.

Die Frage, die ihn jedoch mehr quälte, war: Wusste Wilhelmina überhaupt, in welches Spiel sie sich eingelassen hatte? War sie sich bewusst, dass sie mit jedem Schritt, den sie von der Bruderschaft abwich, nicht nur sich, sondern auch ihre Familie in Gefahr brachte?

Gerade als er den Text zu entschlüsseln begann, trat der Bedienstete zurück in den Raum, verneigte sich leicht und flüsterte: „Ich habe herausgefunden, dass Wilhelmina in den letzten Nächten mehrfach das Anwesen verlassen hat. Es scheint, als ob sie... mit Emil Schwarzwald zusammentrifft."

Friedrich schloss die Augen, und seine Hand ballte sich unwillkürlich zur Faust. *Natürlich*, dachte er bitter. *Der charmante Fremde mit seinen Geheimnissen und seinem flüchtigen Lächeln.*

„Sehr gut," murmelte er kühl und wandte sich wieder dem Pergament zu. „Es ist an der Zeit, dass ich meine Tochter ein wenig... genauer im Auge behalte."

Kapitel 11

Der Raum war in gedämpftes Licht getaucht, die Wände wurden nur von flackernden Kerzen beleuchtet, die in tiefem Rot und Schwarz gehaltene Schatten auf die Anwesenden warfen. Emil saß am Rande des runden Tisches und hielt seinen Blick fest auf die anderen Mitglieder des Schattenrats gerichtet. Die Atmosphäre war zum Zerreißen gespannt, und jeder wusste, dass in diesen Treffen Worte nur vorsichtig, wie Waffen, gewählt wurden.

Gegenüber saß Graf Viktor von Blutfels, sein Gesicht war kaum zu erkennen, doch seine Augen leuchteten kalt und durchdringend. Der alte Vampirführer hatte diese Sitzungen immer nach eigenem Ermessen einberufen, und jedes Mal, wenn er es tat, schien eine neue Bedrohung in der Luft zu liegen. Emil wusste, dass von Blutfels keine zufälligen Entscheidungen traf – heute Nacht ging es um etwas Größeres. Das konnte er förmlich spüren.

„Meine werten Anwesenden," begann der Graf mit seiner leisen, bedrohlich sanften Stimme, die sich wie ein kalter Hauch durch den Raum zog, „die Zeit der Verborgenheit neigt sich dem Ende zu. Die Macht der Bruderschaft... sie wird schwächer."

Ein leises Murmeln ging durch die Reihen der Schattenrat-Mitglieder. Emil blieb ruhig, lauschte jedoch aufmerksam, während von Blutfels fortfuhr.

„Die Jäger denken, sie haben die Oberhand," fuhr von Blutfels fort, und ein gefährliches Lächeln umspielte seine Lippen. „Doch was wäre, wenn ich euch sage, dass wir die Macht haben, sie von innen heraus zu schwächen? Eine... Waffe, die gegen ihre eigene Überheblichkeit gerichtet ist."

Emil verengte die Augen. *Eine Waffe gegen die Bruderschaft?* Sein Herz schlug schneller, und er musste all seine Konzentration aufwenden, um die aufkommende Nervosität zu verbergen. Er wusste, dass von Blutfels oft in großen, mysteriösen Worten sprach, aber diesmal schien mehr dahinter zu stecken.

„Und diese... Waffe?" fragte ein älterer Hexenmeister, dessen Gesicht in den Schatten verborgen war.

Von Blutfels ließ sich Zeit, bevor er antwortete, seine Stimme war beinahe süffisant. „Sagen wir einfach, dass sie direkt aus den Reihen der Bruderschaft kommt – doch dass sie uns dienen wird, wie es sich gehört."

Emil zwang sich zu einem ruhigen Gesichtsausdruck, obwohl die Worte des Grafen ihm eiskalt den Rücken hinunterliefen. *Er hat einen Spion in der Bruderschaft? Oder gar jemanden, der bereit ist, sie zu verraten?* Er wusste, dass er keine Fragen stellen durfte, ohne verdächtig zu wirken. Seine Loyalität zum Schattenrat stand nicht zur Debatte – zumindest in ihren Augen.

„Wir brauchen nur ein wenig Geduld," fuhr der Graf fort, seine Stimme süßlich wie Gift. „Denn wenn der richtige Moment gekommen ist, wird die Bruderschaft nicht einmal verstehen, was sie trifft."

Einige der Anwesenden tauschten bedeutungsvolle Blicke, während andere einfach nur nickten, wie Schachfiguren, die ihre Befehle ohne Widerspruch entgegennahmen. Emil zwang sich, ebenfalls mit leichtem Interesse zu nicken, während seine Gedanken rasten. *Was für ein Plan könnte das sein?* Und – was noch wichtiger war – wie würde das Wilhelmina betreffen?

„Emil," ertönte plötzlich die Stimme des Grafen, und alle Augen richteten sich auf ihn. Von Blutfels' Blick war durchdringend, wie ein Messer, das durch eine weiche Oberfläche schnitt. „Ich hoffe, du bist bereit, deinen Teil beizutragen. Denn es könnte sein, dass wir deine... Verbindungen und dein Wissen bald brauchen werden."

Emil zwang sich, ruhig zu bleiben, obwohl ihm der kalte Schweiß ausbrach. „Natürlich, Graf von Blutfels," erwiderte er in einem Ton, der sowohl respektvoll als auch verschlossen klang. „Ich bin bereit."

Ein fast unmerkliches, verschlagenes Lächeln spielte um die Lippen des Grafen. „Gut. Denn bald könnte der Moment kommen, in dem sich alle Loyalitäten beweisen müssen."

Der Raum blieb in gespenstischem Schweigen gehüllt, und Emil konnte die Blicke spüren, die auf ihm ruhten. In diesen Kreisen war Loyalität nichts anderes als ein Spiel, und Emil wusste, dass seine eigenen Karten immer unberechenbarer wurden. Doch er durfte keine Schwäche zeigen.

Von Blutfels erhob sich, und das Treffen wurde mit einer kühlen Geste beendet. Die anderen Mitglieder des Schattenrats verschwanden schweigend, und Emil blieb zurück, das Gewicht der Situation lastete schwer auf ihm.

Als er schließlich das Versteck des Schattenrats verließ, verspürte er den unbändigen Drang, zu Wilhelmina zurückzukehren. Doch eine quälende Frage blieb: Wie lange konnte er noch das doppelte Spiel spielen, ohne dass von Blutfels oder die Bruderschaft davon erfuhren?

⁂

Die Nacht war still und die Straßen leer, als Wilhelmina leise durch die verborgene Seitentür in Emils Antiquitätenladen schlich. Sie hatte Emil seit dem Treffen mit dem Schattenrat nicht mehr gesehen, und sein plötzliches Verschwinden ließ ihr keine Ruhe. *Ja, wunderbare Liebesgeschichte. Vielleicht ist mein Geliebter in eine Verschwörung gegen die Bruderschaft verwickelt*, dachte sie ironisch, während sie sich langsam durch den Laden bewegte.

Der Laden war wie immer voller seltsamer Schätze, deren Magie sich in den Schatten der Regale verbarg. Wilhelmina wusste, dass Emil auf seine Geheimnisse bedacht war – aber sie war fest entschlossen, ein wenig Licht in das Dunkel zu bringen. Schließlich war sie eine Jägerin, eine Meisterin darin, verborgene Spuren zu finden.

„Ein paar geheime Briefe, die vielleicht eine finstere Seite von dir zeigen?" flüsterte sie und begann, die Bücherregale abzusuchen. Sie wusste genau, dass Emil bestimmte Schriften sicher nicht in seiner Bibliothek auslegte. Nein, die wirklich heiklen Dokumente würde er gut versteckt haben.

Nach einigem Suchen bemerkte sie ein altes, verstaubtes Buch, das halb aus dem Regal herausragte, als hätte es jemand hastig dort hineingesteckt. *Ah, also doch nicht so perfekt in deinen Geheimnissen, mein lieber Hexenmeister*, dachte sie spöttisch und zog das Buch heraus. Tatsächlich – zwischen den Seiten befanden sich mehrere sorgfältig gefaltete Briefe, deren Siegel eine mysteriöse, unbekannte Runenprägung trug.

Sie öffnete einen der Briefe und las die ersten Zeilen. Die Worte waren kryptisch, doch es war eindeutig, dass die Nachrichten eine Art geheimes Treffen oder gar ein Plan beinhalteten. Ein Plan, der anscheinend etwas mit der Bruderschaft zu tun hatte. *Bravo, Wilhelmina. Genau der Mann, von dem du dich fernhalten wolltest*, dachte sie ironisch, während sie mit wachsender Anspannung weiterlas.

„Eine Nacht in meinem Laden und schon bei den verbotenen Schriften. Beeindruckend," erklang plötzlich eine vertraute Stimme hinter ihr, die wie ein feines Klingen von Glas in der Stille des Ladens hallte.

Wilhelmina erstarrte. Langsam drehte sie sich um und sah Isabella, Emils Mentorin, die im Halbschatten der Tür stand, die Arme verschränkt, das Gesicht voller verhaltenem Amüsement.

„Wilhelmina, du solltest wirklich mehr Respekt für die Geheimnisse anderer zeigen."

„Oh, Entschuldigung, Isabella," erwiderte Wilhelmina mit einem ironischen Lächeln. „Ich habe wohl den Zauberspruch übersehen, der mich davon abhält, Dinge über meine eigenen potenziellen Feinde herauszufinden."

Isabella trat in den Raum, ihre Bewegungen waren fließend und grazil, doch ihre Augen funkelten mit einem gefährlichen Glanz.

„Feinde, meine Liebe? Ich dachte, wir seien alle... Verbündete in dieser großen, unberechenbaren Welt."

Wilhelmina ließ den Brief sinken und sah Isabella herausfordernd an. „Verbündete, die dunkle Briefe über geheime Treffen und Pläne schmieden? Ich bin beeindruckt von eurer Vorstellung von Loyalität, wirklich."

Isabella schmunzelte und zog ein weiteres Buch aus dem Regal, als ob sie durch den Raum schlenderte, einfach nur, um sie weiter zu provozieren. „Loyalität ist so... flexibel, findest du nicht? Sie verändert sich, passt sich an, wird neu definiert. Heute bist du eine Jägerin der Bruderschaft, morgen vielleicht eine Außenseiterin, die nicht in die klare Schwarz-Weiß-Welt der Regeln passt."

„Wie poetisch," entgegnete Wilhelmina trocken. „Und doch scheint ihr eine klare Definition davon zu haben, wer diese Regeln bricht und wer nicht."

Isabella lachte leise, ein sanftes, dunkles Lachen, das die Luft um sie herum förmlich dämpfte. „Mein lieber Emil... er hat sich einen wirklich eigensinnigen, kühnen Geist ausgesucht. Aber glaub mir, Wilhelmina – du wirst das alles irgendwann verstehen. Die Welt der Schatten ist komplizierter, als es die Bruderschaft glauben möchte."

„Oh, da bin ich mir sicher," entgegnete Wilhelmina mit einem kalten Lächeln. „Aber wusstest du, dass ich solche Komplexität über alles liebe? Besonders, wenn sie mich direkt betrifft."

Isabella legte den Kopf leicht zur Seite, und für einen Moment blitzte ein fast mütterlicher Ausdruck in ihren Augen auf. „Emil wird bald hier sein, Wilhelmina. Vielleicht solltest du ihn direkt fragen, warum er sich mit diesen... Briefen beschäftigt." Sie trat zurück in den Schatten und verschwand, als hätte sie sich in Luft aufgelöst.

Wilhelmina stand einen Moment still da und versuchte, ihre Gedanken zu ordnen. *Eine Frage direkt an Emil – das könnte in ein faszinierendes Gespräch münden,* dachte sie und konnte nicht verhindern, dass ein bitteres Lächeln auf ihren Lippen erschien.

Als sie die Briefe sorgfältig wieder zurücklegte und das Buch ins Regal schob, konnte sie die Schritte hören, die sich von draußen näherten. Ihr Herz schlug schneller, und eine Mischung aus Enttäuschung und Zorn breitete sich in ihr aus. Emil war gerade rechtzeitig zurück, um sich zu erklären – und diesmal würde sie nichts als die Wahrheit akzeptieren.

***

Wilhelmina stand regungslos im Halbdunkel von Emils magischer Werkstatt, die Hand fest auf das alte Buch mit den versteckten Briefen gepresst, als die Tür hinter ihr leise aufging. Emil trat ein, und seine Miene wechselte von einem neutralen Ausdruck zu einem Hauch von Besorgnis, als er Wilhelmina in der Düsternis stehen sah.

„Ach, wie praktisch, dass du genau jetzt auftauchst," sagte Wilhelmina mit scharfem Sarkasmus, ihre Augen funkelten vor Zorn. „Willkommen in deiner Werkstatt. Oder sollte ich sagen – deiner... kleinen Sammlung geheimer Pläne?"

Emil blinzelte, offensichtlich nicht bereit für diese Begrüßung, und zog die Augenbrauen hoch. „Ah. Du hast also die Briefe gefunden." Ein Schatten von einem Lächeln zog über seine Lippen, als ob er sich auf ein komplexes Schachspiel freute. „Hätte mir vielleicht denken können, dass du neugierig genug wärst."

Wilhelmina verschränkte die Arme vor der Brust und sah ihn mit einem gefährlichen Blick an. „Ja, überraschenderweise bin ich neugierig, Emil. Vor allem, wenn mein... geliebter Hexenmeister seine Zeit mit mysteriösen Nachrichten und dunklen Machenschaften verbringt, während ich ihm blind vertraue."

Er schloss die Tür hinter sich und trat auf sie zu, die Hände in einer friedfertigen Geste erhoben. „Wilhelmina, die Briefe sind... kompliziert. Sie bedeuten nicht das, was du denkst."

„Oh wirklich?" Sie lachte kalt, ließ ihn nicht aus den Augen. „Dann hilf mir, Emil. Erkläre mir, was genau daran harmlos ist, wenn du hinter meinem Rücken mit dem Schattenrat und Graf von Blutfels zusammenarbeitest, ohne mir ein einziges Wort zu sagen."

Er atmete tief durch, als ob er sich darauf vorbereitete, durch ein Minenfeld zu schreiten. „Ich bin kein Freund des Schattenrats, das weißt du. Aber es gibt Dinge, die ich tun muss, um uns beide zu schützen. Und... es ist sicherer für dich, wenn du nicht alles weißt."

Wilhelmina machte einen Schritt auf ihn zu, ihre Stimme scharf wie ein Dolch. „Sag das noch einmal. Dass du mich schützen willst. Indem du alles vor mir verheimlichst und mich in deiner Welt der Geheimnisse herumschweben lässt wie ein dummes, ahnungsloses Kind."

Emil seufzte, die Hand an die Stirn gelegt, als ob er seine Worte in einer unsichtbaren Schrift an der Wand sortierte. „Wilhelmina... Ich wollte dich nie belügen. Ich wollte nur – "

„Was, Emil? Deine kleine perfekte Illusion von einem gemeinsamen Leben schützen?" Ihre Stimme zitterte vor unterdrücktem Schmerz, während sie sich ihm entgegenstellte. „Ich brauche keine Illusionen. Ich brauche dich. Die ganze Wahrheit."

Er schloss die Augen, als ob ihre Worte ihn tief trafen, und dann tat er etwas, das sie überraschte. Er trat direkt auf sie zu, so nah, dass sie den warmen Duft seiner Haut spüren konnte, die Anspannung in seinen Schultern. „Du willst die Wahrheit?"

„Ja," flüsterte sie und sah ihm in die Augen, ihr Zorn von der Spannung zwischen ihnen verschlungen.

„Die Wahrheit ist, dass ich alles riskieren würde, um dich zu schützen," sagte er, und seine Stimme war nun leise, fast flehend. „Aber das bedeutet, dass ich die dunklen Seiten der Welt verstecken muss. Ich habe Dinge getan, Wilhelmina, die du vielleicht nie verstehen wirst. Dinge, die ich vor dir bewahren will."

Seine Hand hob sich und legte sich sanft an ihre Wange, und trotz ihrer Wut konnte sie sich dem Sog seiner Berührung nicht entziehen. Sein Blick war so offen und verletzlich, dass sie das Herzrasen nicht ignorieren konnte, das in ihrem Inneren tobte. „Du hast die Dinge getan, weil du mich schützen wolltest?" flüsterte sie, und sie spürte, wie die Fassade ihrer Wut zu bröckeln begann.

„Ja," antwortete er schlicht und lehnte seine Stirn an ihre. „Weil ich keine Wahl habe, Wilhelmina. Diese Welt, in der wir leben... ist gefährlich. Und manchmal bedeutet Liebe, nicht alles zu sagen."

In der Stille, die folgte, konnte sie sein Herzschlag spüren, so nah war er, und ihre eigenen Zweifel und Ängste verschwammen. Die Welt um sie herum schien still zu stehen, und sie fühlte nur die Wärme seiner Berührung und die ungesagte Wahrheit, die zwischen ihnen lag. Ohne weiter zu sprechen, schloss sie die Augen und zog ihn zu sich, ihre Lippen trafen sich, und der Kuss war voller der unterdrückten Emotionen, der Wut, der Sehnsucht, die zwischen ihnen ungesagt geblieben waren.

Die Wände der Werkstatt schienen zu verschwimmen, als sie sich ihm hingab, seine Berührungen ihr Feuer und Trost zugleich boten. Seine Hände glitten sanft über ihren Rücken, und sie spürte die Energie, die von ihm ausging, eine Kraft, die sie an nichts anderes in der Welt erinnerte. Es war, als würde seine Magie ihre Berührung verstärken, als könnte sie in seinem Kuss eine Welt ohne Geheimnisse finden.

„Wilhelmina," flüsterte er zwischen den Küssen, „ich liebe dich. Trotz all dieser Schatten, all der Dinge, die ich nicht sagen kann..."

„Ich weiß," hauchte sie zurück und zog ihn näher, die Worte verschwommen in einem Moment der Einheit, der sie beide für eine kurze, kostbare Zeit von den Gefahren und den Machenschaften der Welt abschirmte.

Doch als sie schließlich voneinander abließen und die Stille wieder zwischen ihnen einkehrte, spürte sie, dass die Geheimnisse noch immer über ihnen schwebten. Doch in diesem Moment war sie bereit, sie zu ignorieren – zumindest für jetzt.

⚜

Am nächsten Morgen war die Sonne kaum über den Horizont gestiegen, als Wilhelmina sich auf den Weg zu einem geheimen Treffpunkt im alten Forsthaus machte. Dort wartete bereits Lieselotte, die mit verschränkten Armen auf und ab lief und einen Ausdruck trug, der gleichzeitig freudige Aufregung und pure Nervosität ausstrahlte.

„Wilhelmina!" rief Lieselotte aus und eilte ihr entgegen, ihre Augen leuchteten vor Aufregung, obwohl ihre Schultern die Spannung eines Gejagten verrieten. „Da bist du ja endlich. Ich dachte schon, du lässt mich hängen!"

„Oh, ich würde mir doch nicht die Gelegenheit entgehen lassen, dir bei den... sagen wir, delikaten Vorbereitungen für deine kleine verbotene Hochzeit zu helfen," erwiderte Wilhelmina mit einem schiefen Lächeln und verschränkte die Arme. „Ich hoffe, du weißt, dass ich mein Leben riskiere, indem ich hier stehe."

Lieselotte verdrehte die Augen und deutete auf einen großen Stapel alter Bücher und zerfledderter Notizen. „Hör auf, dramatisch zu sein. Es ist keine ‚kleine' Hochzeit, und du weißt das. Magnus und ich... wir haben lange auf diesen Moment gewartet. Aber... es gibt so viele Dinge zu bedenken. Rituale, Schutzzauber, Verstecke... und dann wäre da noch das Problem mit der Bruderschaft."

Wilhelmina nickte langsam und musterte den Stapel an Unterlagen, als ob sie nur einen Teil der Belastung nachvollziehen konnte. „Ach, du meinst das kleine Problem, dass die Bruderschaft euch beide jagen würde, sobald sie auch nur eine Ahnung von diesem ‚Bund für die Ewigkeit' bekäme?" Sie hob eine Augenbraue. „Das ist ein nettes Detail."

Lieselotte seufzte und sah ihre Freundin ernst an. „Ja, danke für die Erinnerung. Die Wahrheit ist, Wilhelmina, dass Magnus und ich ohne dich und Emil keine Chance haben. Wir müssen die Hochzeit geheim halten – das bedeutet ein Ritual, das uns vor allen Blicken schützt. Ich brauche dich... als Zeugin. Als Verbündete."

Ein kleines Lächeln stahl sich auf Wilhelminas Lippen. „Gut, dann bin ich also offiziell deine Trauzeugin in der geheimsten Hochzeit des Jahrhunderts. Klingt perfekt."

„Ich bin froh, dass du es so siehst," sagte Lieselotte und schenkte ihr ein erleichtertes Lächeln. „Magnus und ich haben das alles wirklich gut geplant. Es wird kein pompöses Fest, sondern ein einfaches Ritual. Aber es muss mächtig genug sein, um unsere Bindung zu stärken – und sie vor neugierigen Blicken zu schützen."

„Einfach und mächtig. Ja, das klingt wirklich nach dir, Lieselotte," murmelte Wilhelmina sarkastisch, während sie durch die alte, handschriftliche Liste der benötigten Zutaten blätterte. „Hier steht, dass du zwei verfluchte Federn, eine Blume der Ewigen Nacht und... einen Wolfszahn brauchst? Muss ich fragen, wie du an diese Dinge kommst?"

Lieselotte winkte ab, ihre Augen funkelten vor Vorfreude. „Ach, keine Sorge. Magnus hat da ein paar... Freunde in der Wildnis, die uns da sicher helfen können. Es ist alles arrangiert. Wir brauchen nur noch deine Hilfe bei den letzten Vorbereitungen."

„Also wirklich," sagte Wilhelmina mit gespieltem Ernst, „ich hatte mir meinen nächsten freien Tag etwas entspannter vorgestellt. Stattdessen stehe ich hier und helfe dir, deine verrückten Hochzeitspläne durchzuziehen." Sie schüttelte den Kopf, konnte aber nicht verhindern, dass ein kleines Lächeln ihre Lippen umspielte. „Aber hey, was tut man nicht alles für seine beste Freundin."

Lieselotte legte ihr dankbar eine Hand auf den Arm. „Wilhelmina... ich kann dir gar nicht sagen, wie viel mir das bedeutet. Magnus und ich... wir wissen, dass das nicht einfach wird. Aber diese Verbindung ist unser einziger Weg in eine gemeinsame Zukunft. Eine, die wir ohne die Bruderschaft oder die ständigen Geheimnisse leben können."

Wilhelmina nickte und drückte Lieselottes Hand. Sie spürte die Entschlossenheit und Liebe, die in den Worten ihrer Freundin lagen. Für einen Moment dachte sie an ihre eigene Situation, an Emil und die Geheimnisse, die zwischen ihnen schwebten. Sie verstand mehr als je zuvor, wie es war, eine Beziehung zu führen, die gegen alle Regeln verstieß.

„Gut, dann lass uns loslegen," sagte Wilhelmina entschlossen und ließ die Arme sinken. „Sag mir, was ich tun soll."

Lieselotte lächelte sie erleichtert an und begann, die nächsten Schritte des Rituals zu erklären. Sie zeigten auf die Kreidezeichnungen auf dem Boden, die Pentagramme und Schutzsymbole, die sie vorbereitet hatte. Wilhelmina nahm ihren Platz im Kreis ein, bereit, ihre Freundin auf diesem riskanten, doch entscheidenden Schritt zu begleiten.

In dieser Stille, umgeben von alten magischen Symbolen und der Nähe ihrer besten Freundin, wurde Wilhelmina klar, dass sie die Gefahr, die die Bruderschaft darstellte, für ihre eigene Liebe zu Emil niemals ignorieren konnte. Und vielleicht – vielleicht war es an der Zeit, ihr eigenes Schicksal in die Hand zu nehmen, ebenso wie Lieselotte es tat.

Die beiden Frauen standen in stiller Übereinkunft und begannen mit den letzten Vorbereitungen.

Kapitel 12

Das Hauptquartier der Bruderschaft, in einem alten, ehrwürdigen Gebäude im Herzen von München, hatte schon viele Angriffe überstanden. Die massiven Mauern und die komplexen Schutzzauber gaben den Jägern eine fast arrogante Sicherheit. Doch in dieser Nacht, unter dem Schutz des Neumonds, durchbrachen plötzlich mehrere Explosionen die Stille und zerschmetterten die Fassaden.

Wilhelmina wurde von den Erschütterungen aus dem Schlaf gerissen. Noch halb in einen Traum verstrickt, griff sie automatisch nach ihren Waffen und stürzte aus ihrem Zimmer in die Flure, wo sich das Chaos bereits ausbreitete. Rauch und Staub wirbelten durch die Gänge, und überall hörte sie das Klirren von Stahl, das Zischen von Magie und das tiefe Brüllen von Vampiren, die das Gebäude stürmten.

„Perfektes Timing," murmelte sie sarkastisch, während sie sich einen Weg durch das Durcheinander bahnte. *Natürlich entscheidet sich jemand genau heute Nacht dafür, die Bruderschaft in Schutt und Asche zu legen.*

Im Zentrum des Angriffs war Friedrich, Wilhelminas Vater, der mit erhobenem Schwert und einem Hauch von ruhiger Entschlossenheit seine Position hielt. Um ihn herum tobte der Kampf, und doch schien er in seinem Element zu sein, seine Bewegungen präzise und berechnend.

In diesem Moment erschien eine finstere Gestalt an seiner Seite – Emil. Er hielt sich im Schatten, seine Magie unsichtbar, aber

Wilhelmina spürte die Kraft, die von ihm ausging. *Oh, wie passend,* dachte sie ironisch. *Der geheimnisvolle Hexenmeister, der den Tag rettet, ohne auch nur ein Funken Magie zu zeigen.*

Ein Vampir sprang auf Friedrich zu, seine Klauen glänzten im Dämmerlicht, bereit, den Großmeister der Bruderschaft zu zerreißen. Doch bevor er auch nur nahe genug kam, bewegte Emil sich blitzschnell, griff Friedrich am Arm und zog ihn zur Seite, gerade rechtzeitig, um den tödlichen Angriff zu verhindern.

„Achte besser auf deinen Rücken, Friedrich," sagte Emil mit einem Hauch von Spott, ohne Friedrich anzusehen. „Oder wartest du immer darauf, dass man dir das Leben rettet?"

Friedrich, sichtlich überrumpelt, warf Emil einen Blick zu, den man als Mischung aus Wut und Verwirrung deuten konnte. „Ich brauche keine Hilfe von dir, Schwarzwald," fauchte er, doch Emil ließ sich nicht beirren. Die beiden Männer kämpften Seite an Seite, ein Bündnis aus purem Pragmatismus – der eine wollte seine Tochter schützen, der andere seine Pflicht erfüllen. Dass Emil mit seiner Magie die Angriffe heimlich abwehrte, blieb Friedrich jedoch verborgen.

Währenddessen bahnte sich Wilhelmina einen Weg durch das Hauptquartier und begegnete einem seltsamen Detail, das ihre Neugier weckte. Inmitten des Chaos sah sie einen der Jäger, ein bekanntes Gesicht aus der Bruderschaft, wie er ein Signal gab, das mehr wie eine geheime Absprache aussah als ein Warnzeichen. Ein kalter Schauer lief ihr über den Rücken. *Ein Verräter?* Die Gedanken rasten in ihrem Kopf, doch die Zeit für weitere Überlegungen blieb nicht.

Ein weiterer Vampir stürzte auf sie zu, und sie parierte den Angriff mit einer flinken Bewegung ihres Dolches, das Zischen der Klinge erfüllte die Luft. Noch während des Kampfes behielt sie den mysteriösen Jäger im Auge, dessen Bewegungen verdächtig koordiniert mit den Angriffen der Vampire schienen. *Das werde ich mir merken*, dachte sie und machte sich eine mentale Notiz über sein Gesicht und seine seltsamen Handzeichen.

Die Kämpfe ebbten ab, die letzten Vampire wurden zurückgedrängt, doch die Erinnerung an den Jäger, der mit den Angreifern kommuniziert zu haben schien, ließ Wilhelmina nicht los. Als sie Emil und Friedrich sah, wie sie sich gegenseitig mit einem Ausdruck gemischten Respekts und Misstrauens ansahen, trat sie schnell auf die beiden zu.

„Nicht, dass ich eure... *innige* Zusammenarbeit unterbrechen möchte," sagte sie, während sie die beiden mit hochgezogenen Augenbrauen musterte, „aber es scheint, als hätten wir ein etwas größeres Problem als einen einfachen Vampirangriff."

„Was meinst du?" fragte Emil, sein Blick war scharf und wachsam.

Wilhelmina zögerte einen Moment. „Ich habe jemanden gesehen, einen Jäger, der anscheinend die Angreifer... unterstützt hat. Er gab Signale – so etwas wie geheime Anweisungen. Ich glaube, wir haben einen Verräter in unseren Reihen."

Friedrichs Augen verengten sich, und seine Miene wurde hart. „Ein Verräter? In der Bruderschaft? Das ist absurd." Doch sein Tonfall verriet einen Hauch von Unsicherheit.

Emil und Wilhelmina tauschten einen kurzen Blick, eine unausgesprochene Einigung, dass sie diesem Verdacht weiter nachgehen mussten. Es war offensichtlich, dass das Chaos der Nacht mehr verbarg als bloße Angriffe der Vampire.

※

Die Nacht hatte sich längst in den frühen Morgen gezogen, als Wilhelmina sich endlich aus den Trümmern des Hauptquartiers lösen konnte. Ihr Kopf schwirrte von den Ereignissen, den Enthüllungen und dem schwelenden Verdacht auf

Verrat. Die wenigen, die überlebt hatten, sammelten sich in Gruppen, doch Wilhelmina hatte nur einen Gedanken: Emil.

Er hatte sie in einem unauffälligen Winkel des Waldes vor den Toren des Anwesens erwartet, weit entfernt vom verbliebenen Personal der Bruderschaft. Die wenigen Sterne über ihnen warfen ein mattes Licht auf seine Gestalt, die sich wie ein dunkler Schatten gegen die Bäume abhob. Sie konnte seinen Blick auf sich spüren, durchdringend und wachsam, als sie sich ihm näherte. Ein Ausdruck, der Misstrauen, Besorgnis und... Erleichterung zugleich ausstrahlte.

„Nun, du hast das also überlebt," sagte er mit einem Hauch von Spott, doch seine Stimme zitterte leicht, als er die Arme ausstreckte und sie an sich zog.

„Schön, dass ich deinen Erwartungen entspreche," erwiderte Wilhelmina und lehnte sich an ihn, spürte die Stärke seiner Umarmung, die sie unweigerlich beruhigte, auch wenn sie sich nicht eingestehen wollte, wie sehr sie ihn tatsächlich vermisst hatte.

Er hielt sie fest, und für einen Moment sagte keiner von ihnen ein Wort. Der Kampf, der Verrat, die Geheimnisse, die wie ein schwebendes Schwert über ihnen hingen – alles schien in diesem Moment bedeutungslos. Wilhelmina legte ihre Hände auf seine Brust und fühlte den gleichmäßigen Schlag seines Herzens, spürte seine Nähe, die sie sicherer machte, als sie es sich selbst zugestehen wollte.

Doch plötzlich schob sie ihn ein Stück weg und sah ihn mit verschränkten Armen und scharfem Blick an. „Also, willst du mir erklären, warum du ausgerechnet meinen Vater gerettet hast? Hattest du da eine moralische Erleuchtung?"

Ein leichtes Lächeln umspielte Emils Lippen, doch seine Augen blieben ernst. „Glaub mir, ich hatte auch andere Optionen. Aber der alte Herr hat eine unangenehme Angewohnheit, sich ständig in Gefahr zu bringen."

Wilhelmina konnte nicht anders, als zu lachen, obwohl sie es eigentlich nicht wollte. „Stimmt. Der ‚große' Friedrich von Lichtenberg in Not. Du musst einen Heiligenblitz über deinem Kopf haben, dass du so was riskierst, ohne dich zu verraten."

„Ich würde sagen, es war eine Mischung aus Kalkulation und Wahnsinn," murmelte Emil, sein Tonfall spöttisch. Doch dann wurde sein Gesichtsausdruck weicher, und er zog sie wieder näher zu sich. „Aber alles, was zählt, ist, dass du in Sicherheit bist."

Wilhelmina spürte, wie ihr Zorn sich langsam in Luft auflöste, ersetzt von einer intensiven Erleichterung, die sie fast überwältigte. Sie hatte ihn gebraucht, wirklich gebraucht, und jetzt war er hier. „Du solltest vorsichtiger sein, Emil. Es wäre wirklich schade, wenn der Schattenrat Wind davon bekäme, wie sehr du mein Leben über alles andere stellst."

Er schmunzelte und strich ihr sanft eine Haarsträhne aus dem Gesicht. „Tja, wenn sie es jemals herausfinden, könnte es tatsächlich... unangenehm werden."

Bevor sie sich in eine weitere hitzige Diskussion verstricken konnten, beugte er sich zu ihr hinunter und küsste sie, und alle Gedanken an die Bruderschaft, den Verrat und die Kämpfe verschwanden im selben Moment. Es war ein Kuss voller Verlangen und ungesagter Worte, eine Flucht aus der Welt, die beide umgab.

In jener Stille, die nur von ihrem flachen Atem unterbrochen wurde, schien sich der Wald um sie zurückzuziehen. Alles wurde zu einer stillen Blase aus Nähe und Vertrautheit. Emils Hand lag warm und beruhigend an ihrem Rücken, und für den Bruchteil einer Sekunde fühlte sie sich, als ob die Welt vielleicht doch nicht so düster und gefährlich war, wie sie es immer geglaubt hatte.

Er zog sie noch enger an sich, und die Vertrautheit des Moments brachte alles zurück, was sie in den letzten Tagen unterdrückt hatten. Seine Hände glitten über ihren Rücken, während sie sich in seinen Armen verlor, und die Spannung der letzten Stunden entlud sich in einem Moment der Hingabe, der all ihre Ängste und Zweifel für kurze Zeit verdrängte.

Doch nach einer Weile löste Emil sich sanft von ihr, und in seinen Augen lag eine Spur von Schuld. „Wilhelmina, ich... ich weiß, dass ich dir mehr sagen sollte, aber es gibt Dinge, die ich dir nicht erklären kann."

„Natürlich," murmelte sie, und in ihrer Stimme lag ein ironischer Unterton. „Das bekannte Spiel: ‚Schütze die Liebste durch Verheimlichung'. Ist das dein Meisterplan?"

„Vielleicht," antwortete er, ein Hauch von Selbstironie in seiner Stimme, „aber ich habe keine Wahl. Je mehr du weißt, desto größer wird die Gefahr."

Sie zog ihre Hand zurück, sah ihn ernst an. „Emil, ich bin Teil dieser Gefahr. Ich weiß, was auf dem Spiel steht. Also hör auf, mich wie eine Figur in deinem Schachspiel zu behandeln, die du strategisch platzierst."

Er seufzte und legte seine Stirn an ihre, sein Atem ging schwer. „Ich weiß. Ich wünschte nur, ich könnte dich vor all dem schützen, aber das ist wohl die eine Illusion, die ich mir nicht leisten kann."

Wilhelmina schloss die Augen, spürte seine Nähe und wollte sich an diesen Moment klammern, so flüchtig er auch war. „Dann lassen wir die Illusion eben für eine Weile leben," flüsterte sie und zog ihn wieder zu sich.

Für diesen Augenblick, verborgen im Wald, schoben sie all die Zweifel und Gefahren zur Seite und fanden in der Nähe des anderen eine Zuflucht.

◆◆◆

Der Morgen nach dem Angriff auf das Hauptquartier war kaum angebrochen, als Wilhelmina mit einem energischen Klopfen an ihrer Tür geweckt wurde. Noch halb in die Decke gewickelt und mit einem wenig beeindruckten Ausdruck im Gesicht, schlurfte sie zur Tür und zog sie energisch auf.

Dort stand Lieselotte, ihre Augen weit vor Besorgnis, dicht gefolgt von Magnus, dessen Gesicht in dunklen Schatten lag. *Ein Werwolf und eine beunruhigte Freundin vor dem Frühstück*, dachte Wilhelmina mürrisch. *Klingt nach einem perfekten Start in den Tag.*

„Ihr seht aus, als hättet ihr die Nacht in einer Geisterbahn verbracht," murmelte Wilhelmina und trat zur Seite, damit sie eintreten konnten. „Oder als ob ihr dringend Kaffee braucht."

Lieselotte warf ihr einen kurzen, ungeduldigen Blick zu. „Glaub mir, Kaffee wäre schön, aber wir haben ein… viel dringenderes Problem." Sie schloss die Tür hinter sich, ihre Stimme war kaum mehr als ein Flüstern, voller Spannung. „Magnus hat etwas gehört. Etwas, das die Bruderschaft gefährden könnte – und nicht nur uns, sondern auch dich und Emil."

Magnus nickte knapp, sein Blick ernst. „Es gibt Gerüchte über einen geplanten Überfall der Vampire. Nicht irgendeinen Angriff, sondern eine geplante, koordinierte Aktion. Und der Schattenrat steckt dahinter."

Wilhelmina hob eine Augenbraue und verschränkte die Arme. „Wirklich? Und ihr denkt, dass sie das Hauptquartier noch einmal angreifen werden? Ich meine, sie haben es letzte Nacht fast zerstört – das klingt irgendwie… maßlos, selbst für von Blutfels."

Magnus schüttelte den Kopf, seine Miene war angespannt. „Es geht nicht um das Hauptquartier. Es gibt etwas… anderes. Es gibt ein geheimes Archiv in der Bruderschaft – Aufzeichnungen über die Machtquellen der Jäger, magische Rituale, die gegen Vampire und andere Kreaturen verwendet werden können. Wenn der Schattenrat diese Informationen in die Hände bekommt…"

„Dann könnten sie die Bruderschaft tatsächlich von innen heraus zerstören," beendete Wilhelmina seine Worte, ein kalter Schauer lief ihr den Rücken hinunter. *Wie wunderbar, jetzt jagen uns also nicht nur die Vampire, sondern sie wollen auch noch unser Arsenal in ihre Klauen bekommen.*

Lieselotte legte eine Hand auf Wilhelminas Arm, ihre Stimme leise, aber voller Dringlichkeit. „Magnus und ich müssen das verhindern. Wir können die Bruderschaft nicht offiziell warnen – das Risiko, entdeckt zu werden, ist zu groß. Aber du und Emil... ihr könntet Zugang zu dem Archiv bekommen und vielleicht den Angriff verhindern, bevor er beginnt."

Wilhelmina warf einen nachdenklichen Blick auf Magnus, dessen Gesichtsausdruck keinen Zweifel daran ließ, wie ernst er die Lage einschätzte. „Und wie genau sollen Emil und ich das tun? Glaubt ihr wirklich, dass wir einfach dort auftauchen und sagen können: ‚Hallo, wir verhindern hier nur einen Angriff'?"

Magnus zuckte die Schultern und ein Hauch eines Lächelns zuckte über seine Lippen. „Ich dachte, du bist eine Frau mit Talent für Improvisation."

„Oh, natürlich," entgegnete Wilhelmina sarkastisch. „Mein absolutes Lieblingshobby – improvisierte Lebensgefahr." Sie atmete tief ein und musterte Magnus und Lieselotte mit einem prüfenden Blick. „Gut, wenn ihr meint, dass das wirklich die einzige Lösung ist, dann werde ich mit Emil sprechen. Aber eines ist klar: Wenn ich in diesem Archiv bin, und der Plan schiefgeht, dann hoffe ich, dass ihr beiden einen sehr guten Plan B habt."

Lieselotte und Magnus tauschten einen schnellen Blick, und dann nickte Lieselotte langsam. „Wir haben keine andere Wahl, Wilhelmina. Das Archiv ist zu wertvoll, um es den Vampiren zu überlassen. Und wenn jemand eine Chance hat, die Informationen in Sicherheit zu bringen... dann bist du das."

Wilhelmina seufzte und rieb sich die Stirn. *So viel zu einem ruhigen Tag*, dachte sie ironisch. „Also gut. Ich werde alles mit Emil besprechen. Aber ihr schuldet mir definitiv ein besseres Frühstück als diesen Haufen Katastrophen."

Magnus lächelte schief und nickte. „In Ordnung. Ich glaube, wir schulden dir inzwischen mehr als ein Frühstück."

Während die beiden das Zimmer verließen, blieb Wilhelmina kurz stehen und atmete tief durch. Ein erneuter Angriff, ein Archiv voller Geheimnisse, und das alles unter den Augen eines möglichen Verräters in der Bruderschaft... *Was für ein wunderbar kompliziertes Leben du dir ausgesucht hast, Wilhelmina*, dachte sie, während sie sich bereit machte, Emil von den neuen Entwicklungen zu berichten.

***

Die Nacht hatte sich längst über die Stadt gesenkt, als Wilhelmina in einen unruhigen Schlaf fiel. Die Ereignisse des Tages – der Angriff auf das Hauptquartier, die Enthüllung eines möglichen Verräters und der drohende Plan des Schattenrats – hatten ihr in den Knochen gelegen, und als ihre Augen schließlich zufielen, schien die Dunkelheit sie wie ein schwerer Nebel zu umhüllen.

Doch kaum war sie eingeschlafen, fand sie sich in einer merkwürdigen, schattenhaften Landschaft wieder. Das Licht um sie herum war seltsam gedämpft, als würde der Mond durch eine Wolkendecke hindurch scheinen, die jeden Funken Helligkeit in melancholisches Grau tauchte. Sie sah sich um und erkannte Emils Gestalt, die sich langsam auf sie zubewegte, verborgen in den Nebeln.

„Du schon wieder," murmelte sie in ihrem Traum, ein Hauch von Spott und Überraschung in ihrer Stimme. „Scheint, als wärst du schwer loszuwerden."

Emil trat näher, seine Augen leuchteten seltsam, und sein Gesichtsausdruck war intensiver als je zuvor, eine Mischung aus Besorgnis und Verlangen. „Vielleicht bin ich genau da, wo ich sein soll," sagte er, seine Stimme ein dunkles Flüstern, das durch die Schatten hallte. „Dort, wo du mich brauchst."

„Oder wo du mich für eine Weile ablenken kannst," erwiderte sie mit einem ironischen Lächeln. Doch als er noch näher kam, verflogen ihre Gedanken wie Rauch im Wind, und sie spürte nur noch die prickelnde Spannung zwischen ihnen, die selbst im Traum fast greifbar war. Seine Hände legten sich um ihre Taille, zogen sie an sich, und sie spürte die Wärme seines Körpers, die sie durch die Kälte der Schatten hindurch erreichte.

„Weißt du, dass du mich in den Wahnsinn treibst?" Seine Worte klangen wie ein Geständnis, und bevor sie antworten konnte, schlossen sich seine Lippen über ihre, ein Kuss, der voller Intensität und ungesagter Sehnsucht war.

Doch während sie sich in seinen Armen verlor, merkte sie, dass die Schatten um sie herum dichter wurden, wie ein stummer Vorbote. Eine vage, unangenehme Ahnung kroch in ihren Verstand, doch Emils Nähe ließ ihre Gedanken verschwimmen. Sie wollte diesen Moment festhalten, als wäre es das Einzige, das sie vor der Dunkelheit bewahren konnte.

Gerade, als seine Hände sanft über ihren Rücken glitten und ihre Gedanken weiter in den Nebel abdrifteten, verzog sich plötzlich sein Gesichtsausdruck. Ein Schatten, ein Zucken der Angst lag in seinen Augen, als würde er etwas sehen, das nur er wahrnahm.

„Wilhelmina," flüsterte er, seine Stimme war nun voller Warnung, „du darfst dich nicht blenden lassen."

Ein Schauder durchfuhr sie, und die Wärme des Moments wich einer bedrohlichen Kälte. Die Landschaft um sie herum veränderte sich, und plötzlich sah sie, wie Emils Gesicht blasser wurde, seine Gestalt von einer fremden, dunklen Macht umhüllt. Sie wollte nach ihm greifen, wollte ihn festhalten, doch er schien sich in der Dunkelheit aufzulösen, als ob er vor ihren Augen verging.

„Emil!" rief sie, Panik in ihrer Stimme, doch seine Gestalt zerfiel, und an seiner Stelle erschien eine andere. Eine blasse, kalte Hand legte sich auf ihre Schulter, und als sie sich umdrehte, sah sie Graf von Blutfels, seine Augen kalt und berechnend, ein grausames Lächeln auf den Lippen.

„Hast du wirklich geglaubt, dass du ihn retten kannst?" Seine Stimme schnitt wie ein Messer durch die Stille des Traums, und sie spürte, wie eine kalte Angst sie durchdrang.

„Lass ihn in Ruhe!" schrie Wilhelmina und kämpfte, als die Dunkelheit sie zu verschlingen drohte. Doch von Blutfels schien sie zu ignorieren, als ob ihre Worte nichts weiter als Rauch wären.

„Du wirst ihn verlieren, Wilhelmina," flüsterte er, „so wie du alles verlieren wirst, was dir wichtig ist. Die Dunkelheit ist stärker, als du dir jemals vorstellen kannst."

Mit einem Ruck erwachte sie, keuchend und schweißgebadet, und ihr Herz schlug heftig in ihrer Brust. Der Traum war so lebendig gewesen, dass sie immer noch das Gefühl hatte, Emils Berührung auf ihrer Haut zu spüren, das eisige Lächeln von Blutfels in ihrem Kopf widerhallen zu hören.

Sie setzte sich auf und rieb sich das Gesicht. Es war nicht das erste Mal, dass sie Träume hatte, doch dieser war anders gewesen – mehr als nur ein Albtraum. Es war, als hätte sie eine Warnung empfangen, ein Vorzeichen, das sie nicht ignorieren konnte.

Doch sie wusste auch, dass sie keine Wahl hatte. Emil schwebte in Gefahr, und was immer sie tun musste, um ihn zu retten – sie würde es tun. Selbst wenn es bedeutete, dass sie sich der Dunkelheit stellen musste, die sie beide bedrohte.

Kapitel 13

Wilhelmina hatte kaum den ersten Kaffee des Morgens heruntergespült, als sie bemerkte, dass ihr Vater im Türrahmen ihres Zimmers stand. Seine Schultern waren gerade, sein Blick so kalt wie das Metall eines Dolches, und sie wusste sofort, dass dies kein gewöhnlicher Besuch war. Sie seufzte innerlich und versuchte, sich mental auf das vorzubereiten, was kommen würde. Wenn Friedrich von Lichtenberg mit diesem Gesichtsausdruck erschien, dann war nichts Gutes zu erwarten.

„Wilhelmina," begann er mit einer eisigen Ruhe, die ihr kalte Schauer über den Rücken jagte. „Wir müssen reden."

„Oh, wirklich? Also diesmal keine Predigt über die Bruderschaft, sondern tatsächlich ein Gespräch?" Sie versuchte, den beißenden Ton ihrer Stimme zu verbergen, doch ein schiefes Lächeln entglitt ihr trotzdem.

Er ignorierte ihren Kommentar und trat ein, ohne eine Einladung abzuwarten. Seine Hände ruhten fest auf seinem Rücken, und sein Blick bohrte sich in ihre Augen, als er die Tür hinter sich schloss. „Wilhelmina, ich habe dir Raum gegeben. Viel zu viel Raum, wie mir scheint."

„Raum? Oh, wie großzügig." Sie verschränkte die Arme und lehnte sich an die Wand. „Was genau willst du von mir? Eine Rechenschaft über jede meiner Bewegungen?"

Er zögerte einen Moment, und als er sprach, war seine Stimme kälter als jemals zuvor. „Ich weiß von deiner Beziehung zu Emil Schwarzwald."

Wilhelmina erstarrte, und für einen Moment fühlte es sich an, als hätte jemand die Luft aus dem Raum gesogen. Doch sie fing sich schnell wieder und hob trotzig das Kinn. „Und wenn das so ist? Was spielt das für eine Rolle?"

„Was für eine Rolle?" Friedrichs Augen verengten sich, und sein Tonfall nahm einen gefährlichen Unterton an. „Eine Tochter der Bruderschaft, eine Jägerin, in den Armen eines Hexenmeisters? Bist du dir bewusst, was das für Konsequenzen haben könnte? Für uns, für die Bruderschaft – und vor allem für dich?"

„Konsequenzen?" Wilhelmina lachte, ein scharfes, fast verzweifeltes Lachen. „Du meinst die Konsequenzen, die mir drohen, wenn ich mich nicht strikt an die engen, blinden Regeln der Bruderschaft halte? Die Konsequenzen, die du so sehr fürchtest, dass du alles andere – einschließlich deines eigenen Gewissens – dafür opfern würdest?"

Friedrichs Gesicht blieb ausdruckslos, doch seine Augen verrieten ein Zucken von Zorn. „Wilhelmina, ich weiß, dass du rebellisch bist. Aber das hier ist kein Spiel. Emil Schwarzwald ist eine Bedrohung, ob du es sehen willst oder nicht. Seine Welt, seine Absichten... sie sind nicht die deinen."

Sie trat einen Schritt auf ihn zu, ihre Augen funkelten vor Wut. „Und was, wenn sie es sind? Was, wenn ich meine eigenen Entscheidungen treffen möchte, ohne dass du und die Bruderschaft mich wie eine Schachfigur herumkommandiert?"

Für einen Moment herrschte Schweigen zwischen ihnen, und Friedrich sah sie an, als ob er sie zum ersten Mal richtig wahrnahm. „Du bist noch jung," sagte er schließlich, und seine Stimme war leise, fast bedauernd. „Du verstehst nicht, was auf dem Spiel steht. Diese... Verbindungen, die du knüpfst, werden dich zerstören."

„Oder befreien," murmelte Wilhelmina, fast wie zu sich selbst. „Vielleicht ist es nicht die Liebe, die mich zerstört, Vater, sondern die ständige Kontrolle, die Regeln, das endlose Spiel aus Verrat und Gehorsam."

Friedrichs Gesicht verhärtete sich wieder, und sein Tonfall nahm eine endgültige Schärfe an. „Das ist meine letzte Warnung, Wilhelmina. Beende diese... Beziehung. Lass Emil gehen, bevor er dich in seinen dunklen Plänen verstrickt. Andernfalls werde ich gezwungen sein, Maßnahmen zu ergreifen."

„Maßnahmen?" Ihre Stimme bebte, doch sie zwang sich, ruhig zu bleiben. „Wie weit würdest du gehen, Vater? Mich aus der Bruderschaft verbannen? Mich... jagen?"

Er sah sie an, und in seinen Augen lag eine Härte, die sie erschreckte. „Wenn es darauf ankommt – ja."

Sie spürte, wie ihr Herz schmerzte, doch sie ließ sich nichts anmerken. „Dann verstehe ich. Und ich hoffe, du verstehst auch eines: Ich lasse mich nicht einfach in eine Rolle pressen. Emil bedeutet mir mehr, als du je begreifen wirst. Wenn das mein Schicksal ist, dann nehme ich es an – selbst wenn es gegen dich und alles geht, woran du glaubst."

Friedrich schwieg einen Moment, dann nickte er langsam, sein Gesichtsausdruck eisig und unnachgiebig. "So sei es. Ich werde keine weitere Warnung aussprechen."

Er wandte sich ab und ging zur Tür, und in der Stille, die er zurückließ, spürte Wilhelmina das Gewicht der Entscheidungen, die sie getroffen hatte – und die Konsequenzen, die sie beide tragen würden.

※

Der Englische Garten war in ein diffuses Mondlicht gehüllt, und die silbrigen Strahlen tauchten die Bäume und Wiesen in einen geheimnisvollen Schimmer. Wilhelmina stand auf einem kleinen Kiesweg, die Arme fest um sich geschlungen, während sie wartete. Der Duft von nasser Erde und frischem Gras lag in der Luft und mischte sich mit der Anspannung, die in ihrer Brust pochte.

Schritte hinter ihr ließen sie aufhorchen. Sie drehte sich um und sah Emil, wie er langsam auf sie zukam. Seine Gestalt zeichnete sich scharf gegen das Mondlicht ab, und sein Gesicht war eine Mischung aus Entschlossenheit und Bedauern.

„Du hast dich entschieden, mich zu sehen?" fragte er mit einem Hauch von Sarkasmus, als er bei ihr stehen blieb. „Ich hätte fast befürchtet, du würdest mir die Einladung für dieses heimliche Rendezvous vorenthalten."

„Das liegt ganz bei dir," erwiderte sie trocken und verschränkte die Arme. „Es ist schließlich dein Leben, das sich in eine einzige, große Komplikation verwandelt, nicht wahr?"

Er sah sie an, sein Lächeln schief und melancholisch. „Wenn ich mich recht erinnere, bist du ein fester Bestandteil dieser Komplikation."

Ein Moment des Schweigens legte sich zwischen ihnen, eine Spannung, die sich in die Nacht hinein dehnte. Sie wusste, dass sie ihm ihre Entscheidung mitteilen musste – doch wo sollte sie anfangen? Bei den Drohungen ihres Vaters? Bei den Zweifeln, die unaufhörlich an ihr nagten? Oder einfach bei der unbestreitbaren Tatsache, dass sie Emil trotz aller Warnungen und Gefahren liebte?

„Emil," begann sie schließlich leise und trat einen Schritt näher. „Ich habe heute mit meinem Vater gesprochen."

Er hob eine Augenbraue, und ein Hauch von Ironie flackerte in seinen Augen. „Oh, und wie viele Drohungen hast du diesmal kassiert?"

„Genug, um mir klarzumachen, dass er mich nicht gehen lässt, wenn ich nicht..." Sie brach ab und seufzte tief, dann sah sie ihm fest in die Augen. „...wenn ich dich nicht verlasse."

Emil erwiderte ihren Blick, und ein Schatten legte sich über sein Gesicht. „Also das übliche ‚Lass den Hexenmeister fallen oder die Konsequenzen kommen auf dich zu'?" Er versuchte zu scherzen, doch seine Stimme verriet, wie tief ihn ihre Worte trafen.

„Ja," murmelte sie und spürte, wie eine Welle der Verzweiflung in ihr aufstieg. „Aber ich kann das nicht. Ich kann dich nicht einfach aufgeben, als wäre das hier nichts. Selbst wenn ich die Bruderschaft verlieren würde..."

Bevor sie weitersprechen konnte, trat er schnell auf sie zu, seine Hände legten sich sanft auf ihre Schultern. „Wilhelmina, du weißt, dass ich dich niemals in Gefahr bringen wollte. Du weißt, dass ich alles tun würde, um dich zu schützen, auch wenn das bedeutet, dass ich gehen muss."

„Und ich würde dich nicht gehen lassen," entgegnete sie, ihre Stimme fest, doch leise. „Wenn das hier unser letztes Treffen ist... wenn das wirklich die letzte Nacht ist, die wir haben, dann will ich jeden Moment davon. Ich will nichts davon verpassen, Emil."

Ein Ausdruck von Zuneigung und Bedauern legte sich auf sein Gesicht, und ohne ein weiteres Wort zog er sie in seine Arme. Ihre Lippen trafen sich in einem Kuss voller Leidenschaft und Schmerz, ein Kuss, der die drohende Dunkelheit für einen kostbaren Moment verschwinden ließ.

Seine Hände glitten über ihren Rücken, und sie spürte die Wärme seiner Berührung, die sie für einen Augenblick in eine Welt ohne Gefahr entführte. Die Kälte des Gartens, die Schatten der Bäume – alles verblasste, als sie sich in Emils Umarmung verlor, und sie spürte, wie sehr sie diesen Mann liebte, wie sehr sie ihn trotz all der Widrigkeiten und Gefahren brauchte.

„Wilhelmina," flüsterte er zwischen den Küssen, seine Stimme rau und leise, „ich weiß nicht, was uns die Zukunft bringt. Ich weiß nicht, ob ich dir genug Schutz bieten kann. Aber ich werde es versuchen. Für dich."

Sie legte eine Hand auf seine Wange und sah ihm in die Augen, die vom Mondlicht erfüllt waren. „Dann versprechen wir einander,

Emil. Egal, was passiert – wir kämpfen. Zusammen. Und wenn das hier alles ist, was wir haben, dann soll es der beste Moment unseres Lebens sein."

Ihre Worte waren kaum verklungen, da zog er sie erneut in einen tiefen, intensiven Kuss, der die Welt für sie beide zum Stillstand brachte. In dieser Nacht, verborgen im Schatten des Englischen Gartens, schufen sie sich eine Zuflucht, eine Insel der Hoffnung und der Liebe – auch wenn sie beide wussten, dass der Morgen vielleicht mehr als nur den Sonnenaufgang bringen würde.

Doch in diesem Moment, in der flüchtigen Umarmung unter dem Mondlicht, zählte nichts außer dem Gefühl, das sie füreinander hatten – und die unerschütterliche Gewissheit, dass sie diesen einen Moment für immer bewahren würden.

⁂

Die Nacht war schwarz und regungslos, als Isabella durch das verwinkelte Netz der unterirdischen Katakomben schritt, die zu einem geheimen Treffpunkt tief unter den Straßen Münchens führten. Das Echo ihrer Schritte hallte durch die steinernen Tunnel, und ein kaltes Lächeln lag auf ihren Lippen. Wenn es eines gab, das sie wusste, dann, dass diese alten Gänge nicht nur für geheime Treffen gebaut waren – sie waren ein Symbol für die alten Mächte, die ihre Netze viel weiter spannten, als die meisten ahnten.

Am Ende des langen Korridors erwartete sie ihn: Graf Viktor von Blutfels, in seiner gewohnt dunklen, bedrohlichen Präsenz, den Umhang um sich geschlungen und den Ausdruck reiner Berechnung auf seinem Gesicht. Der Vampirgraf wirkte wie immer elegant und unnahbar, und doch sah Isabella das leichte Zucken seiner Mundwinkel, als er sie erblickte. So viel zu den verachteten Hexen, die er angeblich so wenig achtete.

„Isabella," sagte er mit seiner tiefen, fast einschmeichelnden Stimme. „Es ist eine Ehre, wie immer."

„Ehre?" erwiderte sie und hob eine Augenbraue. „Viktor, du warst schon immer gut darin, schmeichelhafte Worte zu verteilen. Aber wir beide wissen, dass das nicht mehr als ein Spiel für dich ist."

Ein leises Lächeln umspielte seine Lippen. „Und für dich nicht? Ich dachte, das Spiel war es, was uns hierher bringt."

„Vielleicht," antwortete sie und trat näher. Die beiden standen sich nun direkt gegenüber, ihre Gesichter in düstere Schatten gehüllt. „Doch für mich ist dieses Spiel mehr als ein Mittel, um mich zu unterhalten. Es ist eine Frage der Macht, Viktor – und wie man sie einsetzt."

Der Graf ließ ein kurzes, amüsiertes Lachen ertönen. „Ah, die Macht. Es ist so typisch für dich, Isabella. Immer die Kontrolle, immer der Plan. Man könnte fast meinen, du hast dich zu gut an das alte Hexenwort ‚Wehe den Toren, die Macht zu verspielen' gehalten."

Isabella erwiderte das Lächeln, ihre Augen funkelten vor kühler Intelligenz. „Und du hast nie verstanden, dass Macht nicht im Ergreifen liegt, sondern im Wissen, wann man sie entfesselt und wann nicht."

Von Blutfels schnalzte mit der Zunge und verschränkte die Arme vor der Brust. „Schön gesprochen. Aber sind wir ehrlich – Wissen und Macht sind bedeutungslos, wenn sie in den falschen Händen liegen. Und im Moment... sehen wir uns einem Feind gegenüber, der nichts von beidem besitzt und doch furchtbar gefährlich ist. Diese Bruderschaft, die sich wie eine Krankheit ausbreitet."

„Eine Krankheit, die wir beide zu unserer eigenen Verwendung manipulieren könnten," murmelte Isabella, ein düsterer Glanz in ihren Augen. „Doch ich frage mich – wie weit wärst du bereit zu gehen, um dieses Schachspiel für dich zu entscheiden?"

Der Graf hielt kurz inne und trat einen Schritt näher, sodass sie das Funkeln in seinen Augen sehen konnte, ein Zeichen für die vielen Abgründe, die sich hinter seiner Fassade verbargen. „Für die richtige Allianz? So weit, wie es nötig ist."

Isabella lachte leise, ein dunkler, samtiger Klang, der durch die Katakomben hallte. „Nun, dann haben wir uns beide wohl gefunden, Viktor. Aber vergiss nicht: Dies ist nicht deine Bühne, und ich bin keine deiner Marionetten."

„Das habe ich nie behauptet, meine liebe Isabella," erwiderte er und hob eine Hand in einer theatralischen Geste. „Doch wie du so schön sagst – das Spiel ist für beide von uns von Bedeutung. Und die Bruderschaft ist nur eine Hürde, die wir überwinden müssen."

Ein Augenblick des Schweigens legte sich über sie, eine stumme Einigung, die von der langen Geschichte ihrer beiden Welten erzählt wurde. Sie beide waren keine Neulinge in diesem Krieg; sie waren die alten Kräfte, die nie vergingen, und ihre Allianz war ein Pakt, der auf reiner Kalkulation und Misstrauen basierte. Doch Isabella wusste, dass dieser Pakt ihr mehr geben konnte, als die Bruderschaft ihr jemals bot.

„Nun gut," sagte sie schließlich, und ihre Stimme war fast sanft, doch voller kalter Entschlossenheit. „Wir sind uns einig. Ich werde dafür sorgen, dass die Bruderschaft ihren Fokus behält und sich weiter auf die falschen Ziele konzentriert. Und du, Viktor... du wirst mir helfen, die Macht zurückzuholen, die sie uns genommen haben."

Viktor nickte, und ein grausames, zufriedenstellendes Lächeln breitete sich auf seinem Gesicht aus. „Eine Win-Win-Situation, wie es scheint."

Sie wusste, dass dieser Moment nur ein kurzer Waffenstillstand zwischen zwei Raubtieren war, die bereit waren, einander zu zerreißen, sobald der richtige Augenblick kam. Doch sie waren sich einig, wenn auch nur für diesen kurzen, gefährlichen Moment.

„Aber, Viktor," sagte Isabella mit einem letzten, vielsagenden Lächeln, „unterschätze nie die Macht der Hexen."

Er neigte den Kopf leicht und erwiderte ihr Lächeln. „Das werde ich sicherlich nicht. Schließlich ist deine Loyalität... flexibel, nicht wahr?"

Sie schenkte ihm einen kühlen Blick. „Loyalität, Viktor, ist ein Werkzeug. Und im Moment bin ich absolut loyal – zu mir selbst."

Mit diesen Worten verschwand sie in der Dunkelheit der Katakomben, während von Blutfels ihr mit einem Lächeln nachsah, das die kühle Berechnung eines Mannes zeigte, der immer ein Ass im Ärmel hatte.

Der Mond hing hoch am Nachthimmel, sein silbernes Licht warf lange Schatten über den geheimen Ort, den Lieselotte und Magnus für ihre Hochzeit gewählt hatten. Abseits der neugierigen Augen der Bruderschaft und fern von den Fängen der Vampire, lag diese kleine Lichtung tief im Wald. Der Ort war nur denen bekannt, die wie Lieselotte und Magnus verzweifelt genug waren, die Gesetze ihrer Welt zu brechen.

Wilhelmina stand neben Emil und beobachtete das Paar, das auf die Zeremonie wartete. Die Luft war voller Spannung, die die feuchten Kiefernadeln auf dem Waldboden geradezu prickeln ließ. „Ich hätte nie gedacht, dass ich mal die Trauzeugin bei einer Werwolf-Hochzeit sein würde," murmelte sie leise, und ein kleines, ironisches Lächeln zuckte über ihre Lippen.

Emil schmunzelte und lehnte sich leicht zu ihr. „Und ich hätte nie gedacht, dass ich als Hexenmeister in den Genuss einer Trauung komme, die die Bruderschaft ins Chaos stürzen könnte. Doch wie es scheint, haben wir beide ein Händchen für... außergewöhnliche Situationen."

„Ich nenne es eher ‚schicksalhafte Katastrophen'," erwiderte sie und sah ihm in die Augen, in denen ein Hauch von Ironie funkelte. Doch der Moment der Leichtigkeit hielt nur kurz, denn als Lieselotte und Magnus einander in die Augen sahen, verstummte alles um sie herum. Die Anziehung, die Entschlossenheit und das Risiko, das sie miteinander eingingen, lagen schwer in der Luft.

Lieselotte, ihre Augen vor Aufregung und einem Hauch von Nervosität glänzend, schien alles um sich herum zu vergessen, als sie die Hand ihres Geliebten nahm. Magnus, der mächtige Werwolf, wirkte für einen kurzen Moment verletzlich und menschlich – und diese Seite von ihm zu sehen, rührte sogar Wilhelmina, die längst gelernt hatte, sich von solchen Momenten nicht beeindrucken zu lassen.

Ein alter, in den Wegen der Magie geübter Werwolf-Ältester trat vor, sein Blick ruhig und weise. Er murmelte die ersten Worte des uralten Rituals, eine Beschwörung der Naturkräfte, die ihre Verbindung besiegeln sollte. Seine Stimme war tief und klang wie ein Echo aus einer Zeit, die längst vergangen schien.

„Lieselotte von Silberstein, Magnus Wolfenstein – ihr steht hier, gebunden durch Liebe und gestärkt durch die Dunkelheit, die euch umgibt. Eure Verbindung ist ein Bund, der gegen alle Mächte bestehen soll. Schwört ihr, einander zu schützen, in Licht und Schatten, bis das Ende der Zeit?"

Magnus und Lieselotte sahen einander tief in die Augen, und ihre Stimmen waren voller Klarheit, als sie gleichzeitig antworteten: „Ja, das schwören wir."

Wilhelmina, die Hand auf dem Herzen, fühlte, wie eine seltsame Wärme in ihr aufstieg. Trotz allem, was geschehen war und noch geschehen würde, gab es Momente, in denen Liebe alle Regeln, alle Gesetze und alle Feindschaften überwand. Ein Teil von ihr wollte glauben, dass dies auch für sie und Emil möglich sein könnte – ein Gedanke, der sich wie ein unerlaubter Hoffnungsschimmer in ihren Verstand schlich.

Emil, der neben ihr stand, schien ihren Gedanken zu erahnen und legte sanft eine Hand auf ihre. „Manchmal," flüsterte er, ohne den Blick von der Zeremonie abzuwenden, „macht es die Welt für einen Moment still, nicht wahr?"

„Ja," antwortete Wilhelmina leise, und in diesem Moment, umgeben von den Schatten des Waldes, spürte sie eine Verbindung, die sie nicht erklären konnte. Vielleicht lag es an der Magie, vielleicht an der Liebe, die trotz aller Dunkelheit in der Luft hing.

Der Werwolf-Älteste sprach die letzten Worte des Rituals, und mit einem Nicken gestattete er dem Paar, das Ritual zu besiegeln. Magnus zog Lieselotte an sich, und als ihre Lippen sich trafen, schien der Wald zu atmen, als hätte sich die Natur selbst erhoben, um sie zu umarmen.

Die Magie, die von diesem Moment ausging, erfüllte die Lichtung, und Wilhelmina spürte ein leichtes Kribbeln in ihrem Inneren, das von Emils Hand ausging. Sie drehte sich zu ihm, und für einen Moment war alles andere vergessen. Sie wusste, dass dies vielleicht ihr einziger Moment war, sich etwas zu wünschen, was jenseits des Krieges, der Verräter und der Geheimnisse lag.

„Denkst du, dass wir jemals so frei sein könnten wie sie?" fragte sie schließlich leise und sah ihn direkt an, als könnte sie in seinen Augen eine Antwort finden.

Er hielt ihrem Blick stand, und sein Gesichtsausdruck war voller Ernsthaftigkeit und Zuneigung. „Wenn es einen Weg gibt, Wilhelmina... dann werden wir ihn finden."

Sie wollte ihm glauben, wirklich glauben, doch in diesem Moment wusste sie, dass ihr gemeinsamer Weg voller Abgründe und Gefahren sein würde. Und dennoch – die Hand, die sie fest umklammert hielt, und der leise, doch unerschütterliche Ausdruck auf seinem Gesicht ließen sie für einen flüchtigen Augenblick hoffen.

In dieser Stille, umgeben von den alten Eichen und dem leisen Rauschen des Windes, schworen sie sich heimlich, dass sie kämpfen würden – gegen alle Schatten, alle Verräter und jede Gefahr, die sich ihnen entgegenstellen würde.

Kapitel 14

Emil saß in der düsteren Stille seines Ladens, als ein kalter Windstoß durch die offene Tür fegte und die Kerzenflammen flackern ließ. Noch bevor er aufsehen konnte, betrat Isabella den Raum, ihr Blick war scharf und durchdringend, als ob sie ihn aus der Ferne beobachtet hätte und genau wüsste, was er gerade dachte.

„Ach, Isabella," murmelte Emil und ließ seinen Kopf gegen die Stuhllehne sinken. „So eine Freude, dich zu sehen. Ich nehme an, du bist nicht gekommen, um über das Wetter zu reden."

Isabella warf ihm einen ihrer typischen Blicke zu, die gleichzeitig amüsiert und irgendwie besorgt wirkten. Sie schloss die Tür hinter sich und trat an seinen Tisch, ohne ihn aus den Augen zu lassen. „Nein, Emil. Es geht um eine Prophezeiung. Eine Vision, die... dich betrifft."

Emil hob eine Augenbraue und setzte sich auf. „Eine Vision also. Wie aufregend. Lass mich raten – ich bin dazu bestimmt, die Welt zu retten, indem ich die nächste Generation an Hexenlehrlingen unterrichte?"

Sie schnaubte und verdrehte die Augen. „Wär's doch so einfach. Nein, Emil, es ist ernster. Ich hatte einen Blick in die Zukunft. Oder besser gesagt – in deine Vergangenheit, die sich nun mit deiner Gegenwart verstrickt."

Er erstarrte, und sein Gesichtsausdruck wurde hart. „Du meinst, es geht um Wilhelmina."

Isabella nickte langsam und setzte sich ihm gegenüber, ihre Augen ernst. „Ja. Diese Entscheidung, die vor dir liegt... sie wird alles verändern. Für dich. Für sie. Für uns alle."

„Und wie konkret wird diese Vision?" fragte Emil mit gespielter Gelassenheit, aber sein Herz begann schneller zu schlagen. *Als ob ich nicht wüsste, dass mein Leben seit jeher in einer endlosen Schleife von Entscheidungen und Opfern gefangen ist,* dachte er bitter.

„Konkret genug," antwortete Isabella leise. „Du wirst zwischen Liebe und Pflicht entscheiden müssen. Es ist nicht das erste Mal, dass du in solch einer Situation bist, Emil. Du weißt, was auf dem Spiel steht."

Ein Schatten zog über sein Gesicht, und in seinen Augen war der Hauch einer Erinnerung, die tief in ihm vergraben war. Eine Erinnerung an eine andere Zeit, eine andere Liebe, die er schon einmal geopfert hatte – im Namen von Pflichten, die er nie selbst gewählt hatte.

„Du meinst... Liliane," flüsterte er, und das Wort hing schwer in der Luft.

Isabella nickte, ihr Blick voller Mitgefühl. „Ja. Du hast dich damals entschieden, Emil, und es hat dich zerrissen. Doch die Prophezeiung zeigt mir, dass du diesmal stärker sein musst. Diesmal hängt mehr daran."

Er schloss kurz die Augen und atmete tief durch, als ob er versuchte, die Geister der Vergangenheit zu vertreiben. Doch die Erinnerung an Liliane, ihre warme Hand in seiner und der Schmerz des Verlustes – es war alles noch da, so lebendig wie am ersten Tag. Und jetzt, mit Wilhelmina... würde er sich wieder zwischen Liebe und Pflicht entscheiden müssen?

„Also gut, Isabella," sagte er schließlich, und in seiner Stimme lag ein düsterer Ernst. „Was genau hast du gesehen?"

„Nur Bruchstücke," murmelte sie und schien kurz zu zögern. „Doch es war genug. Blut, Dunkelheit... und der Moment, in dem du gezwungen wirst, zwischen deinem Schwur und deiner Liebe zu wählen."

Emil schnaubte und schlug die Faust auf den Tisch. „Wunderbar! Die klassische Wahl zwischen Moral und Herz. Es ist fast, als ob das Schicksal nichts Besseres zu tun hat, als mich in einer Zeitschleife festzuhalten."

Isabella sah ihn einen Moment lang an und legte eine Hand auf seine Schulter. „Emil, du weißt, dass ich dir das alles nicht sagen würde, wenn es nicht von größter Bedeutung wäre. Doch vielleicht liegt diesmal auch eine Chance darin. Vielleicht kannst du diesmal einen Weg finden, der dir das nimmt, was dich damals zerstört hat."

Er schüttelte den Kopf, seine Augen voller Zweifel. „Und was, wenn ich die falsche Wahl treffe? Was, wenn ich... Wilhelmina verliere?"

„Das wird nur die Zeit zeigen," sagte Isabella ruhig, doch in ihren Augen lag ein sanfter Ausdruck, fast wie ein Hauch von Hoffnung. „Doch vielleicht ist diese Entscheidung auch eine, die ihr gemeinsam treffen müsst. Diesmal bist du nicht allein, Emil."

Er sah sie lange an, und die Stille zwischen ihnen war voller unausgesprochener Worte und alter Erinnerungen. Schließlich nickte er, ein Schatten von Entschlossenheit in seinem Blick. „Danke, Isabella. Doch du weißt genauso gut wie ich, dass das Schicksal immer seinen Preis fordert."

„Ja," flüsterte sie und zog ihre Hand zurück. „Aber vielleicht ist dieser Preis nicht das, was du denkst."

Mit diesen Worten ließ sie ihn in der Dunkelheit seiner Gedanken zurück und verschwand in der Stille des Ladens. Emil blieb reglos sitzen, während die Vision und die Erinnerung an Liliane ihn heimsuchten. Und zum ersten Mal seit langem spürte er die Last der Vergangenheit schwerer denn je – und das Wissen, dass die Wahl, die vor ihm lag, seine ganze Zukunft bestimmen würde.

Wilhelmina schlich durch das Archiv der Bruderschaft, die Wände gesäumt von schweren, alten Bänden, verstaubten Dokumenten und geheimnisvollen Schriftrollen, die kaum jemand je in die Hände bekam. Sie hatte ein mulmiges Gefühl dabei, sich hierherzuwagen, und doch trieb sie etwas voran – etwas Unerklärliches, ein Gefühl, dass die Antworten, die sie suchte, vielleicht schon längst hier verborgen lagen.

Nach einem Moment des Suchens fand sie ein unscheinbares, fast verblichenes Buch, das aussah, als hätte es die Zeit überdauert, ohne dass jemand es jemals beachtet hätte. Es wirkte anders als die anderen Bände, als würde es bewusst versteckt und gleichzeitig auf eine Entdeckung warten. Sie zog das Buch vorsichtig aus dem Regal und blies den Staub von den vergilbten Seiten. Die Inschrift auf dem Einband war kaum noch zu entziffern, aber Wilhelmina erkannte den Namen: *Alma von Lichtenberg* – ihre Mutter.

Ein Schauer lief ihr über den Rücken, und sie schlug das Buch vorsichtig auf. Es schien eine Art Tagebuch zu sein, vermischt mit Notizen, Ritualbeschreibungen und Berichten über ihre Arbeit für die Bruderschaft. Aber was sie wirklich erstaunte, war ein Abschnitt über eine „Allianz" – eine geheimnisvolle Verbindung zwischen Hexen und Jägern. Es gab vage Hinweise auf eine Zusammenarbeit, auf Verträge und geheime Treffen, von denen niemand in der Bruderschaft je gesprochen hatte.

Sie las weiter und stieß auf einen Absatz, der ihr Herz zum Stillstand brachte:

„Ich habe nie geglaubt, dass Liebe zwischen Hexen und Jägern möglich wäre. Doch die Verbindung zwischen uns ist stärker als das Gesetz, stärker als die uralten Fehden. Es ist eine Liebe, die nur in den Schatten überleben kann..."

Wilhelmina starrte auf die Worte und fühlte, wie eine Flut von Emotionen in ihr aufstieg. Konnte es sein, dass ihre Mutter ein ähnliches Schicksal geteilt hatte? Hatte auch sie sich zwischen Liebe und Pflicht hin- und hergerissen gefühlt? Sie versuchte, weiterzulesen, als plötzlich Schritte hinter ihr erklangen.

Noch bevor sie reagieren konnte, stand ihr Vater im Raum, seine Augen scharf und durchdringend, als hätten sie die Macht, direkt in ihre Gedanken zu blicken. Friedrichs Blick fiel auf das Buch in ihren Händen, und für einen flüchtigen Moment wirkte er... erschüttert.

„Wilhelmina," begann er in einem Ton, der eine Mischung aus Überraschung und eisiger Härte war. „Was genau denkst du, was du da tust?"

Sie klappte das Buch vorsichtig zu und drehte sich langsam zu ihm um, ihre Miene herausfordernd. „Ich... entdecke, was in dieser Bruderschaft verschwiegen wird. Dinge, die auch meine Mutter betreffen."

„Deine Mutter?" Ein Hauch von Kälte legte sich auf seine Züge. „Alma hat mit diesen Aufzeichnungen nichts zu tun, Wilhelmina. Sie hat nur ihre Pflicht erfüllt."

„Wirklich?" Ihre Stimme triefte vor Ironie. „Weil ich gerade etwas anderes gelesen habe. Es scheint, als hätte sie eine Allianz mit Hexen gepflegt. Oder glaubst du, ich sehe Gespenster?"

Friedrichs Gesicht verhärtete sich, und in seinen Augen lag ein Funkeln, das sowohl Wut als auch Angst verriet. „Du hast keine Ahnung, wovon du sprichst, Wilhelmina."

„Dann erleuchte mich," erwiderte sie trotzig und hielt ihm das Buch hin. „Erzähl mir, was hier wirklich los ist, Vater. Wieso musste sie so viele Geheimnisse bewahren? Wieso bist du so entschlossen, mir alles über meine Mutter und ihre... Verbindungen zu verbergen?"

Er machte einen Schritt auf sie zu und nahm ihr das Buch aus der Hand, seine Finger fest um das Leder des Einbands geklammert. „Manchmal gibt es Dinge, die besser ungesagt bleiben," sagte er leise, aber seine Stimme trug eine Härte, die sie spüren konnte. „Dinge, die die Vergangenheit betreffen – und in der Vergangenheit bleiben müssen."

„Vielleicht für dich," entgegnete sie, ohne den Blick von ihm abzuwenden. „Aber ich habe ein Recht, die Wahrheit über meine Familie und über das zu erfahren, was die Bruderschaft hier wirklich plant. Oder hast du Angst, dass ich dieselben Entscheidungen treffen könnte, die sie getroffen hat?"

Ein Muskel zuckte in seinem Kiefer, und für einen Moment herrschte Schweigen zwischen ihnen. Schließlich sprach er in einem Ton, der nichts als Warnung in sich trug: „Du spielst ein gefährliches Spiel, Wilhelmina. Ein Spiel, das dich nur in den Abgrund führen wird. Lass die Vergangenheit ruhen, wenn dir dein eigenes Leben lieb ist."

„Leben? Leben, wie du es definierst, als bloße Funktion der Bruderschaft?" Sie lachte bitter und machte einen Schritt zurück. „Das ist kein Leben, Vater. Es ist ein Gefängnis, und du weißt es."

Er sah sie lange an, sein Gesicht ausdruckslos, doch seine Augen verrieten eine unbarmherzige Entschlossenheit. „Glaub mir, Wilhelmina. Manchmal ist das Gefängnis der einzige Ort, an dem du sicher bist."

Ohne ein weiteres Wort drehte er sich um und ging zur Tür. Doch bevor er den Raum verließ, warf er ihr einen letzten, kalten Blick über die Schulter zu. „Dies ist deine letzte Warnung. Lass die Vergangenheit ruhen – oder stelle dich den Konsequenzen."

Mit diesen Worten verschwand er, und Wilhelmina blieb zurück, das Herz schwer und die Gedanken wirbelnd. Sie wusste, dass sie sich nicht einschüchtern lassen würde. Die Vergangenheit ihrer Mutter, die geheimen Allianzen, die Verbindungen zur Magie – sie musste die Wahrheit herausfinden, auch wenn es bedeutete, alles zu riskieren.

༄

Wilhelmina war immer noch wie betäubt von der Begegnung mit ihrem Vater, als sie sich zu Emils geheimem Versteck aufmachte. Ihr Kopf schwirrte von Fragen und Zweifeln, doch sobald sie die kleine, unscheinbare Tür öffnete, die zu Emils Rückzugsort führte, verspürte sie eine vertraute Erleichterung. Hier, in der Stille seines magischen Refugiums, das mit seltsamen Artefakten und mysteriösen Büchern gefüllt war, konnte sie endlich die Wahrheit in sich zulassen, ohne Angst vor Blicken oder Konsequenzen.

Emil stand am Fenster und beobachtete die Nacht, als sie eintrat. Er drehte sich um, und seine Augen glitzerten im schwachen Licht wie dunkle Juwelen. Sie sahen sich an, und für einen Moment schien die Spannung und Unsicherheit des Tages in der Luft zu knistern.

„Ich hätte fast nicht erwartet, dass du kommst," sagte er leise, seine Stimme wie ein dunkles Murmeln, das durch den Raum strich.

„Ach, ich habe meine Vorliebe für lebensgefährliche Entscheidungen entdeckt," erwiderte sie trocken und trat näher, ihre Augen nicht von ihm abwendend. „Heute: Ein Vater, der mich zur Vernunft bringen will. Morgen vielleicht ein Angriff auf mein eigenes Herz."

Ein kleines, ironisches Lächeln zuckte über seine Lippen, und er trat auf sie zu, bis nur noch ein schmaler Raum zwischen ihnen blieb. „Willst du dich dann auch noch vor mir verstecken?"

„Wahrscheinlich nicht sehr erfolgreich," murmelte sie und griff nach seiner Hand, fühlte die vertraute Wärme seiner Haut. „Es scheint, als würdest du mich immer finden."

Er legte eine Hand an ihre Wange, und sie schloss die Augen, als sein Daumen sanft über ihre Haut strich. „Und was, wenn ich dich nie wieder loslassen will?" flüsterte er, und seine Stimme klang wie eine stille, beinahe flehende Frage.

Sie öffnete die Augen, und ihre Blicke verschmolzen zu einem stummen Schwur. In diesem Moment schien alles, was um sie herum geschah – die Bruderschaft, die drohende Gefahr, die düsteren

Geheimnisse ihrer Familie – unwichtig. Hier war nur er, seine Nähe, sein Atem, der sie umfing, als wäre er die einzige Realität.

Ohne ein weiteres Wort zog er sie an sich, und ihre Lippen trafen sich in einem Kuss, der all die Spannung, die Sehnsucht und die unterdrückten Gefühle der letzten Tage entlud. Seine Hände glitten über ihren Rücken, ihre Berührung war intensiv und voller Zuneigung, die sich zwischen ihnen wie eine unsichtbare Magie entfaltete. Ein Prickeln ging durch ihren Körper, und sie spürte, wie seine Magie sich mit ihrer eigenen vermischte, die Energie, die zwischen ihnen floss und die Dunkelheit um sie erhellte.

Der Raum schien sich zu verwandeln, als ob eine unsichtbare Kraft ihn mit ihnen teilte. Sie verlor sich in seinen Küssen, spürte die Hitze, die in ihnen aufstieg, als würden sie einander für einen kurzen, flüchtigen Moment in einer Parallelwelt umarmen, fernab von allem, was sie trennte.

Doch plötzlich löste Emil sich von ihr, seine Augen voller Anspannung, als hätte er eine dunkle Vorahnung. „Wilhelmina," sagte er leise, und seine Stimme klang beinahe bedrückt. „Es gibt etwas, das ich dir sagen muss."

Sie blinzelte, noch halb benommen von seinem Kuss, und versuchte, seinen Blick zu deuten. „Was ist es, Emil? Was hast du gesehen?"

„Eine Warnung," murmelte er, sein Gesicht im Halbschatten schwer und ernst. „Ich weiß nicht, was es bedeutet, aber ich habe das Gefühl, dass etwas Großes auf uns zukommt. Etwas, das uns beide in Gefahr bringen könnte."

Sie spürte, wie ein kalter Schauder über ihren Rücken lief, doch sie zwang sich, ruhig zu bleiben. „Bist du sicher?"

Er nickte und legte seine Hand auf ihre Schulter, als ob er sie beschützen wollte. „Ich weiß nicht, wer dahintersteckt, aber ich habe Spuren von dunkler Magie gespürt. Und ich glaube, es könnte mit dem Schattenrat zu tun haben."

Wilhelmina schloss die Augen und atmete tief durch. Der Schattenrat... das war keine Überraschung, und doch lag eine seltsame Schwere in seinen Worten. „Dann müssen wir uns vorbereiten. Wir müssen herausfinden, was sie vorhaben, bevor sie uns zuvorkommen."

Er zog sie an sich und umarmte sie fest, als ob er sie nie wieder loslassen wollte. „Ich werde alles tun, um dich zu schützen, Wilhelmina. Aber du musst mir versprechen, dass du vorsichtig bist. Ich kann nicht noch jemanden verlieren... nicht wieder."

Sie nickte und schlang ihre Arme um ihn, ihr Gesicht in seiner Schulter vergraben. „Versprich mir das Gleiche, Emil. Was immer kommt... wir stehen das zusammen durch."

In der Umarmung fanden sie den Trost, den sie beide brauchten, und in dieser Nacht, verborgen in Emils Versteck, schworen sie sich, gegen jede Bedrohung zu kämpfen, die ihre Liebe gefährden könnte – auch wenn der Preis dafür hoch war.

Der Morgen graute gerade über München, als die Nachricht einschlug wie ein Blitz: Graf Viktor von Blutfels, der geheimnisvolle und einflussreiche Anführer des Schattenrats, hatte eine öffentliche Erklärung abgegeben – und die Bruderschaft der Vampire offiziell der „feindseligen und unmoralischen Aggression" beschuldigt. Die Elite der Jäger, die jahrhundertelang im Schatten agiert hatte, wurde plötzlich zum Ziel der Gerüchte und Anklagen in den übernatürlichen Kreisen der Stadt.

In ihrem Zimmer im Hauptquartier der Bruderschaft stand Wilhelmina am Fenster und versuchte, die Neuigkeiten zu verarbeiten. Der Aufruhr im Haus war spürbar: Jäger eilten durch die Korridore, leise Stimmen, gemischt mit Wut und Empörung, hallten durch die alten Mauern. Sie hatte nur darauf gewartet, dass Graf von Blutfels seinen nächsten Zug machen würde – aber eine öffentliche Anklage? Das war ein Spielzug, den selbst sie nicht erwartet hatte.

Friedrich, der gerade eben mit einem Gesichtsausdruck hereingestürmt war, der mühelos zwischen Wut und Verzweiflung schwankte, sah sie mit festem Blick an. „Wilhelmina, hast du eine Ahnung, was das für uns bedeutet? Der Graf hat uns vor allen übernatürlichen Fraktionen als Aggressoren dargestellt! Glaubst du, das bleibt ohne Konsequenzen?"

Sie wandte sich langsam zu ihm um, ihr Gesicht halb im Schatten. „Ach, wirklich? Vielleicht ist es an der Zeit, dass die Bruderschaft ihre Dämonen ans Licht holt. Die Geheimhaltung hat ja so großartig funktioniert, oder?"

Friedrichs Kiefer mahlte, und seine Stimme war kalt wie Eis. „Das ist kein Spiel, Wilhelmina. Der Schattenrat wird nicht einfach die Kontrolle übernehmen. Sie werden uns vernichten."

„Wirklich?" Sie hob eine Augenbraue und sah ihn herausfordernd an. „Ich dachte, die Bruderschaft wäre unantastbar. Oder vielleicht ist es nur das Ego von einigen von euch, das ins Wanken gerät."

„Du verstehst das nicht," zischte er und trat auf sie zu. „Von Blutfels hat seine Macht über Jahrhunderte aufgebaut. Er weiß, wie er mit den übernatürlichen Kräften spielt, um seine Ziele zu erreichen. Wenn er uns öffentlich anprangert, dann hat er einen Plan. Und dieser Plan schließt unsere Zerstörung ein."

Wilhelmina schnaubte und verschränkte die Arme vor der Brust. „Vielleicht wäre es an der Zeit, die Macht der Bruderschaft neu zu verteilen, Vater. Du weißt genauso gut wie ich, dass dieser Krieg nur einen Gewinner haben kann, und es ist sicher nicht der Schattenrat."

Friedrichs Gesichtsausdruck wechselte von Zorn zu blanker Entschlossenheit. „Also gut, Wilhelmina. Wenn du es nicht verstehen willst, dann werde ich es eben allein durchsetzen. Die

Bruderschaft muss zusammenstehen. Jegliche... Allianzen, die das gefährden, müssen sofort beendet werden."

Sie erkannte die Spitze in seinen Worten, und für einen Moment glaubte sie, er würde ihr Ultimatum aussprechen. Doch er drehte sich einfach um und verließ den Raum, seine Schritte hallten in den Gängen wider.

Allein zurückgelassen, spürte Wilhelmina die wachsende Anspannung in ihren Schultern. Sie wusste, dass von Blutfels' Spielzug mehr war als eine bloße Provokation. Es war ein Kriegserklärung, eine gezielte Falle – und sie musste einen Ausweg finden, bevor ihre Welt endgültig unter den Machenschaften des Grafen zerbrach.

Kapitel 15

Der Ballsaal des Schattenrats war wie aus einer anderen Welt: Kristallleuchter warfen ein gedämpftes, geheimnisvolles Licht auf die Marmorwände, deren Dunkelheit das Licht gierig aufsaugte. Die Elite der übernatürlichen Welt hatte sich eingefunden, ein Mix aus Vampiren, Hexen, und einigen wenigen mutigen Werwölfen, die dem Ruf von Graf Viktor von Blutfels gefolgt waren. Es war ein Ball, wie er selten stattfand – eine demonstrative Inszenierung von Macht und Intrige.

Wilhelmina betrat den Raum in einem bodenlangen, nachtblauen Kleid, das ihre athletische Figur betonte und mit dem Licht spielte, als wäre es aus Schatten gewebt. Ihre Augen suchten sofort nach Emil, und als sie ihn entdeckte, zog sich etwas in ihrer Brust zusammen: Er stand am Rande der Menge, sein Blick starr und distanziert, umgeben von den einflussreichsten Vampiren des Rates. Seine Augen trafen ihre für einen Moment, und in diesem flüchtigen Blick lag eine Mischung aus Bedauern und Entschlossenheit.

Graf von Blutfels, der Gastgeber und Mittelpunkt des Abends, trat neben Emil und raunte ihm etwas zu, das ihn dazu brachte, seinen Blick von Wilhelmina abzuwenden und in die Menge zu blicken, als wäre sie unsichtbar. Sie ballte die Fäuste, zwang sich jedoch zu einem höflichen Lächeln, während sie sich durch die Menge bewegte. *Was immer das hier ist, ich lasse mich nicht brechen*, dachte sie entschlossen.

Sie wusste, dass von Blutfels ein Spiel spielte, ein tödliches Spiel, das Emil zwang, ihr seine Ablehnung öffentlich zu zeigen. In der übernatürlichen Welt bedeutete Loyalität alles – und ein Blick, eine Geste zur falschen Person konnten katastrophale Konsequenzen nach sich ziehen.

Nach einer Weile näherte sich Emil ihr, sein Gesicht kühl und kontrolliert. Er bot ihr wortlos seine Hand an, und sie verstand sofort, dass dies kein zufälliger Moment war. Es war eine Aufführung – ein Tanz, der sie beide auf eine gefährliche Gratwanderung zwischen Nähe und Verrat führte.

„Darf ich um diesen Tanz bitten?" Seine Stimme klang distanziert, fast spöttisch, und ein kalter Ausdruck lag in seinen Augen.

Sie hob die Augenbrauen und lächelte ironisch. „Natürlich, wer könnte einen solchen Charme ablehnen?" Sie legte ihre Hand in seine, und sie begannen, sich zur Musik zu bewegen. Die ersten Schritte waren vorsichtig, wie ein Test, und die Luft zwischen ihnen knisterte vor unausgesprochenen Worten.

„Ich hoffe, du weißt, was du tust," flüsterte sie, während sie sich zu ihm lehnte und ihre Lippen nah an sein Ohr brachte. „Dieses Spiel... könnte uns beide zerstören."

„Ich weiß," antwortete er leise, ohne sie direkt anzusehen. „Aber wir haben keine Wahl. Von Blutfels beobachtet alles, und jeder falsche Schritt würde dich in größere Gefahr bringen, als du dir vorstellen kannst."

Sie warf ihm einen durchdringenden Blick zu, ihre Augen funkelten vor Zorn und Leidenschaft. „Also soll ich dich hier öffentlich verleugnen und zusehen, wie du..." Sie schluckte die Worte hinunter, bevor sie ihren wahren Gedanken aussprach. „Wie du mich zur Seite schiebst?"

Sein Griff um ihre Taille verstärkte sich, und seine Augen wurden weich, nur für den Bruchteil einer Sekunde. „Es ist nur eine Fassade, Wilhelmina. Vertrau mir. Wir müssen den Schein wahren."

Sie spürte, wie der Schmerz der Ablehnung in ihr aufstieg, doch sie zwang sich, das Gefühl zu unterdrücken. *Vertrauen* – ein Wort, das in dieser Welt eine Seltenheit war, und doch spürte sie, dass sie ihm mehr vertraute als jedem anderen in diesem Saal.

Mit einem eleganten Dreh brachte er sie auf Distanz, und sein Blick wurde wieder distanziert, fast kühl. „Du weißt, dass du für mich nichts weiter bist als eine... interessante Ablenkung," sagte er mit erhobener Stimme, sodass die Anwesenden es hören konnten. Die Worte stachen wie Messer in ihre Brust, doch sie sah ihm in die Augen und wusste, dass dies alles nur eine Fassade war.

„Wie bedauerlich," entgegnete sie, ihre Stimme triefte vor Ironie, die Augen kühl. „Dann würde ich sagen, ich verschwende meine Zeit besser woanders." Sie löste sich von ihm, einen letzten, unauffälligen Blick voller Zuneigung in ihre Augen legend, den nur er erkennen konnte, bevor sie sich abwandte.

Die Musik endete, und der Tanz löste sich auf. Doch der Rest des Abends verbrachten sie beide wie Fremde, jeder umgeben von anderen, jeder in seinem eigenen Spiel gefangen, während ihre Blicke sich hin und wieder trafen, als würden sie in einem geheimen, stummen Gespräch stehen.

Die Nacht zog sich in eine zähe Spannung, und Wilhelmina fühlte das Gewicht der Geheimnisse und Intrigen, die um sie herum wirbelten, als wäre sie in einem Netz aus Lügen und falschen Blicken gefangen.

<hr />

Die Nacht nach dem Ball des Schattenrats schien endlos. Wilhelmina hatte sich in ihr Zimmer zurückgezogen, den Kopf voller Fragen und Zorn. Sie wusste, dass Emil das alles nur als Teil des Spiels getan hatte, doch die Kälte seiner Worte brannte noch immer nach. Sie versuchte sich zu beruhigen, die Anspannung in ihrem Körper abzuschütteln, als plötzlich die Tür krachend aufging und Friedrich eintrat. Sein Blick war hart, seine Lippen zu einer schmalen Linie gepresst.

„Wilhelmina," begann er ohne Vorwarnung und verschränkte die Arme. „Das reicht jetzt. Was gestern Abend geschah, war ein Schlag ins Gesicht der Bruderschaft. Ein Mann wie Emil Schwarzwald hat keinen Platz in deinem Leben."

Sie schnaubte und verschränkte die Arme, um sich vor seinem Blick zu schützen. „Du weißt so gut wie ich, dass das alles ein Theaterstück war. Oder traust du dir selbst nicht zu, die Wahrheit hinter der Fassade zu erkennen, Vater?"

„Hör auf, dich zu verteidigen!" zischte er. „Deine Bindung zu diesem Hexenmeister ist eine Schwachstelle, die die Bruderschaft sich nicht leisten kann. Du bringst uns alle in Gefahr."

Wilhelmina ließ ein trockenes Lachen ertönen. „Oh, natürlich, die stolze Bruderschaft, die sich vor einem Mann wie Emil fürchtet. Du hast recht – unsere Macht muss wirklich erbärmlich sein."

Friedrichs Blick verfinsterte sich, und seine Stimme wurde noch eisiger. „Ich habe lange zugesehen, Wilhelmina, aber du überschreitest deine Grenzen. Es ist offensichtlich, dass du nicht mehr klar denken kannst. Deshalb habe ich beschlossen, dich aus München wegzuschicken. Es ist das Beste für alle Beteiligten."

Sie blinzelte, unfähig zu glauben, was er gerade gesagt hatte. „Wegschicken?" Ihre Stimme bebte vor Zorn und Enttäuschung. „Du willst mich einfach... verbannen?"

„Ich will dich schützen," sagte er leise, aber sein Ton war unerbittlich. „Und manchmal bedeutet das, dass man Opfer bringen muss. Du wirst gehen und an einem anderen Ort deinem Dienst für die Bruderschaft nachkommen. Ohne... Ablenkungen."

„Ablenkungen?" Sie lachte bitter. „Nennt man das jetzt so, wenn man versucht, sein eigenes Kind zu kontrollieren? Wirst du mich in eine hübsche kleine Zelle sperren, weit weg von allem, was mir wichtig ist?"

„Es ist eine Entscheidung, die du selbst herbeigeführt hast," entgegnete er kalt. „Du wählst diesen Weg, nicht ich."

Für einen Moment herrschte tiefes Schweigen, das nur von der Wut und Enttäuschung in ihren Augen gebrochen wurde. Schließlich nickte sie langsam, ein kaltes, beinahe triumphierendes Lächeln auf den Lippen. „Wenn das so ist, dann nehme ich meine Sachen und gehe. Aber sei gewarnt: Ich werde nicht zulassen, dass du mein Leben kontrollierst."

Mit diesen Worten drehte sie sich um, packte ein paar Habseligkeiten zusammen und verließ das Anwesen der Bruderschaft – für den Moment zumindest. Ihr Ziel war klar: Emil.

Wilhelmina kämpfte gegen den Wind an, der ihre Schritte verlangsamte, als sie sich durch die schmalen, verwinkelten Gassen zu Emils Versteck durchschlug. Ihre Gedanken waren wie ein Sturm in ihrem Kopf, eine Mischung aus Wut, Erschöpfung und unbändiger Sehnsucht. Sie hatte keine Ahnung, wie Emil auf ihr plötzliches Erscheinen reagieren würde – und ganz ehrlich, es war ihr auch egal. Sie wusste nur, dass sie ihn brauchte, jetzt mehr denn je.

Als sie die versteckte Tür zu seinem Rückzugsort erreichte und vorsichtig klopfte, vergingen nur wenige Sekunden, bis sie ein leises Knarren hörte. Emil stand im Halbdunkel, seine Augen vor Überraschung und Sorge geweitet, als er sie erkannte.

„Wilhelmina," murmelte er, und die leichte Erschöpfung in seiner Stimme verriet, dass auch er nicht mit ihrem Besuch gerechnet hatte. „Was machst du hier? Ich dachte, du wärst…"

„Verbannt?" Sie schob sich an ihm vorbei und ließ sich ohne ein weiteres Wort in sein kleines, aber vertrautes Zimmer sinken. „Ja, ich bin so gut wie verbannt. Mein Vater hat entschieden, dass ich ‚zu meiner eigenen Sicherheit' die Stadt verlassen soll. Glaubst du das?"

Emil schloss die Tür und lehnte sich dagegen, ein schwaches Lächeln auf den Lippen. „Ah, der alte Klassiker. Zu deiner eigenen Sicherheit." Er musterte sie, und das Lächeln wurde von einem ernsten Ausdruck abgelöst. „Also bist du hier, weil...?"

„Weil ich genug von all den Regeln habe, Emil. Weil ich einen Moment der Ruhe brauche. Und weil ich mir nicht vorschreiben lassen werde, wem ich vertrauen darf." Sie sah ihm direkt in die Augen, ihre Stimme fest, fast herausfordernd.

Er kam näher, und der vertraute Duft seiner Haut vermischte sich mit dem dämmerigen Licht, das durch das Fenster fiel. „Wilhelmina, du weißt, dass das hier nicht einfach wird. Wir beide..."

„Ich weiß," flüsterte sie, ihre Augen glänzten. „Aber gerade das ist mir egal."

Sie trat noch näher an ihn heran, bis kaum ein Hauch Luft zwischen ihnen blieb. Die Spannung in der Luft war fast greifbar, und als Emil seine Hand sanft an ihre Wange legte, schloss sie die Augen und ließ sich in seine Berührung fallen. In diesem Moment, fernab von allem, was sie trennte, war nur noch der Mann vor ihr wichtig – der Mann, für den sie jede Gefahr auf sich nehmen würde.

Ihre Lippen trafen sich, und der Kuss war zuerst sanft, fast zögerlich, als ob beide die Realität des Augenblicks nicht ganz fassen konnten. Doch schnell gewann der Moment an Intensität, ihre Hände fanden zueinander, ihre Körper verschmolzen, als ob sie sich in einem einzigen, fiebrigen Wunsch nach Nähe und Geborgenheit vereinten.

Emil hob sie sanft an und trug sie zum Bett, das in einer Ecke des Raumes stand. Seine Berührungen waren voller Zärtlichkeit und doch von einer inneren Dringlichkeit getrieben, als hätte er Angst, diesen Moment zu verlieren. Seine Hände strichen über ihre Haut, und sie spürte die Wärme seiner Magie, die sich wie ein schützender Mantel um sie legte, während sie sich ihm hingab.

Jeder Kuss, jede Berührung, jeder Atemzug schien eine Art stummer Schwur zu sein, ein Versprechen, das tiefer ging als Worte es je könnten. Ihre Liebe, gebannt in diesen Augenblick, war eine Rebellion gegen die Welt, gegen die Regeln, gegen die ständigen Bedrohungen, die um sie lauerten. Es war ihr Weg, für sich selbst und für einander zu kämpfen.

„Wilhelmina," flüsterte Emil in der Dunkelheit, während er ihren Kopf an seine Brust zog. „Ich weiß, dass es schwierig wird. Aber was auch passiert, ich werde immer an deiner Seite sein. Was wir hier haben... das kann uns niemand nehmen."

Sie sah zu ihm auf, ihre Augen voller Entschlossenheit und Liebe. „Ich brauche keinen Schutz, Emil. Alles, was ich brauche, ist das hier – diese Nacht, dieses Versprechen."

In der Dunkelheit und im Schein des Mondlichts, das durch das Fenster fiel, schworen sie sich ewige Treue, wissend, dass dieser Moment, diese Nacht, für immer in ihnen nachhallen würde.

Der Morgen dämmerte gerade, als Wilhelmina leise aus Emils Armen glitt und sich das kühle Licht des neuen Tages in den Raum schlich. Sie ließ ihre Finger noch kurz auf seiner Hand ruhen, als könnte dieser kurze Moment der Zärtlichkeit all das Schwere und Komplexe zwischen ihnen für immer bannen. Doch die Realität war wie immer unbarmherzig. Sie musste zurück, und das so unauffällig wie möglich.

Gerade als sie die Tür leise öffnen wollte, hörte sie schnelle Schritte auf dem Flur. Ein dumpfes Klopfen an der Tür folgte, bevor sie sich vorsichtig öffnete und Lieselotte hereinschlüpfte, die Augen weit vor Besorgnis.

„Wilhelmina! Ich habe dich gesucht, Himmel, es gibt keine ruhige Minute mehr!" flüsterte Lieselotte und sah Emil, der sich mühsam aufsetzte, mit einem vielsagenden Blick an. „Ach, ihr beiden habt es euch also gemütlich gemacht, wie schön. Währenddessen bereitet die Bruderschaft das nächste Feuerwerk vor."

Wilhelmina hob eine Augenbraue und verschränkte die Arme. „Oh? Was für ein Feuerwerk? Muss ich schon wieder jemandem das Leben retten, den ich nicht leiden kann?"

Lieselotte trat näher, ihre Stimme wurde ernst. „Es ist kein Scherz, Wilhelmina. Ich habe von einem der Wachen gehört, dass Friedrich eine Art Säuberungsaktion plant. Ein... großes Reinemachen unter den ‚Verrätern' und denen, die die Bruderschaft schwächen könnten."

„Eine Säuberungsaktion?" wiederholte Emil mit einem tiefen Stirnrunzeln. Er schwang die Beine aus dem Bett und stand auf, ein dunkler Ausdruck legte sich auf sein Gesicht. „Das klingt, als hätte Friedrich beschlossen, die Bruderschaft gegen alle aufzuwiegeln, die ihm nicht mehr bedingungslos gehorchen."

„Genau," bestätigte Lieselotte und warf Wilhelmina einen besorgten Blick zu. „Und rate mal, wen er als erstes ins Visier nimmt."

„Ich schätze mal, es ist keine Überraschung," murmelte Wilhelmina und presste die Lippen zusammen. „Lass mich raten: Ich stehe ganz oben auf der Liste?"

Lieselotte nickte langsam, ihre Augen waren voller Sorge. „Friedrich hat den Befehl gegeben, dich zu finden und ‚in Sicherheit' zu bringen. Du weißt, was das bedeutet. Dein Vater wird nicht ruhen, bis er dich in einer hübschen kleinen Zelle weggesperrt hat – oder schlimmer."

Wilhelmina lachte bitter, doch in ihrem Lachen lag mehr Zorn als Humor. „Perfekt. Also plant mein eigener Vater eine Säuberung und hat sich dafür mich als Ziel ausgesucht. Wie nett von ihm."

Emil trat näher und legte ihr beruhigend eine Hand auf die Schulter. „Wir haben nicht viel Zeit, Wilhelmina. Wenn er tatsächlich so weit gehen will, dann müssen wir einen Plan haben, um dich aus seiner Reichweite zu bringen."

„Wegbringen?" Wilhelmina funkelte ihn an, ihre Augen vor Zorn und Entschlossenheit blitzend. „Wenn er meint, dass er mich so einfach vertreiben kann, kennt er mich schlecht. Das ist mein Leben, Emil. Ich werde mich nicht verstecken und zusehen, wie mein eigener Vater meine Freiheit einsperrt. Wenn er einen Krieg will, dann soll er ihn haben."

„Wilhelmina," flüsterte Emil eindringlich, seine Hand fest auf ihrer Schulter. „Das ist gefährlicher, als du denkst. Er hat die gesamte Bruderschaft hinter sich, und wenn er diesen Plan durchzieht..."

„Es gibt keinen Plan, den ich nicht durchkreuzen kann," unterbrach sie ihn kühl und ließ ihre Entschlossenheit keinen Zweifel daran, dass sie bereit war, alles aufs Spiel zu setzen. „Wenn Friedrich glaubt, dass ich mich einfach fügen werde, dann irrt er sich."

Lieselotte sah zwischen den beiden hin und her, ihre Augen voller Sorge und Ratlosigkeit. „Bitte, Wilhelmina, überlege dir das gut. Ich weiß, dass du stark bist, aber gegen die gesamte Bruderschaft? Friedrich ist kein Gegner, den du einfach unterschätzen solltest."

„Ich habe keine Wahl," sagte Wilhelmina und ihre Stimme war fest. „Das hier ist größer als ich, als Emil, als die Bruderschaft. Sie müssen wissen, dass ich nicht länger nur eine Spielfigur bin, die sich ihrem Willen beugt."

Emil nickte langsam, und ein kleines, melancholisches Lächeln spielte auf seinen Lippen. „Dann kämpfen wir zusammen, Wilhelmina. Wenn das das Ende sein soll, dann soll es ein Ende sein, das wir selbst bestimmen."

Lieselotte sah die beiden an und schüttelte schließlich den Kopf, ein Hauch von Bewunderung und Verzweiflung in ihren Augen.

„Dann habt ihr zumindest meine Unterstützung – auch wenn das bedeutet, dass wir alle im Abgrund landen."

Wilhelmina trat näher zu Emil, ihre Hand in seiner, und für einen Moment schien alles andere unwichtig. Sie hatten eine Entscheidung getroffen, eine Entscheidung, die sie vielleicht alles kosten würde, und doch spürten sie eine seltsame Ruhe. In diesem Moment, in diesem kleinen Raum, wussten sie, dass sie bis zum Ende kämpfen würden – egal, wie dunkel der Weg auch sein mochte.

Kapitel 16

Wilhelmina hatte die letzten Tage in Emils Wohnung verbracht, während die Bedrohung durch die Bruderschaft wie ein schweres Gewitter über ihnen schwebte. Sie nutzte jede Gelegenheit, sich in seinem Versteck zu verkriechen, um einen klaren Kopf zu bewahren. Doch an diesem Nachmittag, als Emil fort war, um sich mit Magnus zu treffen, bemerkte sie etwas, das ihren Verdacht erregte: Ein verstecktes Fach in einem der alten, unauffälligen Bücherregale war ein wenig geöffnet, als ob es absichtlich platziert worden wäre. Sie wusste, dass Emil ein Leben voller Geheimnisse führte, aber dieser kleine Spalt wirkte wie eine Einladung.

Vielleicht ist es genau das, dachte sie. *Oder ein Zufall. Aber... was ist bei Emil jemals Zufall?*

Sie trat näher und entdeckte eine kleine Sammlung von Notizbüchern, deren Einbände mit den Jahren ausgebleicht waren. Einer der Bände lag besonders lose aufgeschlagen da, als wäre er bereit, gelesen zu werden. Neugierig, vielleicht auch ein wenig nervös, griff sie nach dem Buch und schlug die Seiten auf.

Schon nach den ersten Zeilen blieb ihr der Atem stehen. Es waren keine gewöhnlichen Tagebücher. Stattdessen waren sie voll von Berichten über Treffen, Notizen zu Ritualen und – was am meisten ihre Aufmerksamkeit erregte – Aufzeichnungen über den Schattenrat und seine Mitglieder. Namen, Daten, Pläne... und mitten unter ihnen: Emil Schwarzwald.

Ihre Hände zitterten leicht, als sie tiefer in die Aufzeichnungen eintauchte. Mit jedem weiteren Eintrag spürte sie, wie ein kalter Knoten in ihrem Magen wuchs. Emil war in den Schattenrat verwickelt. Und nicht nur am Rande – er schien in viele Pläne der Organisation tiefer verstrickt zu sein, als sie jemals geahnt hatte. Die Informationen reichten Jahre zurück und zeichneten das Bild eines Mannes, der nicht nur für sich selbst kämpfte, sondern auch gezielt Verbindungen aufgebaut hatte.

Warum hat er mir das nie gesagt? Sie spürte, wie die Enttäuschung und der Zorn in ihr hochkochten.

Sie schloss das Buch mit einem leisen Knall und stellte es zurück ins Regal. Die Erkenntnis, dass Emil ihr solch wichtige Informationen vorenthalten hatte, ließ ihre Gedanken wirbeln. Ihre Brust hob und senkte sich schneller, als sie versuchte, ihre Enttäuschung und den Schmerz zu verarbeiten.

Als Emil kurz darauf zur Tür hereinkam, sah sie ihm in die Augen, ohne ein Wort zu sagen. In ihrem Blick lagen mehr Fragen, als Worte jemals ausdrücken könnten. Emil blieb einen Moment stehen, als hätte er die Spannung im Raum sofort gespürt, und sein Gesichtsausdruck veränderte sich von Neugier zu Sorge.

„Wilhelmina," begann er vorsichtig, seine Augen versuchten, ihren Blick zu ergründen. „Ist... alles in Ordnung?"

„Oh, bestens," sagte sie mit einem bitteren Lächeln und verschränkte die Arme vor der Brust. „Zumindest habe ich jetzt endlich ein wenig über dein... wahres Leben erfahren."

Sein Gesicht wurde blass. „Was meinst du damit?"

Sie deutete mit einem knappen Nicken auf das Regal, wo sie das Buch zurückgestellt hatte. „Ich meine, dass ich die Wahrheit über deine Verbindung zum Schattenrat erfahren habe. Ich habe deine Notizen gelesen, Emil. Und du kannst dir sicher denken, dass ich... überrascht bin."

Ein Schatten legte sich über sein Gesicht, und seine Augen wurden dunkel. „Wilhelmina... du solltest das nicht gelesen haben."

„Oh, wirklich? Und warum nicht?" Ihre Stimme war leise, aber voller Enttäuschung. „Weil ich keine Ahnung davon haben sollte, wie tief du tatsächlich in diesem Netz aus Geheimnissen und Intrigen verstrickt bist? Oder weil ich nicht wissen sollte, dass ich einem Mann vertraue, der seine wahre Identität vor mir versteckt?"

Er trat einen Schritt auf sie zu, sein Blick flehend. „Es ist nicht so einfach. Die Dinge, die ich tue... die sind gefährlich. Ich wollte dich nicht in diese Welt hineinziehen."

„Zu spät, Emil," sagte sie scharf und wich zurück. „Ich bin bereits tiefer verstrickt, als ich je geplant hatte. Und es scheint, als wärst du nicht der einzige, der Geheimnisse hat." Sie sah ihn an, und ihre Augen funkelten. „Aber was mich wirklich wütend macht, ist die Tatsache, dass du entschieden hast, dass ich das alles nicht wissen darf. Dass du mir nicht zutraust, die Wahrheit zu erfahren."

Er öffnete den Mund, als wollte er etwas sagen, doch dann schloss er ihn wieder, als ob ihm die Worte im Hals stecken blieben. Schließlich sprach er leise: „Ich wollte dich nur schützen, Wilhelmina."

„Schützen?" Sie lachte bitter. „Schützen, indem du mich belügst? Das ist deine Definition von Schutz?"

Er seufzte tief und trat wieder einen Schritt näher, seine Augen suchten verzweifelt nach ihrem Verständnis. „Ich weiß, dass ich Fehler gemacht habe. Aber glaub mir, es gibt nichts, was ich mehr wollte, als dich aus diesem Spiel herauszuhalten. Der Schattenrat ist... eine Macht, gegen die ich mich manchmal selbst nicht wehren kann."

„Du hättest mir wenigstens die Wahl lassen können, Emil." Ihre Stimme war weich geworden, und sie fühlte, wie die Enttäuschung in ihrem Herzen nachließ und durch etwas anderes ersetzt wurde – etwas, das stärker war als der Zorn und tiefer als der Schmerz.

Schweigend sahen sie einander an, und in diesem Moment schien alles, was zwischen ihnen stand, zu verblassen. Emil trat noch näher, seine Hände legten sich sanft um ihr Gesicht, und seine Stirn ruhte gegen ihre. „Wilhelmina, ich weiß, dass ich nicht immer ehrlich war. Aber eines kann ich dir versprechen: Meine Gefühle für dich sind echt. Daran hat sich nie etwas geändert."

Sie schloss die Augen und ließ sich in seine Umarmung sinken, spürte die Wärme seines Körpers und die Zärtlichkeit in seiner Berührung. „Versprich mir, dass wir einander keine Geheimnisse mehr haben," flüsterte sie.

„Ich verspreche es," murmelte er, seine Stimme voller Ernsthaftigkeit. „Von jetzt an... keine Geheimnisse mehr."

Ihre Lippen trafen sich in einem Kuss, der voller Leidenschaft und Vergebung war, und für einen Moment vergaßen sie die Welt um sich herum – die Bedrohung, die Gefahren, die Feinde.

Es vergingen kaum Minuten nach ihrer intensiven Versöhnung, als ein lautes, hastiges Klopfen an der Tür den Moment der Ruhe abrupt unterbrach. Wilhelmina und Emil lösten sich voneinander, und Emil schritt mit einem Ausdruck, der sowohl Wut als auch Besorgnis vermischte, zur Tür. Ein aufgeregter Magnus trat ein, sein Gesicht aschfahl, seine Augen voller Warnung.

„Ich hoffe, ich störe euch nicht bei einem romantischen Rendezvous," sagte Magnus trocken, doch seine ernste Miene verriet, dass er keine Zeit für Scherze hatte.

„Wie schön, dich auch zu sehen, Magnus," erwiderte Emil, seine Stimme tropfte vor Ironie. „Was gibt es so Dringendes, dass du meine Tür fast eingetreten hast?"

Magnus schnaufte und verschränkte die Arme, ohne auf Emils bissige Bemerkung einzugehen. „Das hier ist kein gewöhnlicher Besuch. Die Bruderschaft hat von deiner wahren Identität erfahren,

Emil. Sie wissen, dass du nicht nur ein Antiquitätenhändler bist. Sie wissen... alles."

Wilhelmina zog scharf die Luft ein. „Was meinst du mit ‚alles'?" Ihre Stimme war ruhig, aber in ihren Augen blitzte Sorge auf.

„Das bedeutet, dass sie wissen, dass Emil eine Verbindung zum Schattenrat hat," erklärte Magnus, ohne eine Spur von Zurückhaltung. „Und sie werden nicht zögern, jeden zu eliminieren, der mit ihm in Verbindung steht."

Emil fluchte leise und rieb sich das Kinn. „Perfekt. Genau das, was wir gerade noch gebraucht haben. Also, was schlägst du vor, Magnus? Dass wir in eine Höhle ziehen und uns von Waldbeeren ernähren, bis die Bruderschaft ihre Wut an jemand anderem auslässt?"

Magnus' Lippen verzogen sich zu einem halben Lächeln, das jedoch keine Freude ausstrahlte. „So ironisch du auch bist, die Lage ist ernst. Ich schlage vor, dass ihr verschwindet. Unauffällig, versteht sich."

Wilhelmina schüttelte energisch den Kopf. „Ich werde mich nicht einfach davonstehlen. Wenn die Bruderschaft hinter Emil her ist, dann stehe ich an seiner Seite, egal, was es kostet."

Magnus warf ihr einen bewundernden Blick zu, doch er schüttelte den Kopf. „Wilhelmina, das ist mutig von dir, wirklich. Aber du unterschätzt, wozu die Bruderschaft fähig ist, wenn sie sich bedroht fühlt. Und Friedrich... er hat keine Skrupel, wenn es darum geht, seine Tochter... *zur Vernunft zu bringen.*"

Wilhelminas Hände ballten sich zu Fäusten, und sie presste die Lippen zusammen. „Friedrich kann tun, was er will. Er wird mich nicht von meiner Entscheidung abbringen."

Emil legte eine Hand auf ihre Schulter, seine Berührung fest und beruhigend. „Wilhelmina," sagte er leise, „wir können uns der Bruderschaft jetzt nicht direkt stellen. Magnus hat recht. Wir müssen einen Plan haben und... vorsichtig vorgehen. Ich werde nicht zulassen, dass dir etwas passiert."

„Also gut," murmelte sie nach einem Moment des Nachdenkens. „Aber wohin sollen wir gehen? Wir können ja schlecht einfach in einen Zug steigen und hoffen, dass die Bruderschaft uns nicht folgt."

Magnus lächelte dünn. „Zum Glück kenne ich ein paar Orte, die nicht mal Friedrich durch seine Macht erreichen kann. Ich werde euch helfen, dorthin zu gelangen. Es gibt einen kleinen Ort in den Bergen – ein altes Versteck, das die Bruderschaft niemals in Verdacht ziehen würde."

Emil nickte langsam, sein Gesicht angespannt, aber entschlossen. „Einverstanden. Dann sollten wir uns sofort auf den Weg machen, bevor sie uns finden."

Wilhelmina sah von Emil zu Magnus, ihre Augen brannten vor Entschlossenheit. „Ich hoffe, dieser Ort in den Bergen ist genauso geheim, wie du behauptest, Magnus."

Magnus zuckte mit den Schultern. „Wenn ich nicht an meine eigenen Verstecke glauben würde, wäre ich längst nicht mehr hier. Also vertraue mir. Wir haben nur diese eine Chance."

Wilhelmina nahm Emils Hand, ihre Finger verschränkten sich mit seinen, und sie spürte die Kraft seiner Entschlossenheit in seinem Griff. Sie hatten sich entschieden, diesen Weg gemeinsam zu gehen, egal, wie gefährlich es wurde.

„Dann los," sagte Emil schließlich und sah Magnus an, seine Stimme fest und kühl. „Wir haben keine Zeit zu verlieren."

Die Nacht in Emils kleinen, kargen Versteck in den Bergen war von einer seltsamen Stille durchzogen. Die Dunkelheit war dichter, fast greifbar, als ob die Schatten der Vergangenheit und die Angst vor der Zukunft sich wie ein Tuch über das Zimmer gelegt hätten. Emil schlief fest neben ihr, seine ruhige Atmung das einzige Geräusch in der sonst so drückenden Stille.

Wilhelmina lag wach, ihre Gedanken kreisten um das, was sie zurückgelassen hatten und um das, was noch vor ihnen lag. Doch irgendwann, erschöpft vom Tag und den endlosen Sorgen, fiel sie in einen unruhigen Schlaf. Kaum waren ihre Augen geschlossen, fand sie sich in einem seltsamen Traum wieder, einem Traum, der sich echter anfühlte als die Realität.

Die Szenerie um sie herum war ein düsterer Saal, voller verstaubter Spiegel und langer, schwerer Vorhänge. Der Raum wirkte endlos und bedrückend, das Licht flackerte wie eine schwache Kerze, die jeden Moment erlöschen konnte. Plötzlich spürte sie eine Präsenz hinter sich, warm und vertraut – Emil.

Sie drehte sich um und sah ihn an. Seine Augen waren voller Intensität, doch in ihnen lag etwas, das sie nicht ganz deuten konnte – eine Mischung aus Zuneigung und etwas Dunklem, etwas, das sie zugleich anzog und verunsicherte.

„Wilhelmina," murmelte er, und seine Stimme klang anders, tiefer, fast wie ein Echo. „Warum suchst du die Wahrheit in der Dunkelheit, wenn sie bereits in dir liegt?"

„Was meinst du damit?" Ihre Stimme klang fremd in ihren eigenen Ohren, und sie spürte, wie ihr Herzschlag sich beschleunigte. „Emil, was passiert hier?"

Er kam näher, seine Hände glitten an ihren Armen hinunter, und sein Blick durchbohrte sie mit einer Intensität, die sowohl beruhigend als auch beängstigend war. „Du bist die einzige, die die Dunkelheit in sich tragen kann, ohne von ihr verschlungen zu werden," flüsterte er. „Aber du musst die Kontrolle behalten, Wilhelmina."

In diesem Moment änderte sich die Szenerie, und sie fand sich in einem weiten, offenen Raum wieder, umgeben von Nebel, der sich wie Schatten um sie legte. Emil war fort, doch sie spürte, dass er immer noch da war, irgendwo in der Nähe, unsichtbar, aber allgegenwärtig.

Plötzlich erklang seine Stimme wieder, leise und flüsternd, direkt an ihrem Ohr, obwohl sie ihn nicht sehen konnte. „Wilhelmina, was würdest du tun, wenn ich ein Verräter wäre? Wenn alles, was ich gesagt habe, nur eine Lüge wäre?"

Sie spürte, wie ihr Herz schwer wurde, und ein seltsamer, kalter Schauer durchlief sie. „Das würdest du nicht tun, Emil. Ich kenne dich. Oder...?"

„Bist du dir sicher?" fragte die Stimme, nun spöttisch und von einem dunklen Lachen begleitet, das sie beunruhigte. „Was, wenn du dich getäuscht hast? Wenn ich nur ein Schatten bin, den du verfolgst, ein Schatten, der dich ins Verderben führen wird?"

Wilhelmina drehte sich um, aber der Nebel war zu dicht, und sie konnte nichts erkennen. Die Stimme wurde leiser, als ob Emil sich von ihr entfernte, und Panik ergriff sie. „Nein! Verschwinde nicht! Ich lasse dich nicht los, Emil!"

Doch die Dunkelheit lachte nur, und der Raum wurde enger, die Schatten um sie schienen zu wachsen und sie einzuengen. Sie versuchte, sich zu befreien, doch der Nebel griff nach ihr, als wollte er sie ersticken, sie in die Dunkelheit ziehen.

Plötzlich änderte sich das Bild wieder. Sie stand nun in einem alten Spiegelsaal, und als sie in die Spiegel sah, erkannte sie nicht nur ihr eigenes Spiegelbild, sondern auch Emils – und Friedrichs. Die beiden Männer standen hinter ihr, und ihre Blicke waren voller Bedeutung, als wollten sie ihr etwas sagen, das sie selbst noch nicht verstand.

Emil trat einen Schritt auf sie zu und legte ihr sanft die Hände auf die Schultern. „Wirst du bereit sein, Wilhelmina? Wenn der Tag kommt, an dem du dich entscheiden musst... wirst du bereit sein?"

Seine Worte hallten in ihrem Kopf wider, und sie wollte antworten, wollte ihm sagen, dass sie alles tun würde, um ihm treu zu bleiben, doch ihre Stimme versagte.

Ein blendendes Licht durchflutete den Raum, und als es verschwand, fand sie sich allein wieder, umgeben von den endlosen Spiegeln und ihren verzerrten Bildern. Ein letztes Mal flüsterte Emils Stimme in ihrem Ohr, voller Zärtlichkeit und dunklem Versprechen: „Die Dunkelheit wird dich nur beherrschen, wenn du sie lässt."

Mit einem Ruck wachte sie auf, ihr Herz hämmerte wild, und ihr Atem ging schnell. Emil lag neben ihr, tief schlafend, sein Gesicht friedlich. Sie spürte noch immer die Nachwirkungen des Traums, die Spannung in ihren Muskeln, und ein unbestimmtes Gefühl der Vorahnung.

War es nur ein Traum gewesen? Oder eine Warnung?

Kapitel 17

Es war eine ruhige Nacht in Emils Laden – oder besser gesagt, die Art von Ruhe, die wie eine täuschende Illusion in der Luft hing. Emil und Wilhelmina standen beisammen, in ein leises Gespräch vertieft, als ein ohrenbetäubendes Krachen die Stille zerriss. Die Vordertür flog aus den Angeln, und eine Welle von Jägern stürmte herein, bewaffnet und entschlossen. Im Mittelpunkt stand Friedrich, dessen Gesicht vor kaltem Zorn förmlich glühte.

„Das ist es also," murmelte Emil trocken und warf Wilhelmina einen wissenden Blick zu. „Familienbesuch. Hätte er wenigstens an die Tischmanieren gedacht."

„Wilhelmina!" Friedrichs Stimme hallte wie ein Peitschenknall durch den Raum, und der Ausdruck in seinen Augen verriet, dass dies kein Aufeinandertreffen unter Verwandten sein würde. „Tritt von diesem Mann zurück. Sofort."

Wilhelmina spürte, wie ihr Herzschlag sich beschleunigte, doch sie hielt sich aufrecht und begegnete seinem Blick mit brennender Entschlossenheit. „Nein, Vater. Das werde ich nicht."

Friedrich schnaubte, und seine Augen verengten sich. „Du verstehst nicht, in was du dich da hineinbegibst. Dieser Mann ist ein Verräter. Er wird dich in den Abgrund reißen, wenn du ihm weiter folgst."

„Wirklich? Und was ist mit dem Abgrund, den du für mich vorbereitest, Vater?" entgegnete sie mit eisiger Stimme. „Du lässt mir keine Wahl. Willst du mich wirklich zwingen, hier und jetzt eine Entscheidung zu treffen?"

Friedrichs Kiefer mahlte, und er hob seine Waffe, während die Jäger sich kampfbereit um ihn scharten. „Eine Entscheidung? Es gibt keine Entscheidung, Wilhelmina. Entweder du kommst mit mir... oder du gehst unter."

„Interessant," mischte Emil sich mit einem sardonischen Lächeln ein. „Ist das die neue Definition von väterlicher Fürsorge? Ich habe da wohl etwas verpasst."

Die Jäger machten einen Schritt auf Emil zu, und die Luft im Raum schien sich mit einer gefährlichen Spannung aufzuladen. Wilhelmina stellte sich zwischen die beiden Männer, die unterschiedlicher nicht hätten sein können – und doch fühlte sie, dass ihre Bindung zu beiden sie in den Abgrund zu reißen drohte.

„Wilhelmina," warnte Emil leise, „mach dich bereit. Sie werden nicht zögern."

In diesem Moment gab Friedrich ein Handzeichen, und die Jäger griffen an. Wilhelmina zog blitzschnell ihr Schwert, ihr Herz hämmerte in ihrer Brust, als sie den ersten Angriff abwehrte. Emil war an ihrer Seite, und ihre Bewegungen passten sich instinktiv aneinander an, als wären sie zwei Hälften eines Ganzen.

„Wirklich, Vater?" rief sie über das Schlachtgetümmel hinweg, während sie einen weiteren Angreifer abwehrte. „Du hast mir beigebracht zu kämpfen – hast du erwartet, dass ich all das vergesse, wenn ich in Gefahr bin?"

Friedrichs Blick verfinsterte sich. „Du kämpfst an der falschen Seite, Wilhelmina. Du begreifst nicht, dass dieser Mann dich zu seinem Werkzeug macht."

„Und wenn das wahr ist?" rief sie, während sie einen weiteren Hieb parierte. „Es ist trotzdem meine Wahl!"

Emil neben ihr grinste leicht, seine Augen blitzten vor Stolz und etwas, das fast wie Belustigung wirkte. „Nett, wie du das formuliert hast, Wilhelmina. Wie schmeichelhaft, als Werkzeug bezeichnet zu werden."

„Fokus, Emil," fauchte sie zurück, ihre Augen funkelten vor Zorn und Entschlossenheit. „Wir stehen im Kampf gegen die Bruderschaft, falls du es noch nicht bemerkt hast."

Er nickte knapp und wirbelte herum, um sich dem nächsten Angreifer zu stellen. Die beiden kämpften Seite an Seite, ihre Bewegungen waren synchron, fast als ob eine magische Verbindung sie leiten würde. In diesem Moment war jede Feindschaft und jeder Zweifel verbannt – sie waren eins, und das wusste auch Friedrich. Er zögerte einen Moment zu lang, und Wilhelmina nutzte die Gelegenheit, um einen der Angreifer auszuschalten.

Die Jäger wichen langsam zurück, überrascht von der Stärke und Entschlossenheit, die von Wilhelmina und Emil ausging. Friedrich hob seine Hand und rief den Rückzug aus, seine Augen fixierten Wilhelmina mit einem Blick, der Verachtung und Bedauern vermischte.

„Dies ist nicht vorbei, Wilhelmina," sagte er kalt. „Du wirst noch den Tag bereuen, an dem du dich gegen deine Familie gestellt hast."

„Vielleicht," antwortete sie ruhig, obwohl ihr Herz noch immer wild klopfte. „Aber es ist mein Tag – meine Entscheidung."

Friedrichs Blick verfinsterte sich ein letztes Mal, bevor er und seine Männer sich zurückzogen, ihre Schritte hallten wie ein dunkles Versprechen in der Stille des Ladens wider.

<hr />

Kaum waren die Schritte der Bruderschaft verklungen, herrschte eine beklemmende Stille im Laden. Der Raum war voller zerbrochener Regale, zersplittertem Glas und einer Spannung, die die Luft zum Schneiden brachte. Emil trat zu Wilhelmina, sein Blick ernst, aber ein Hauch von Stolz lag in seinen Augen.

„Also, mein tapferes Werkzeug," sagte er mit einem Anflug von Sarkasmus, „hast du Lust auf eine kleine Flucht durch die Schatten Münchens?"

Wilhelmina schnaufte und lächelte müde. „Ach, ich dachte, das hier wäre der Plan – ein paar Dutzend Jäger, eine alles entscheidende Schlacht, und am Ende würden wir uns romantisch zwischen den Trümmern schwören, bis zum Tod zusammenzuhalten."

Er lachte trocken. „Wir können das Arrangement später gerne noch einmal überdenken. Aber jetzt sollten wir uns lieber in Sicherheit bringen, bevor dein Vater beschließt, zurückzukehren und... weniger höflich zu sein."

Er griff nach ihrer Hand, und sie spürte seine Entschlossenheit und die Wärme, die von ihm ausging. Er führte sie zu einem unscheinbaren Regal, das er beiseiteschob, um einen versteckten Durchgang freizulegen. Hinter dem Regal öffnete sich ein schmaler Gang, der in die Dunkelheit führte.

„Seit wann hast du einen Geheimgang in deinem Laden?" fragte sie überrascht.

„Ein paar Geheimgänge gehören zu den Basis-Anforderungen, wenn man eine Vergangenheit wie meine hat," erwiderte er trocken. „Man weiß nie, wann man ein paar... neugierige Besucher auf Distanz halten muss."

Sie folgte ihm, während er sie durch den engen, finsteren Tunnel führte. Der Weg war eng, und die Luft war stickig, aber die Nähe zu Emil ließ sie die Kälte und das Unbehagen vergessen. Die Wände des Tunnels waren rau und feucht, und das Flackern der Fackel, die Emil in der Hand hielt, warf seltsame Schatten auf die Wände. Die Spannung zwischen ihnen schien mit jedem Schritt zuzunehmen, als ob die Dunkelheit und das enge Gefängnis des Tunnels sie einander näher brachten.

„Schöner hätte ich mir diesen Fluchtweg kaum vorstellen können," murmelte Wilhelmina, während sie versuchte, an einer besonders niedrigen Stelle den Kopf einzuziehen.

Emil grinste in der Dunkelheit. „Es ist nicht gerade ein Ballsaal, ich gebe es zu. Aber ich hatte auch nicht vor, es als Ort für romantische Treffen zu nutzen. Jedenfalls nicht, bevor du hier aufgetaucht bist."

Sie lachte leise, und die Hitze, die von ihm ausging, wurde intensiver. Die Enge des Tunnels, die Dunkelheit und das schmale Licht der Fackel ließen ihre Gesichter einander so nah erscheinen, dass sie fast seinen Atem auf ihrer Haut spüren konnte. Jeder Schritt schien sie tiefer in einen Moment der Nähe zu ziehen, den sie inmitten der Gefahr beinahe vergessen hätte.

„Emil," flüsterte sie schließlich, ihre Stimme war kaum mehr als ein Hauch. „Was machen wir hier wirklich?"

Er hielt inne und sah ihr tief in die Augen, das Licht der Fackel spiegelte sich in seinem Blick. „Was auch immer die Zukunft bringt, Wilhelmina," sagte er leise, „in diesem Moment sind wir hier – nur wir. Und das kann uns niemand nehmen."

Bevor sie wusste, wie ihr geschah, zog er sie an sich, seine Lippen trafen auf ihre, und der Kuss war intensiv und voller Verlangen, das die bedrückende Enge des Tunnels durchdrang. Ihre Hände fanden ihren Weg auf seine Brust, ihre Finger vergruben sich in den Stoff seiner Jacke, während sie sich ihm hingab, als wäre dies ihr letzter Moment des Friedens.

Die Wände schienen enger zu werden, der Tunnel verschwamm, und die Welt außerhalb dieses Moments verlor an Bedeutung. Es war ein Kuss, der voller ungesagter Worte, tiefer Gefühle und all der Ängste war, die sie in sich trug. Sie lösten sich voneinander, doch ihre Stirn ruhte gegen seine, und sie spürte seinen schnellen Atem auf ihrer Haut.

„Wir sollten weiter," flüsterte er schließlich, seine Stimme rau und ein wenig heiser.

„Ja," antwortete sie leise, und ein kleines Lächeln huschte über ihre Lippen. „Sonst finden uns die Jäger hier noch... in einer unpassenden Position."

Er lachte, und die Spannung brach für einen Moment, bevor sie wieder ernst wurden. Gemeinsam setzten sie ihren Weg durch den Tunnel fort, ihre Finger fest ineinander verschlungen, als wären sie ein stilles Versprechen, das sie in die Dunkelheit führte.

⚜

Der Tunnel endete schließlich in einem kleinen, versteckten Raum, der kaum größer als eine Abstellkammer war und in den eine knarrende Holztür hineinführte. Als sie die Tür öffneten, wurden sie von einem vertrauten Gesicht begrüßt: Isabella stand da, in all ihrer undurchschaubaren Eleganz, als ob sie sie bereits erwartet hätte.

„Na, wer hätte gedacht, dass ihr hier auftaucht," begann sie mit einem halb amüsierten, halb abwesenden Lächeln. „Flitterwochen im Keller, Emil? Dein Geschmack war auch schon mal besser."

Emil schnaubte und verschränkte die Arme vor der Brust. „Und ich dachte, du schätzt meine Flexibilität in der Wahl meiner Unterkünfte."

Wilhelmina zog eine Augenbraue hoch. „Wolltest du hier unten einen Empfang vorbereiten, Isabella? Es ist ja wirklich... charmant."

Isabella ließ sich von den bissigen Bemerkungen nicht beirren und deutete mit einem leichten Kopfnicken auf ein paar alte Stühle in der Ecke des Raumes. „Setzt euch. Es gibt einiges zu besprechen, bevor wir uns weiter verstecken."

„Oh, wie geheimnisvoll," murmelte Wilhelmina und folgte der Einladung, während sie ihre Arme verschränkte und Isabella forschend ansah. „Lass mich raten – wir hören gleich von einer jahrhundertealten Prophezeiung, die plötzlich irgendwie... relevant geworden ist?"

Isabella lächelte spöttisch. „Du bist scharfsinnig, Wilhelmina. Aber diesmal ist es keine dieser Prophezeiungen, die auf einer

Pergamentrolle in einem alten Keller verstauben. Es ist eine Prophezeiung, die direkt in deiner Familie verwurzelt ist."

Wilhelmina warf Emil einen alarmierten Blick zu, bevor sie sich wieder an Isabella wandte. „Was meinst du damit?"

„Deine Familie, Wilhelmina – die Lichtenbergs – waren von Anfang an mit den Hexen verbunden. Es ist kein Zufall, dass du und Emil hier zusammen sitzen." Isabella musterte sie mit einem geheimnisvollen Blick. „Eure Verbindung ist die Erfüllung eines uralten Paktes zwischen Jägern und Hexen. Ein Pakt, den deine Vorfahren, insbesondere deine Mutter, geschlossen haben."

Emil hob skeptisch die Augenbrauen. „Interessant, Isabella. Und warum haben wir davon nie etwas gehört?"

Isabella verschränkte ihre Arme und lehnte sich gegen die feuchten Wände des Raumes. „Weil es niemand wissen sollte. Dieser Pakt ist der Grund, warum die Bruderschaft so besessen davon ist, Wilhelmina von dir fernzuhalten, Emil. Sie fürchten, dass eure Verbindung etwas entfesselt, das sie nicht kontrollieren können."

„Und was genau ist das?" Wilhelmina spürte, wie eine seltsame Mischung aus Faszination und Unbehagen in ihr aufstieg. „Worauf läuft das alles hinaus, Isabella?"

Isabella schwieg einen Moment, als würde sie abwägen, wie viel sie preisgeben konnte. „Es gibt eine alte Prophezeiung, die besagt, dass die Vereinigung einer Jägerin und eines Hexenmeisters eine Macht freisetzen könnte, die stärker ist als die Bruderschaft und der Schattenrat zusammen. Eine Kraft, die den alten Frieden wiederherstellen könnte – oder alles zerstören würde."

Wilhelmina lachte leise, ohne Humor. „Na großartig. Eine Liebesgeschichte als nukleare Bedrohung für die übernatürliche Welt. Wundervoll."

„Jetzt verstehst du, warum die Bruderschaft Angst hat," sagte Isabella ernst. „Dein Vater weiß, was auf dem Spiel steht. Für ihn bist du ein Mittel zur Kontrolle dieser Macht – oder eine Gefahr, die beseitigt werden muss."

Emil legte eine Hand auf Wilhelminas Schulter, seine Augen hart und entschlossen. „Das bedeutet also, dass wir einen Weg finden müssen, bevor sie ihre Pläne umsetzen können."

Isabella nickte langsam. „Genau. Aber dieser Weg wird nicht einfach sein. Denn die Fehde zwischen Hexen und Jägern ist älter, als ihr beide seid. Und die Bruderschaft wird alles daran setzen, diesen alten Hass zu nutzen, um euch zu trennen."

„Also, was schlägst du vor, Isabella?" Wilhelmina sah sie forschend an, ihre Augen funkelten vor Entschlossenheit. „Sollen wir aufgeben und uns voneinander fernhalten?"

Isabella schüttelte den Kopf. „Aufgeben wäre das Schlimmste, was ihr tun könntet. Die Prophezeiung lässt offen, wie sich die Dinge entwickeln – ob Zerstörung oder Frieden. Aber sie lässt keinen Raum für Untätigkeit. Ihr müsst handeln, und zwar jetzt. Und das bedeutet, dass ihr zusammenbleiben müsst, egal, was die Bruderschaft versucht."

Wilhelmina schnaubte und lächelte leicht. „Das kann ich mir einrichten."

Isabella nickte knapp und warf einen schnellen Blick zur Tür. „Gut, dann folgt mir. Es gibt einen Ort, an dem ihr vorerst sicher seid. Und glaubt mir, Friedrich wird ihn nicht finden – nicht, solange ich lebe."

Mit einem letzten, vielsagenden Blick führte Isabella sie weiter in den Tunnel.

Nachdem Isabella sie durch den düsteren Tunnel geführt hatte, standen Wilhelmina und Emil schließlich vor einem schmalen Durchgang, der sich in eine dichte, dämmerige Waldlandschaft öffnete. Der Wald war so still und bedrohlich wie das letzte Glimmen der Abenddämmerung, die zwischen den Bäumen auf das Moos und die unterdrückte Vegetation fiel.

Kaum hatten sie die ersten Schritte in die Freiheit getan, als eine vertraute Gestalt aus den Schatten trat – Lieselotte, in einen langen Mantel gehüllt, ihr Gesicht halb im Schatten verborgen. Sie nickte ihnen knapp zu und ließ dabei ihren Blick über die beiden schweifen, wobei ihr Gesichtsausdruck zwischen Sorge und Entschlossenheit schwankte.

„Wilhelmina, Emil," begrüßte sie sie mit einer Stimme, die leise und fest war. „Isabella hat mich informiert, und ich muss zugeben, dass ich nicht damit gerechnet hätte, euch beide hierher zu bringen. Es gibt nicht viele, die sich in diese Gebiete wagen würden."

Emil hob eine Augenbraue und blickte skeptisch um sich. „Ach, das berüchtigte Werwolf-Territorium? Wie... einladend."

Lieselotte verzog den Mund zu einem halben Lächeln. „Keine Sorge, Emil. Die Wölfe mögen Besuch – solange man ihre Grenzen respektiert. Und ich kann dir versichern, dass du mit mir zumindest einen minimalen Schutz hast."

Wilhelmina schüttelte den Kopf, ein sarkastisches Lächeln auf den Lippen. „Großartig. Mein Versteck vor der Bruderschaft endet in einem Revier von Kreaturen, die nicht gerade für ihre Gastfreundschaft bekannt sind."

„Besser als Friedrichs Zellen, oder?" entgegnete Lieselotte trocken, ihre Augen funkelten amüsiert. „Außerdem schulden mir die Wölfe einen Gefallen, also nutzt das zu eurem Vorteil, solange ihr könnt."

Wilhelmina runzelte die Stirn, ihr Blick prüfend. „Du sprichst von diesen Wölfen, als wären sie dir wohlgesonnen. Was verheimlichst du, Lieselotte?"

„Ein gewisses Vertrauen schadet nie, Wilhelmina," sagte Lieselotte mit einem Hauch von Ironie. „Jeder hat seine Geheimnisse, und meine... haben mir hierüber gewisse Privilegien verschafft." Sie drehte sich um, ohne eine Erklärung, und bedeutete ihnen, ihr zu folgen.

Der Weg führte tiefer in den Wald hinein, und die Dämmerung wich zunehmend der nächtlichen Dunkelheit. Der Boden unter ihren Füßen war feucht und uneben, und die Äste knarrten im Wind, als ob sie die Ankunft der Fremden unwillig begrüßten. Nach einigen Minuten der Stille durchbrach Emil schließlich die Stille.

„Lieselotte," begann er, seine Stimme kühl, „ist das alles wirklich notwendig? Es ist, als würdest du uns in das Territorium der Wölfe locken, als ob du selbst einer von ihnen wärst."

Lieselotte blieb abrupt stehen und drehte sich um, ihr Blick durchdringend und eine Spur belustigt. „Du solltest dir merken, Emil, dass ich weitaus mehr mit ihnen gemein habe, als du denkst."

Wilhelmina sah sie mit geweiteten Augen an. „Bist du...? Heißt das..."

Lieselotte zuckte die Schultern. „Sagen wir, mein Herz schlägt für einen Alpha. Nicht mehr und nicht weniger. Du solltest wissen, Wilhelmina, dass die Liebe uns manchmal an die seltsamsten Orte führt."

„Das kann ich kaum abstreiten," murmelte Wilhelmina und tauschte einen vielsagenden Blick mit Emil.

Lieselotte nickte ihnen kurz zu, bevor sie ihnen bedeutete, weiterzugehen. „Aber jetzt genug gesprochen. Ich bringe euch zu einem sicheren Ort. Es ist besser, sich nicht zu lange hier aufzuhalten, auch wenn ich einige der Bewohner auf unserer Seite habe."

Nach einem weiteren Marsch durch die Finsternis des Waldes erreichten sie eine kleine, versteckte Hütte, die halb unter einem Überhang aus Felsen verborgen lag. Die Fenster waren von außen abgedeckt, und nur ein winziges, kaum sichtbares Licht sickerte durch die Ritzen des Holzes. Lieselotte öffnete die Tür und ließ sie eintreten.

„Bleibt hier für eine Weile," sagte sie mit einem ernsten Blick. „Die Bruderschaft wird nicht sofort nach euch suchen. Aber sie wird kommen, wenn ihr hier länger bleibt. Das ist nur ein temporäres Versteck."

Wilhelmina atmete tief ein und nickte. „Danke, Lieselotte. Ich weiß, was du riskierst."

„Riskieren ist mein zweiter Vorname," entgegnete Lieselotte mit einem schelmischen Lächeln, bevor sie die Tür leise schloss und in die Nacht verschwand. Wilhelmina und Emil standen still da, die Stille der Hütte war beinahe erdrückend.

Emil seufzte und legte den Arm um Wilhelmina. „Wenn ich gewusst hätte, dass das alles eine Flucht mit Werwolf-Drama wird, hätte ich dir schon früher einen Antrag gemacht."

Wilhelmina lachte leise. „Nun, du hast immer noch die Gelegenheit." Sie lehnte sich an ihn und ließ den Moment der Ruhe auf sich wirken.

Kapitel 18

In der gedämpften, fast unheimlichen Stille des Verstecks klopfte es an der Tür. Emil erstarrte kurz und musterte die Tür, als wüsste er bereits, wer auf der anderen Seite stand. Er öffnete sie vorsichtig, und ein Mann mit einer Aura aus Dunkelheit und Macht trat ein – Graf Viktor von Blutfels. Sein Anblick ließ den Raum kühler erscheinen, als ob die Dunkelheit selbst ihn begleiten würde.

„Emil," begann der Graf mit einem schmeichelnden Lächeln, das jegliche Freundlichkeit vermissen ließ. „Wie schön, dich in solch... vertrauter Umgebung zu finden. Offenbar sind dir einfache Verstecke nicht mehr genug?"

Emil verschränkte die Arme und warf ihm einen kalten Blick zu. „Graf von Blutfels. Wenn du gekommen bist, um deinen Charme auszuprobieren, dann befürchte ich, dass deine Reise vergeblich war."

Der Graf lachte leise, ein kaltes, leeres Geräusch. „Ach, Emil, ich bewundere deine Sturheit. Aber diesmal habe ich tatsächlich ein Angebot, das du nicht so leicht ablehnen kannst."

Emil zog eine Augenbraue hoch, seine Stimme blieb schneidend. „Ein Angebot? Lass mich raten – ein Handel, bei dem ich dir alles gebe und im Gegenzug... Nichts erhalte?"

Der Graf trat näher, sein Blick durchdringend und voller kalkulierter Kälte. „Nicht ganz. Ich biete dir Schutz für Wilhelmina – vollständigen Schutz, wie sie ihn von der Bruderschaft niemals erwarten könnte. Sie wird in Sicherheit sein, fernab von all den Gefahren, die sie umgeben."

Emil beobachtete ihn einen Moment schweigend. Er wusste, dass der Graf nie ohne Hintergedanken handelte. „Und was verlangst du dafür?"

„Nichts Großes," sagte der Graf mit einem höhnischen Grinsen. „Nur ein wenig... Loyalität. Du wirst mit mir zusammenarbeiten, Emil. Und du wirst mir bei der Zerschlagung der Bruderschaft helfen. Deine Informationen, deine Kontakte – das alles könnte von großem Wert sein."

Emil erwiderte seinen Blick stumm, die Luft war voll von unausgesprochenen Fragen und Anspannung. Die Vorstellung, sich mit dem Grafen zusammenzuschließen, war widerwärtig – und doch lag eine kalte Logik in seinem Angebot.

„Und wie kann ich sicher sein, dass du dein Versprechen hältst?" fragte Emil, ohne eine Gefühlsregung zu zeigen.

Graf von Blutfels lächelte selbstzufrieden. „Ah, Emil, du weißt, dass ich mein Wort halte. Schließlich habe ich viel zu verlieren, wenn ich dich verärgere."

Für einen langen Moment herrschte Schweigen zwischen ihnen, das nur durch das gedämpfte Ticken einer Uhr durchbrochen wurde. Schließlich nickte Emil langsam, als würde er sich der Schwere seiner Entscheidung bewusst werden.

„Einverstanden," sagte er, seine Stimme tonlos. „Ich werde auf dein Angebot eingehen."

Der Graf hob eine Augenbraue und nickte zufrieden. „Klug. Ich schätze, wir werden sehen, wie weit dein Wille reicht. Bis dahin... behalte deinen neuen Verbündeten im Auge, Emil. Denn dieser Weg, den du nun beschreitest – er ist gefährlicher als jeder zuvor."

Mit diesen Worten drehte sich der Graf um und verschwand aus dem Raum, sein Schatten glitt mit ihm und ließ Emil in einer Dunkelheit zurück, die schwerer war als zuvor. Emil wusste, dass dieses „Bündnis" ihn auf einen schmalen Grat zwischen Verrat und

Pflicht führen würde. Und dennoch – wenn es Wilhelmina schützte, war er bereit, diese Last zu tragen.

※

Nachdem der Graf gegangen war, blieb Emil reglos zurück. Die Last des Angebots, das ihm soeben gemacht worden war, lag schwer auf ihm. Verrat an der Bruderschaft im Austausch für Wilhelminas Sicherheit – das allein war schon ein toxisches Geschenk. Aber wenn es bedeutete, dass sie unversehrt blieb, würde er jedes noch so gefährliche Spiel spielen.

Als Wilhelmina das Zimmer betrat, schloss er kurz die Augen, um den Ausdruck in seinem Gesicht zu verbergen. Doch sie kannte ihn inzwischen zu gut.

„Du siehst aus, als hättest du ein Gespräch mit einem Geist gehabt," sagte sie, und ihr Tonfall trug einen Hauch von Ironie, aber auch Sorge. „Ist es das, was von Blutfels wollte? Dich zu seinem Verbündeten machen?"

Emil zögerte und suchte nach Worten, die weder Lüge noch schmerzliche Wahrheit waren. „Sagen wir, er hat mir ein... *lukratives* Angebot gemacht. Und du weißt, wie verführerisch seine kleinen Deals sein können."

Wilhelmina verschränkte die Arme und musterte ihn scharf. „Und? Hast du dich hinreißen lassen, Emil? Bist du jetzt sein neuer bester Freund?" Ihre Augen glitzerten gefährlich, aber in ihnen lag auch Angst – Angst vor dem, was sie beide trennte, und vor dem, was kommen könnte.

Er trat näher, seine Hand glitt zögernd über ihre Wange, bevor sie an ihrem Kinn verharrte und ihren Blick einfing. „Ich würde alles tun, um dich zu schützen, Wilhelmina. Das weißt du."

Ein Schatten flog über ihr Gesicht, und sie erwiderte sein eindringliches Schweigen mit einer Mischung aus Zorn und Zuneigung. „Und wenn das bedeutet, dich in diese Intrigen zu stürzen, die der Graf spinnt? Was, wenn du dich in etwas verwickelst, aus dem es kein Entkommen gibt?"

Er zog sie dichter an sich, seine Augen flackerten in dem gedämpften Licht des Raums, und ein seltsames Lächeln umspielte seine Lippen. „Dann ist dies vielleicht unsere letzte Nacht, bevor sich die Dinge ändern – und ich weiß nicht, wohin sie führen. Aber ich weiß, dass ich in diesem Moment nur eines will: dich."

Ihre Lippen berührten sich, erst zögernd, dann immer intensiver, während die Anspannung zwischen ihnen zu etwas Greifbarem wurde. Sie spürte die Magie, die ihn umgab – eine Energie, die sich wie ein elektrischer Strom durch ihre Haut zog und ihre Sinne schärfte. Es war, als würde jede Berührung, jeder Kuss eine unsichtbare Flamme entfachen, die sie beide umhüllte.

Seine Finger glitten über ihre Schultern und hinterließen eine prickelnde Spur, die sich in Wellen der Erregung durch ihren Körper zog. Sie erwiderte seine Berührungen, mit einer Leidenschaft, die sie kaum unterdrücken konnte, während die Realität und all ihre Probleme immer weiter verblassten. Die Magie schien eine eigene Sprache zwischen ihnen zu sprechen, eine Melodie, die nur sie beide hören konnten.

„Was ist das, Emil?" flüsterte sie schließlich, während sie seinen Blick suchte. „Diese Magie... fühlt sich anders an."

Er sah sie an, und sein Lächeln wurde weicher. „Vielleicht ist es das Letzte, was ich geben kann – alles, was ich bin, in diesem Moment."

Die Nacht verging in einem Strudel aus Emotionen und Zärtlichkeit, und für einen Augenblick war die Welt um sie herum nicht mehr als ein Schatten, unwichtig und fern.

⚜

Das kalte Morgenlicht strahlte durch die Fenster des Familienanwesens, als Friedrich in seiner privaten Bibliothek stand, von einer nervösen Unruhe erfüllt. Er hatte die ganze Nacht hindurch versucht, eine Lösung für das Problem seiner widerspenstigen Tochter zu finden. Doch nichts, was er bisher getan hatte, schien Wilhelmina davon abbringen zu können, sich Emil und dessen verfluchten Geheimnissen anzuschließen.

Er schlug einen alten Schrank auf, in dem er die persönlichen Aufzeichnungen seiner verstorbenen Frau aufbewahrte. Ihr Tagebuch war sorgfältig gebunden und verstaubt, als hätte es jahrelang darauf gewartet, wieder entdeckt zu werden. Es war das Einzige, was ihm geblieben war, um sich ihr nahe zu fühlen – und zugleich das Einzige, was ihn je daran gehindert hatte, vollständig in die Kälte seiner Rolle als Bruderschaftsoberhaupt zu verfallen.

Doch heute öffnete er das Tagebuch aus einem anderen Grund. Er hatte schon viel zu lange ein unbehagliches Gefühl – als hätte sie ihm etwas Wichtiges verschwiegen, etwas, das tief in diesen Seiten verborgen lag. Langsam blätterte er die Seiten um, und seine Augen huschten über die vertraute Handschrift. Erst waren es nur Alltagsnotizen, Erinnerungen an ihre Zeit zusammen und an Wilhelminas Kindheit. Doch dann blieb sein Blick an einem bestimmten Eintrag hängen.

„Heute habe ich die Bruderschaft wiedergesehen," las er leise vor sich hin, „und wieder einmal spüre ich die Distanz, die sie zwischen uns und den Hexen treiben wollen. Doch in meinem Blut... ja, ich weiß, dass sie es ahnen. Sie fürchten die alte Verbindung, die ich in mir trage. Aber was sie nicht wissen: Diese Kraft wird auf unsere Tochter übergehen."

Friedrich erstarrte. *Eine Verbindung zu den Hexen?* Seine Frau, seine geliebte und so loyale Gefährtin, hatte ihn nie auf diesen Teil ihrer Vergangenheit aufmerksam gemacht. Sein Griff um das Tagebuch verstärkte sich, während er weiterlas.

„Wilhelmina wird eines Tages eine Entscheidung treffen müssen," las er, seine Stimme zitterte leicht. „Sie wird den Weg zwischen Licht und Dunkelheit wählen. Doch egal, welchen sie geht – sie wird die Kraft in sich tragen, die die Bruderschaft entweder heilen oder zerstören kann."

Friedrich schluckte schwer. Die Wahrheit über Wilhelminas Herkunft, die Macht ihrer Mutter und das unausgesprochene Erbe, das sie hinterlassen hatte, sickerte wie ein eiskalter Schauer in ihn ein. Es war nicht nur die Liebe zu Emil, die seine Tochter in diesen gefährlichen Strudel gezogen hatte – es war ihr Schicksal.

„Verflucht," murmelte er leise und schlug das Buch zu. Jetzt war klar, warum Wilhelmina so rastlos und widerspenstig war, warum sie sich mit Emil, einem Hexenmeister, eingelassen hatte. Sie konnte gar nicht anders, denn das Band zu dieser anderen Welt war ihr angeboren.

Ein Gefühl von Verzweiflung und Zorn durchströmte ihn. Die Bruderschaft wusste nichts von all dem, und wenn sie es wüssten, würden sie seine Tochter ohne Zögern zur Feindin erklären. Doch jetzt, mit diesem Wissen, stand er zwischen zwei Welten – der Pflicht zur Bruderschaft und der Verantwortung als Vater.

In diesem Moment wusste er, dass er die Kontrolle über Wilhelmina endgültig verloren hatte. Er konnte nur hoffen, dass das Schicksal sie nicht in den Abgrund reißen würde, den sie unwissentlich beschritt.

In der Dämmerung, als der Tag langsam zur Neige ging, saßen Lieselotte und Magnus in einer kleinen, versteckten Hütte am Rand des Werwolf-Territoriums. Der Raum war von der Unruhe der vergangenen Tage geprägt, und die Luft war erfüllt von einer Mischung aus Aufregung und Anspannung. Auf einem Tisch lagen Karten und Notizen verstreut, während die beiden sich über einen Plan berieten, der mehr als nur ein riskantes Spiel war.

„Wenn wir Wilhelmina und Emil ablenken wollen, brauchen wir einen Plan, der sowohl den Jägern als auch dem Grafen genug ablenkt, damit sie nicht auf unsere Spur kommen," erklärte Magnus, während er mit dem Finger über die Karte strich, die den Wald und die umliegenden Gebiete zeigte.

„Also, wie wäre es mit einem kleinen Feuerwerk in der Stadt?" schlug Lieselotte sarkastisch vor und warf ihm einen herausfordernden Blick zu. „Ein paar magische Effekte hier und da – ein bisschen Aufruhr und zack! Die Bruderschaft vergisst, dass es überhaupt noch einen Emil gibt."

„Sehr witzig," entgegnete Magnus mit einem ironischen Unterton. „Wir können nicht einfach die Stadt in Brand setzen, nur um ein bisschen Drama zu erzeugen. Was wir brauchen, ist etwas Subtiles. Ablenkung, die sie glauben lässt, dass wir die Kontrolle haben."

Lieselotte ließ sich in ihren Stuhl zurückfallen und starrte an die Decke, als könnte die Antwort dort irgendwo hängen. „Was ist mit den Wölfen? Wir könnten ein paar von ihnen in die Stadt schicken, um für Chaos zu sorgen. Das würde die Aufmerksamkeit der Jäger und des Grafen auf sich ziehen."

„Die Wölfe sind keine Marionetten, die wir einfach nach Belieben bewegen können," erwiderte Magnus mit einem Seufzen. „Sie werden ihre eigenen Interessen verfolgen, und ich bin nicht sicher, ob sie bereit sind, uns zu helfen, vor allem nach dem, was zwischen uns und der Bruderschaft vorgefallen ist."

„Du bist der Alpha, Magnus. Wenn du einen Plan hast, solltest du dich einfach durchsetzen. Das ist, was Alphas tun, nicht wahr?" Sie lächelte schief, während sie ihn herausfordernd ansah.

„Die Wölfe sind nicht nur ein Werkzeug, Lieselotte. Sie sind ein Volk, das Loyalität und Respekt verlangt, und sie werden nicht einfach für uns kämpfen, nur weil wir es sagen. Vor allem nicht, wenn ich nicht einmal sicher bin, ob ich mein eigenes Volk noch anführen kann."

„Das ist nicht gerade optimistisch von dir," bemerkte Lieselotte. „Ich dachte, Alphas wären immer zuversichtlich."

Magnus schüttelte den Kopf, ein sarkastisches Lächeln auf den Lippen. „Optimismus ist für die Schwachen. Wir brauchen einen Plan, der uns nicht nur schützt, sondern auch Wilhelmina und Emil eine Chance gibt, sich zu entfalten. Sie sind die Schlüssel zu unserem Überleben, auch wenn sie es noch nicht wissen."

„Und wenn die Bruderschaft uns bereits auf der Spur ist?" fragte Lieselotte mit ernster Miene. „Was, wenn sie uns schon beobachtet haben? Wir könnten in eine Falle geraten."

„Dann müssen wir sie überlisten. Du und ich müssen ein Ablenkungsmanöver organisieren, das groß genug ist, um sie von Wilhelmina und Emil abzulenken. Vielleicht können wir die Wölfe einbeziehen – eine vereinbarte Konfrontation, die viel Lärm und Staub aufwirbelt, sodass die Jäger mit dem Aufräumen beschäftigt sind."

„Also, du planst, uns in eine Gefahr zu bringen, um sie von Wilhelmina und Emil abzulenken?" Sie hob die Augenbrauen, der Sarkasmus in ihrer Stimme war unüberhörbar.

„Genauso. Wenn wir sie genug beschäftigen, haben wir die Chance, Wilhelmina und Emil zu schützen. Und wenn alles gutgeht, vielleicht können wir die Bruderschaft von innen heraus schwächen."

Lieselotte sah ihn an, das Schicksal ihrer Freunde und ihrer Familie auf dem Spiel. „Na gut, Magnus. Lass uns einen Plan ausarbeiten. Wenn das hier schiefgeht, können wir immer noch im Chaos untertauchen und die Stadt in Brand setzen."

„Das klingt nach einem hervorragenden Plan für einen Feierabend," sagte Magnus mit einem schiefen Grinsen. „Aber ich glaube, wir sollten es vielleicht vermeiden, die Stadt wirklich in

Brand zu setzen. Es könnte etwas schwierig sein, im Anschluss an eine gewaltsame Flucht ein ruhiges Leben zu führen."

„Du und deine praktischen Überlegungen!" Sie schüttelte den Kopf und begann, die Karten zu studieren. „Also gut, was ist der erste Schritt?"

„Wir müssen die Wölfe überzeugen, sich uns anzuschließen, und das schnell," sagte Magnus mit fester Stimme. „Je schneller wir handeln, desto besser stehen unsere Chancen."

Lieselotte nickte, ihre Entschlossenheit fest. „Lass uns das tun. Für Wilhelmina und Emil – und für uns alle."

Kapitel 19

Die Dunkelheit im Saal des Schattenrats war erdrückend, durchbrochen nur von ein paar düsteren Kerzenlichtern, die wie Augen in der Dunkelheit flackerten. Wilhelmina wurde mit festem Griff von zwei Wachen hereingeführt, ihre Hände waren gefesselt, und in ihren Augen brannte ein Feuer aus Zorn und Verwirrung. Jeder Schritt hallte auf dem kalten Steinboden wider, während die Gesichter der Anwesenden in der Dunkelheit auftauchten – Beobachter, die ihre Rolle als Richter und Vollstrecker nur zu gerne annahmen.

In der Mitte des Saals stand Emil. Sein Blick war kühl, beinahe unnahbar, und für einen Moment lang fühlte sich Wilhelmina, als wäre sie der eigentliche Fremde in diesem Raum. Emil, ihr Emil, stand vor ihr und sah sie an, als würde er sie nicht erkennen.

„Emil?" Ihre Stimme klang schwach, doch in ihr lag eine unüberhörbare Anklage. „Was ist das hier?"

Der Schattenratführer, ein älterer Mann mit stechendem Blick, erhob sich und ließ seinen durchdringenden Blick auf sie fallen. „Wilhelmina von Lichtenberg. Du wirst beschuldigt, dich gegen die Bruderschaft und den Schattenrat verbündet zu haben, um eine übernatürliche Macht an dich zu reißen, die dir nicht zusteht."

„Was?!" Wilhelmina funkelte die Runde an, ein Hauch von Ironie in ihrer Stimme. „Das ist absurd. Und was hat Emil damit zu tun?"

Emil trat einen Schritt vor und sprach mit einer Kälte, die sie nie zuvor an ihm erlebt hatte. „Wilhelmina, es tut mir leid, aber ich konnte nicht länger zusehen, wie du dich auf einen Weg begibst, der uns alle gefährdet. Der Schattenrat hat mich beauftragt, dich aufzuhalten."

Ihr Atem stockte. Der Verrat war wie ein Dolchstoß, und sie kämpfte, um die Wut und den Schmerz in ihrem Inneren zu bändigen. „Du... warst die ganze Zeit über ein Spion? War all das nur ein Spiel für dich?"

Emil wich ihrem Blick aus, doch seine Lippen verzogen sich zu einem bitteren Lächeln. „Manchmal muss man Opfer bringen, Wilhelmina. Selbst wenn es die Liebe ist."

Die Worte hallten in ihr nach, und die ganze Welt schien in diesem Moment in sich zusammenzufallen. Jeder Zweifel, jeder Verdacht, den sie je verdrängt hatte, kehrte mit voller Wucht zurück. Emil hatte sie verraten – der einzige Mensch, dem sie vertraut hatte, der ihr so nah war, hatte sie ans Messer geliefert.

„Emil, du bist ein Feigling," zischte sie, während die Wachen sie fester packten. „Du hättest mir die Wahrheit sagen können, aber stattdessen hast du mich manipuliert."

Er hielt ihrem Blick stand, doch in seinen Augen blitzte für den Bruchteil einer Sekunde etwas auf, das sie nicht deuten konnte – Bedauern? Angst? Doch es war schnell wieder verschwunden, als der Anführer des Rates das Wort ergriff.

„Emil Schwarzwald hat euch alle Dienste erwiesen, die ihr in seiner Macht standen, und er hat uns rechtzeitig vor deiner Bedrohung gewarnt, Wilhelmina," verkündete der Ratsführer mit kaltem Stolz. „Es wird Zeit, dass du Rechenschaft ablegst."

Wilhelmina biss sich auf die Lippe, während sie in die finsteren Gesichter um sie herum sah. Der Mann, der sie liebte – oder geliebt hatte – stand auf der anderen Seite, bereit, sie an die Dunkelheit auszuliefern.

Während Wilhelmina im düsteren Saal des Schattenrats ihre Anklage erfuhr, schritt Friedrich rastlos in seiner privaten Bibliothek auf und ab. Die Erkenntnis über das Erbe seiner verstorbenen Frau hatte ihm die Nacht geraubt und ihn an die Grenzen seines Verstandes geführt. Seine Tochter, die scheinbar seine Feindin geworden war, stand nun im Zentrum einer Macht, die ihre Ahnen geschmiedet hatten. Und er – er, der sich jahrzehntelang blindlings der Bruderschaft unterworfen hatte – begann, an allem zu zweifeln.

Ein lautloses Pochen hallte in seinem Kopf wider, die leise Frage, die ihn in den Wahnsinn trieb: *War der Weg der Bruderschaft der einzige Weg?*

Er zog eine alte Schublade auf und stieß auf eine Sammlung von Papieren, die längst vergilbt und staubig waren – alte Dokumente, Aufzeichnungen der Bruderschaft, die sich bis zu den Anfängen der Fehde mit den Hexen zurückverfolgen ließen. Er blätterte durch die Papiere, seine Finger glitten über Namen und Daten, als wäre er auf der Suche nach einer verborgenen Wahrheit.

Doch je länger er las, desto schwerer wurde sein Herz. Die Bruderschaft hatte sich über Jahrhunderte als gerechte und heilige Ordnung dargestellt – die Verteidiger gegen die „dunklen Mächte". Doch aus den alten Texten sprach eine andere Geschichte: politische Bündnisse, heimliche Pakte und Verrat – alles im Namen der Macht. Er spürte, wie sich der Zweifel in ihm zu einem reißenden Strom verwandelte. Alles, was er je verteidigt hatte, alles, wofür er Wilhelmina geopfert hätte, basierte auf einem Netz von Lügen und Manipulation.

Mit zitternden Händen legte er die Dokumente beiseite und starrte aus dem Fenster, wo die Nacht über München lag. *Wenn Wilhelmina wirklich in Gefahr war, weil sie in eine uralte Prophezeiung verwickelt ist, könnte es dann sein, dass sie die Wahrheit spricht?*

Der Gedanke an seine Tochter, die vor dem Schattenrat stand, schnürte ihm die Kehle zu. In diesem Moment beschloss er, dass er mehr wissen musste. Diese alte Fehde, die seine Familie seit Generationen verfolgt hatte, musste endlich ans Licht kommen – koste es, was es wolle.

Er zog sich den Mantel über, das Gesicht zu einer entschlossenen Maske geformt, und trat hinaus in die kalte Nacht.

Wilhelmina saß in der dunklen Zelle, die der Schattenrat ihr als provisorisches Gefängnis zugedacht hatte. Die Wände waren kalt und feucht, und das schwache Licht, das durch die kleine Luke fiel, war kaum genug, um ihre Umgebung zu erkennen. Doch ihre Gedanken waren alles andere als dunkel – sie waren von Wut und Verwirrung durchzogen, und sie fanden immer wieder ihren Weg zu Emil.

Wie konnte er nur? dachte sie, und die Wut schoss ihr wieder in den Kopf, jedes Mal stärker als zuvor. Die Vorstellung, dass er sie so verraten hatte, trieb sie in einen Wirbel von Gefühlen, in denen Schmerz und Zorn miteinander rangen. Doch da war noch etwas anderes, ein Teil von ihr, der sich unwillkürlich nach ihm sehnte, ihn spüren wollte – ihn bei sich wissen wollte.

Inmitten der Dunkelheit, die sie umgab, spielte ihr Geist ein gefährliches Spiel mit ihr. Sie sah Emil vor sich, mit seinem intensiven Blick und der leicht spöttischen Art, die sie so faszinierte. Sie erinnerte sich an seine Berührungen, an seine Lippen, die mit dieser fast elektrischen Spannung auf ihrer Haut lagen. Die Erinnerung an ihre letzte Nacht miteinander ließ ihre Wangen heiß werden, und ein schwaches Zittern durchlief sie.

Was mache ich da nur? fragte sie sich selbst, doch ihre Gedanken schienen ihrem Verstand zu entgleiten. Sie stellte sich vor, wie er jetzt bei ihr wäre, wie er sie mit dieser Mischung aus Leidenschaft und

Dunkelheit ansah, die sie in seinen Bann gezogen hatte. Trotz des Verrats, trotz der Lügen – es war fast unmöglich, sich von dem Bild seiner sanften Berührungen und seiner starken Arme zu lösen.

Eine Welle von Zorn überkam sie. *Er hat dich verraten, Wilhelmina. Er hat dich ans Messer geliefert.* Sie wollte ihn hassen, wollte ihn für seine Feigheit verachten, aber tief in ihrem Inneren brannte das Verlangen nach ihm wie ein nie erlöschendes Feuer. Ihr Atem beschleunigte sich, während ihre Gedanken zwischen Wut und Begierde hin und her schossen, sich zu einer Spannung verdichteten, die sie kaum ertragen konnte.

Vielleicht ist das die größte Strafe von allen, dachte sie bitter. *Dass er dir so viel bedeutet, dass du nicht einmal in diesem Augenblick wirklich von ihm loskommst.*

Mit einem schweren Seufzen lehnte sie sich an die kalte Wand der Zelle und schloss die Augen, unfähig, den Wirbel aus Emotionen in ihrem Inneren zur Ruhe zu bringen.

Die Kerzen flackerten in dem alten, verstaubten Kellerraum, den Isabella für ihre Vorbereitung ausgewählt hatte. Der Raum lag tief unter den Gemäuern eines verlassenen Hauses, und das Licht der Kerzen schien den Raum mit einer düsteren, fast magischen Aura zu erfüllen. Isabella stand über einem alten Altar, dessen Oberfläche mit verwitterten Symbolen übersät war, während ihre Hände geheimnisvolle Muster in die Luft zeichneten.

„Ach, die Dinge, die ich für die Liebe opfere," murmelte sie ironisch, ein selbstgefälliges Lächeln umspielte ihre Lippen. „Man könnte fast meinen, ich hätte ein Herz."

Die uralten Bücher vor ihr waren aufgeschlagen, und die Worte auf den vergilbten Seiten wirkten wie aus einer anderen Welt, in einer Sprache, die längst vergessen war. Sie zog tief die Luft ein, als ob sie den Staub der Jahrhunderte in sich aufnehmen wollte, und begann die ersten Silben des Rituals zu murmeln, ihre Stimme leise und beschwörend.

„Also gut, Wilhelmina," sagte sie, als würde die Abwesende sie hören können. „Du bist im Begriff, etwas über deine Vergangenheit zu erfahren, das du niemals hättest wissen sollen. Aber sei versichert – das ist alles zu deinem eigenen Besten."

Ein Lächeln huschte über ihr Gesicht, das zugleich warm und unheilvoll wirkte. Die Anspannung in der Luft wuchs, und mit jeder ihrer Bewegungen schien die Energie im Raum dichter, drückender zu werden. Sie legte eine Reihe von Kristallen auf den Altar, sorgfältig positioniert, und griff nach einer kleinen, silbernen Schale, in der eine dunkelrote Flüssigkeit glitzerte. Es war das letzte, was sie für das Ritual benötigte – das Blut, das die Verbindung herstellen würde.

Isabella flüsterte eine letzte Formel, und die Flüssigkeit in der Schale begann sich langsam zu bewegen, als ob sie von einer unsichtbaren Hand gerührt würde. Die Kristalle leuchteten auf, und ein sanftes, unheimliches Summen erfüllte den Raum, das sich mit jedem Augenblick steigerte.

„Sieh nur, Wilhelmina," flüsterte sie, fast zärtlich, während das Licht der Kerzen auf ihre entschlossene Miene fiel. „Du wirst die Wahrheit erkennen, und du wirst verstehen, dass wir alle nur Spieler in einem gefährlichen Spiel sind – und manchmal, mein Liebes, müssen wir bereit sein, auch die höchsten Einsätze zu riskieren."

Ihre Stimme war kaum mehr als ein Flüstern, als sie das Ritual beendete. Der Raum bebte für einen kurzen Moment, und das Licht der Kristalle flackerte und erlosch dann. Die Stille, die folgte, war schwer, fast greifbar, und Isabella stand einen Moment lang inmitten des Raumes, als wäre sie von der Bedeutung dessen, was sie soeben entfesselt hatte, selbst überwältigt.

„Nun, meine liebe Wilhelmina," murmelte sie mit einem schiefen Lächeln, „die Zeit wird zeigen, ob du die Stärke hast, dich dieser Wahrheit zu stellen – oder ob sie dich verschlingt."

Mit diesen Worten löschte sie die Kerzen und verließ den Keller, während der Raum in die kalte Dunkelheit zurücksank, als hätte das Ritual nie stattgefunden.

Kapitel 20

In der stillen Dunkelheit der Zelle, in der Wilhelmina eingesperrt war, schien jede Sekunde wie eine Ewigkeit. Doch plötzlich durchdrang ein ohrenbetäubendes Krachen die Stille – die Tür flog auf, und im schwachen Licht des Korridors erkannte sie Emils Silhouette.

„Emil?" Ihre Stimme war eine Mischung aus Erleichterung und Wut. „Ich sollte dir am liebsten den Hals umdrehen!"

Er lächelte knapp, und trotz der Dringlichkeit blitzte in seinen Augen ein Funke von Humor auf. „Später, Liebes. Erst mal bringe ich dich hier raus."

„Oh, wie nobel von dir," zischte sie, während er die Fesseln an ihren Handgelenken mit einem schnellen Handgriff löste. „Hast du jetzt plötzlich ein schlechtes Gewissen?"

„Sagen wir, der Plan war etwas komplexer, als ich es ursprünglich erklärt habe." Er zog sie auf die Beine, und sie spürte, wie sich die vertraute Anspannung zwischen ihnen wieder aufbaute – nur diesmal durchsetzt mit Zorn und Enttäuschung.

„Du hast mich verraten, Emil," sagte sie kalt, während sie die Faust ballte. „War das alles ein Spiel für dich?"

„Spiel?" Emil schnaubte, während er sie rasch aus der Zelle zog. „Wenn das hier ein Spiel ist, dann ein verdammt teures, und ich verliere mit jedem Zug ein Stück von mir. Aber das erkläre ich dir später, wenn wir hier raus sind."

Noch während sie sprachen, näherten sich Schritte aus dem Schatten – von Blutfels' Wachen. Emil schob Wilhelmina hinter sich, seine Finger glitten in eine magische Geste, die die Luft um sie herum aufzuladen schien. Ein unheilvolles, rotes Licht flammte in seiner Hand auf, und die Wachen stutzten, hielten jedoch nicht lange inne.

„Komm schon, Schwarzwald!" rief einer der Wachen mit einem hämischen Lachen. „Du denkst doch nicht wirklich, dass du es gegen uns aufnehmen kannst?"

„Ich denke das nicht," erwiderte Emil kühl, „ich weiß es."

Mit einer schnellen Bewegung schleuderte er die magische Energie auf die Wachen. Ein greller Blitz erfüllte den Korridor, und der Boden unter den Füßen bebte, als sich die Wachen zurückzogen, geblendet und aus dem Gleichgewicht gebracht. Wilhelmina sah ihn an, ihre Augen voller Fragezeichen und Zweifel.

„Also war das alles geplant?" fragte sie, während sie ihn wachsam beobachtete. „Ein wunderschöner Plan, muss ich sagen. Nichts liebt eine Frau mehr als ein kleiner Verrat."

Emil schüttelte den Kopf und packte sie fest an der Hand. „Ich hatte nie vor, dich zu verraten, Wilhelmina. Aber es gab Dinge, die du nicht wissen durftest. Glaube mir, das war genauso schwierig für mich wie für dich."

„Schwierig? Nennst du das schwierig? Ich habe dir vertraut, Emil!" Ihre Stimme bebte vor Zorn, doch in ihren Augen war auch ein Hauch von Verwirrung und tiefer Verletzung.

„Ich weiß," murmelte er, und sein Gesicht nahm für einen Moment einen weichen, verletzlichen Ausdruck an. „Aber wir müssen überleben, bevor wir diese Diskussion führen können. Also, wenn du bitte deinen Zorn für den Moment zurückstellen könntest – wir haben ein paar Wachen, die uns töten wollen."

Kaum hatte er das gesagt, stürmten weitere Wachen den Korridor entlang. Mit einer einzigen, fließenden Bewegung trat Emil ihnen entgegen, seine Finger in einer weiteren magischen Geste, und der Korridor erhellte sich erneut von einem grellen Lichtblitz.

Wilhelmina nutzte den Moment, um einen der Wachen mit einem gezielten Schlag auszuschalten – ihr Training mit der Bruderschaft zahlte sich endlich aus.

„Nicht schlecht," murmelte Emil anerkennend, während er die letzten beiden Wachen mit einem weiteren magischen Blitz niederschmetterte.

„Spar dir das Kompliment," entgegnete sie scharf und warf ihm einen Blick zu, der nichts als eiskalte Enttäuschung verriet. „Du hast einiges gutzumachen."

„Das habe ich vor," antwortete er, sein Blick unverwandt auf ihr ruhend. „Aber zuerst müssen wir hier raus – und dann werde ich dir alles erklären. Ich verspreche es dir."

Mit einem letzten zornigen Blick in seine Richtung nickte Wilhelmina widerwillig und folgte ihm durch die düsteren Korridore des Verstecks.

Nachdem sie sich einen Weg durch die verschlungenen Gänge und vorbei an von Blutfels' Wachen gebahnt hatten, erreichten Emil und Wilhelmina schließlich einen kleinen, halb verfallenen Unterschlupf tief im Wald. Sie hatten kaum die Tür geschlossen, als eine Stille über sie fiel, so drückend und intensiv wie die Flucht selbst. Die Anspannung der letzten Minuten, die verborgenen Emotionen und die unausgesprochenen Worte lagen schwer in der Luft.

Wilhelmina drehte sich zu Emil um, ihre Augen funkelten vor Zorn und Sehnsucht. „Du glaubst, du kannst einfach so zurückkommen, mich aus der Zelle befreien und dann... was? Alles wieder geradebiegen?"

Emil trat einen Schritt auf sie zu, seine Augen dunkel und voller unausgesprochener Gefühle. „Ich weiß, dass ich dich verletzt habe, Wilhelmina. Aber ich hatte keine Wahl. Glaub mir, ich habe jeden

Moment dieser Lüge gehasst – doch es war die einzige Möglichkeit, dich zu schützen."

„Schützen?" Sie lachte bitter und trat einen Schritt zurück. „Emil, du hast mich in den Abgrund gestoßen und erwartest, dass ich dir dafür dankbar bin?"

Er hob eine Hand, legte sie sanft auf ihre Wange, und für einen Augenblick wirkte seine ganze Arroganz und Kühle wie fortgewischt. „Ich weiß, dass du das jetzt nicht verstehst. Aber alles, was ich getan habe, war für dich. Für uns."

Sie wollte widersprechen, ihn wegstoßen, doch seine Nähe, seine Berührung ließen ihre Entschlossenheit bröckeln. Sein Duft, die Wärme seiner Haut, die Intensität in seinen Augen – alles, was sie an ihm hasste und liebte, war in diesem Moment so überwältigend präsent, dass sie sich kaum bewegen konnte.

„Du und deine halben Wahrheiten," flüsterte sie mit bebender Stimme. „Es ist, als würdest du mich immer an der Schwelle halten – zwischen Vertrauen und Zweifel."

„Vielleicht ist das unser Schicksal," antwortete er leise, sein Gesicht nur Zentimeter von ihrem entfernt. „Zwei, die nicht wissen, ob sie einander lieben oder vernichten werden."

Ihre Hände ballten sich zu Fäusten, doch anstatt ihn von sich zu stoßen, glitten sie an seinem Mantel hinauf, vergruben sich im Stoff, als wollte sie ihn festhalten, um nicht selbst im Strudel ihrer Gefühle zu versinken.

„Du bist unmöglich," flüsterte sie, während sie ihn ansah, die Hitze zwischen ihnen zum Zerreißen gespannt.

„Und doch bist du hier," antwortete er leise, sein Atem streifte ihre Lippen, bevor seine Hand an ihrer Wange hinabglitt und ihren Nacken umfasste. Mit einem ungestümen, fast verzweifelten Kuss brachen die letzten Schranken zwischen ihnen zusammen. Ihre Lippen fanden einander, und es war, als entlade sich die aufgestaute Anspannung in einem einzigen, alles verzehrenden Moment.

Sie spürte, wie seine Hände sie näher zogen, wie seine Berührungen gleichzeitig fordernd und zärtlich waren. Ihre Finger glitten in sein Haar, und jeder Atemzug, jeder Kuss, den sie teilten, schien von dieser unerklärlichen Magie durchdrungen, die wie ein unsichtbarer Strom um sie herumwirbelte und ihre Gefühle verstärkte.

Die Wut, die Verwirrung, die Sehnsucht – all das verschmolz zu einem Sturm aus Emotionen, und für einen Moment gab es nur sie beide, getrennt von der Welt und den Geheimnissen, die zwischen ihnen standen.

„Ich hasse dich dafür, dass du mir so viel bedeutest," flüsterte sie schließlich, als ihre Lippen sich trennten, doch ihre Stirn noch immer an seiner ruhte.

Er lachte leise, ein trauriges, ehrliches Lachen, das nur sie hören konnte. „Das Gefühl ist wohl auf beiden Seiten."

Friedrich betrat den alten, verlassenen Flügel der Bruderschaft und fand Isabella vor einem verstaubten Fenster stehend, ihre Silhouette im schwachen Mondlicht. Sie drehte sich langsam zu ihm um, ein kaum merkliches Lächeln auf den Lippen, als hätte sie ihn erwartet.

„Ach, Friedrich," begann sie mit einem spöttischen Funkeln in den Augen. „Wie lange ist es her, dass du mir das letzte Mal gefolgt bist? Ich dachte, deine Loyalität zur Bruderschaft wäre unerschütterlich."

„Loyalität?" Er lachte bitter und trat näher, seine Augen hart und voller Vorwürfe. „Meine Loyalität galt immer dem, was richtig ist – und jetzt frage ich mich, ob ich all die Jahre im Dunkeln gelebt habe. Wegen dir, Isabella. Wegen deiner Geheimnisse."

Sie schürzte die Lippen und betrachtete ihn ausdruckslos, bevor sie leise seufzte. „Geheimnisse, Friedrich? Du bist derjenige, der sie immer sehen wollte, ohne die Wahrheit dahinter zu verstehen."

Er verzog das Gesicht, die Worte trafen ihn wie ein Hieb. „Du hast nie ganz aufgehört, mich zu manipulieren, nicht wahr? War das alles nur ein Spiel für dich? Ein weiterer Versuch, die Bruderschaft zu täuschen, so wie du es damals getan hast?"

Isabella lächelte leicht, fast wehmütig. „Es war nie ein Spiel, Friedrich. Nur du hast es als solches gesehen. Unsere... Verbindung, sie war so viel mehr als das, doch du warst immer blind für die Tiefe unserer Beziehung. Sie hat nie in die Schubladen gepasst, in die du sie zwingen wolltest."

„Unsere Verbindung?" Seine Stimme klang bitter, und seine Augen funkelten vor Zorn. „Du hast diese Verbindung damals ausgenutzt, um deinen eigenen Plänen zu dienen. Und heute stehe ich hier und entdecke, dass ich nur eine Figur in deinem Spiel war – ein Bauer, der glaubte, er hätte eine Königin gewonnen."

Ein Moment der Stille trat ein, und Isabella senkte den Blick, ihre Fassade kurzzeitig gebrochen. „Vielleicht, Friedrich, liegt das wahre Problem darin, dass du niemals wirklich sehen wolltest, wer ich bin. Oder wer du selbst bist."

Er trat näher, seine Stimme leise und voller aufgestauter Emotionen. „Dann sag mir die Wahrheit, Isabella. Wer bist du wirklich? Was willst du wirklich von mir?"

Sie sah ihm in die Augen, eine Spur von Melancholie in ihrem Blick, und ihre Stimme war ein Hauch von Vertraulichkeit, als sie antwortete: „Ich bin nicht diejenige, die du zu kennen glaubst. Und was ich von dir wollte... war das, was ich immer wollte – einen Partner, jemanden, der die Welt genauso sieht wie ich. Aber deine Bruderschaft, deine Prinzipien, haben uns immer getrennt."

Friedrichs Gesichtszüge verhärteten sich, doch in seinem Blick lag eine Spur von Bedauern. „Das, was uns wirklich trennt, Isabella, ist nicht die Bruderschaft. Es sind die Lügen, die Geheimnisse, die du mit dir herumträgst."

Sie lächelte schwach und wandte sich ab, ihre Stimme kaum mehr als ein Flüstern. „Manchmal sind Geheimnisse das Einzige, was uns vor dem Wahnsinn bewahrt, Friedrich. Und manchmal… sind sie das Einzige, was uns verbindet."

Er beobachtete sie schweigend, die Ironie des Moments lag schwer in der Luft. Die Frau, die er einst geliebt hatte, die Frau, die er für loyal hielt, stand nun als die größte Unbekannte vor ihm – ein Rätsel, das er nie vollständig lösen konnte.

<hr />

Das dämmerige Licht des frühen Morgens fiel durch die kleinen Fenster des Verstecks, als Wilhelmina und Emil erschöpft und wortlos nebeneinander saßen. Der Frieden ihrer intensiven Wiedervereinigung lag wie ein zerbrechlicher Schleier über ihnen, die Anspannung der letzten Stunden noch spürbar. Doch dann hallte ein leises, eilendes Klopfen durch den Raum. Sie beide erstarrten, warfen sich rasch alarmierte Blicke zu, bevor Emil aufstand und die Tür vorsichtig öffnete.

Lieselotte trat ein, ihr Gesicht war bleich, ihre Augen flackerten vor Aufregung und Besorgnis. Noch bevor Emil die Tür schließen konnte, begann sie zu sprechen, als ob jedes Wort das letzte sein könnte.

„Es ist schlimmer, als wir gedacht haben," platzte sie heraus, kaum fähig, ihre Stimme ruhig zu halten. „Die Bruderschaft plant einen Großangriff. Und wir haben… kaum Zeit."

Wilhelmina sprang auf, die Müdigkeit war wie weggewischt. „Was meinst du? Was haben sie vor?"

Lieselotte fuhr sich nervös durch das Haar, ihr Blick schien gleichzeitig entschlossen und erschüttert. „Friedrich hat einen Plan aufgesetzt – oder besser gesagt, die Bruderschaft hat ihn dazu gedrängt. Sie bereiten sich darauf vor, alles und jeden zu vernichten, der sich ihnen in den Weg stellt. Emil, Wilhelmina, sie planen eine vollständige Säuberung. Hexen, Werwölfe, alle übernatürlichen Wesen... es wird keinen Halt mehr geben."

Emils Gesicht verzog sich zu einer kalten Maske. „Das heißt, sie planen einen Krieg. Nicht nur gegen uns, sondern gegen alles, was sich nicht ihren Vorstellungen von Ordnung fügt."

„Ja," bestätigte Lieselotte, und in ihrem Blick lag eine Spur von Verzweiflung. „Sie haben bereits Einheiten zusammengezogen. Verbündete innerhalb des Rates, der Schattenrat... alles steht kurz vor dem Zusammenbruch. Und wenn wir nicht sofort handeln, werden sie beginnen."

„Wie viel Zeit haben wir?" Wilhelmina schloss die Hände fest zu Fäusten, ihr Atem ging stoßweise. Sie spürte das Gewicht der Verantwortung, die auf ihnen allen lastete, und die unausweichliche Wahrheit: Dies war der Moment, in dem sich alles entscheiden würde.

„Vielleicht noch eine Nacht," flüsterte Lieselotte, und ihr Blick wanderte unsicher zu Emil. „Vielleicht weniger. Es hängt davon ab, wie schnell sie sich organisieren können. Der Angriff wird alle überrennen, die noch an einen Frieden glauben."

„Na wunderbar," murmelte Emil sarkastisch, „die Bruderschaft als Friedensstifter. Das ist ja fast so ironisch wie ein Vampir, der im Kloster betet."

Wilhelmina funkelte ihn an, doch ein schwaches Lächeln huschte über ihre Lippen. „Es scheint, als wären wir alle in einem verrückten Theaterstück gefangen. Aber diesmal schreibe ich das Ende mit."

Lieselotte nickte entschlossen. „Ich werde Magnus benachrichtigen. Wenn wir jetzt nicht handeln, gibt es niemanden mehr, der übrig bleibt. Die Werwölfe, Hexen, selbst die verfeindeten

Vampire... sie müssen begreifen, dass wir nur zusammen eine Chance haben."

Emil trat näher an Wilhelmina heran und nahm ihre Hand. „Dies ist die Entscheidung, die wir nicht umgehen können. Wenn wir diese Nacht überleben, dann nur, weil wir bereit sind, alles zu opfern."

Wilhelmina sah zu ihm auf, und ihr Blick war fest und unerschütterlich. „Dann lasst uns kämpfen. Für das, was wir sind, und für das, was wir sein könnten – frei von den Ketten der Bruderschaft und des Schattenrats."

Lieselotte trat einen Schritt zurück, ein entschlossener Ausdruck auf ihrem Gesicht. „Dann lasst uns alles mobilisieren. Die Zeit läuft ab, und es gibt kein Zurück."

Mit diesen Worten verließ sie das Versteck, um die Nachricht weiterzutragen. Emil und Wilhelmina standen stumm beieinander, die bevorstehende Schlacht schwer in ihren Herzen.

Kapitel 21

In der kühlen Morgenluft des alten Anwesens, tief verborgen hinter Mauern und Schatten, standen Emil und Wilhelmina in einem offenen Raum, der für ihr Training vorbereitet war. Kerzen leuchteten rundherum und tauchten den Raum in ein unheimliches Licht, das die Spannung und Erwartung verstärkte. Emil stand vor ihr, konzentriert und mit einem Hauch von Ironie im Blick, als er seine Hände hob und ein uraltes Symbol in die Luft zeichnete.

„Gut aufpassen, Wilhelmina," begann er, und seine Stimme trug einen spöttischen Unterton. „Hexenmagie ist nicht so simpel wie deine heiligen Runen und Silberdolche. Hier braucht es… Präzision und vor allem Hingabe."

Wilhelmina zog eine Augenbraue hoch und verschränkte die Arme. „Ach wirklich? Ich dachte, ich brauche nur ein paar hübsche Worte und dramatische Gesten." Ihr spöttisches Lächeln hielt jedoch nicht lange an, denn als Emil die Hände auf sie richtete und die Luft um sie herum zu kribbeln begann, verstummte sie.

„Magie fließt durch alles," erklärte er, während ein sanftes Leuchten seine Hände umgab. „Aber sie reagiert nur, wenn sie wirklich gefühlt wird. Und in deinem Fall –" er lächelte verschmitzt, „– liegt die Herausforderung darin, deine Emotionen zu kanalisieren."

„Du meinst meine Wut?" Sie lachte leise, doch in ihren Augen lag ein Funke von Neugier. „Da habe ich dir gegenüber definitiv einen Vorteil."

„Oh, da bin ich mir sicher," entgegnete Emil trocken, trat näher und legte sanft seine Hand auf ihre Schulter. „Aber Hexenmagie erfordert mehr als nur rohe Emotionen. Sie will Verstand und Hingabe. Also, versuch, mir zu folgen."

Wilhelmina spürte, wie sich die Atmosphäre veränderte, als er ihre Hand nahm und sie durch eine Reihe komplizierter Bewegungen führte. Seine Berührungen waren ruhig und präzise, doch da war auch eine Spannung zwischen ihnen, ein unausgesprochenes Verlangen, das sich in jeder kleinsten Bewegung manifestierte.

„Konzentrier dich, Wilhelmina," flüsterte er, seine Stimme dicht an ihrem Ohr. „Stell dir die Energie vor, wie sie in dir pulsiert – wie etwas, das nur darauf wartet, entfesselt zu werden."

Sie schloss die Augen und versuchte, seine Anweisungen zu befolgen, doch ihre Gedanken drifteten unweigerlich zu ihm ab – zu seiner Nähe, der Wärme seiner Berührung. Es war, als würde die Magie in der Luft auch etwas anderes hervorrufen, etwas, das über die Kontrolle hinausging und in pure Leidenschaft überging.

„Fokussieren, nicht verlieren," murmelte Emil, doch seine Stimme klang plötzlich weniger kontrolliert. Wilhelminas Lippen verzogen sich zu einem Lächeln, während sie ihre Hand über seinen Arm gleiten ließ und sich ihm so nah fühlte wie noch nie.

„Wenn du mich so unterrichtest, könnte ich mich vielleicht doch für deine Magie erwärmen," flüsterte sie herausfordernd.

Emil hielt inne, und für einen Moment war alles still – der Raum, die Magie, ihre Gedanken. Doch dann legte er seine Hände an ihre Taille und zog sie näher, seine Augen dunkel vor Verlangen und einer unbändigen Entschlossenheit.

„Dann lass uns sehen, wie stark deine Konzentration wirklich ist," sagte er leise, und ein Grinsen stahl sich auf sein Gesicht.

In einem der ältesten Räume des Lichtenberg-Anwesens, der wie ein Relikt vergangener Zeiten wirkte, saß Friedrich in einem schweren Ledersessel, als Wilhelmina das Zimmer betrat. Sein Blick war trübe, die Stirn in Falten gelegt, und es lag ein Ausdruck von Erschöpfung und Verbitterung in seinen Augen, den sie nie zuvor bei ihm gesehen hatte.

„Du wolltest mich sprechen?" fragte sie kühl und verschränkte die Arme, während sie ihn musterte. Die Wut auf ihn, auf seine Entscheidungen, war noch nicht verflogen, und der Groll schien sich seit den letzten Ereignissen nur verstärkt zu haben.

Friedrich sah sie an und nickte langsam. „Ja, Wilhelmina. Es ist Zeit, dass du die Wahrheit über deine Mutter erfährst. Über ihre Vergangenheit – und über das, was uns alle verbindet."

Sie lachte trocken, ein bitteres, kurzes Lachen. „Oh, also jetzt bist du bereit, zu reden? Nach all den Jahren der Geheimnistuerei und deiner ständigen Reden über die Ehre der Bruderschaft? Das ist ja mal eine nette Abwechslung."

Er schloss kurz die Augen, bevor er fortfuhr, als würde er sich wappnen. „Ich verstehe, dass du wütend bist. Vielleicht wirst du auch nach dieser Geschichte nicht weniger wütend sein. Aber du verdienst die Wahrheit – und ich... ich schulde sie dir."

Wilhelmina blieb stumm, die Arme noch immer verschränkt, und ihr Blick funkelte. Friedrich holte tief Luft und begann zu erzählen, seine Stimme leise und voller ungesagter Emotionen.

„Deine Mutter war nicht nur die Frau, die du kanntest. Sie war eine Hexe, Wilhelmina. Eine mächtige Hexe, deren Kräfte die Grenzen dessen überschritten, was selbst ich mir je vorstellen konnte."

Wilhelmina starrte ihn an, fassungslos und zugleich zornig. „Du willst mir also sagen, dass du mir das die ganze Zeit verheimlicht hast? Dass ich das Blut einer Hexe in mir trage und es niemanden für nötig gehalten hat, mir das zu sagen?"

„Es ging nicht darum, dir etwas zu verheimlichen," entgegnete Friedrich ruhig, doch seine Stimme bebte leicht. „Es ging darum, dich zu schützen. Deine Mutter wusste, dass ihr Erbe dich in Gefahr bringen könnte, und sie wollte nicht, dass du in diesen Krieg hineingezogen wirst."

„Und sie wurde... getötet?" Wilhelminas Stimme war kaum mehr als ein Flüstern, doch der Zorn darin war unüberhörbar.

Friedrichs Miene verdüsterte sich, und er nickte langsam. „Aber nicht von Vampiren, wie du immer geglaubt hast. Deine Mutter starb durch die Hand der Bruderschaft. Durch jene, die das Wissen fürchteten, das sie in sich trug."

Die Wahrheit schlug in Wilhelmina ein wie ein Schlag. Die Bruderschaft – jene, für die sie ihr Leben geopfert hatte, für die sie jede Grenze überschritten und jedes Opfer gebracht hatte – hatte ihre Mutter getötet. Ein bitteres, kaltes Lächeln breitete sich auf ihrem Gesicht aus.

„Und du hast einfach zugesehen? Hast geschwiegen und zugelassen, dass ich an eine Lüge glaube?" Ihre Stimme war scharf wie ein Dolch, und sie machte keinen Versuch, ihre Verachtung zu verbergen.

„Ich hatte keine Wahl!" Friedrichs Stimme brach, seine Augen funkelten vor aufgestautem Schmerz. „Ich liebte deine Mutter, Wilhelmina. Und doch konnte ich sie nicht retten – so wie ich dich nicht retten konnte, als du selbst in die Fänge der Bruderschaft geraten bist. Es war meine Schuld, aber auch mein Schicksal, das mich in diesem Netz gefangen hielt."

Für einen Moment war der Raum still, als diese Worte nachhallten. Wilhelmina atmete schwer, unfähig, die Welle aus Wut und Schmerz zu bändigen, die sich in ihr aufstaute.

„Das alles – diese Macht, diese Geheimnisse – du hast mich mein ganzes Leben lang an eine Bruderschaft gebunden, die nur Angst vor mir hatte," flüsterte sie, und ihre Stimme bebte. „Ich werde ihnen nie wieder vertrauen. Ich werde nie wieder jemandem vertrauen, der mir das Blut meiner Mutter vergossen hat."

Sie drehte sich abrupt um und verließ das Zimmer, ohne ein weiteres Wort, während Friedrich zurückblieb, allein und gefangen in den Schatten seiner eigenen Entscheidungen.

Die Nacht hatte sich wie ein samtener Schleier über das Land gelegt, und eine fast greifbare Stille umhüllte das versteckte Anwesen, in dem Emil und Wilhelmina Zuflucht gefunden hatten. Der bevorstehende Kampf schwebte wie ein drohender Schatten über ihnen, doch in diesem Moment, in der Intimität des schwach beleuchteten Raums, existierte nur noch der Augenblick.

Wilhelmina stand am Fenster und starrte in die Dunkelheit hinaus, die Gedanken noch bei den Enthüllungen ihres Vaters. Sie spürte Emil hinter sich, seinen stillen, durchdringenden Blick, der sie wie ein wärmender Mantel umhüllte. Als er näher trat, seine Hände sanft auf ihre Schultern legte, zuckte sie leicht zusammen – doch das war alles, was sie brauchte, um sich zu entspannen und diesen Moment zuzulassen.

„Ich kann den Schmerz in deinen Augen sehen," flüsterte Emil leise, und seine Stimme klang rau vor Zärtlichkeit. „Ich wünschte, ich könnte dich einfach von all dem erlösen."

Sie lachte bitter und drehte sich langsam zu ihm um, sah ihm in die Augen, die voller Wärme und Dunkelheit zugleich waren. „Ich brauche keinen Erlöser, Emil. Ich brauche jemanden, der mich in den Abgrund begleitet."

Er lächelte leicht und trat näher, seine Hände glitten an ihre Wangen und zogen sie sanft zu sich. „Dann werde ich gerne dein Begleiter sein, Wilhelmina. Egal wie tief der Abgrund ist."

Ihre Lippen fanden einander, zuerst zaghaft, dann intensiver, als ob sie in diesem Kuss den Schmerz und die Zweifel der vergangenen

Tage verdrängen könnten. Sie spürte, wie sich eine Welle aus Verlangen und Verzweiflung in ihr aufbaute, als sich seine Arme fester um sie schlangen. Es war, als würde die Magie um sie herum erwachen und eine unsichtbare Verbindung zwischen ihnen knüpfen, die jede Berührung, jeden Kuss verstärkte.

„Ich hasse dich, Emil," flüsterte sie atemlos, als ihre Lippen sich kurz trennten, ihre Stirn an seiner ruhend. „Ich hasse dich dafür, dass du mich so viel fühlen lässt."

Er grinste, ein dunkles, fast spöttisches Lächeln, und seine Finger glitten über ihren Nacken, ließen sie zittern. „Und ich hasse dich dafür, dass du alles in mir veränderst."

Ihre Lippen fanden einander erneut, und diesmal war es kein sanfter Kuss. Es war ein Kuss, der all die aufgestaute Leidenschaft, die unausgesprochenen Worte und das ungesagte Verlangen ausdrückte, das sich seit Wochen, nein, Monaten zwischen ihnen aufgebaut hatte. Sie ließen die Welt um sich verschwinden, die Bruderschaft, den Schattenrat, den bevorstehenden Krieg – es gab nur noch sie beide und die Magie, die sie in diesem Moment zusammenhielt.

Der Raum schien sich zu verändern, als Emil seine Hand hob und einen magischen Kreis um sie herum zog, eine sanft leuchtende Aura, die die Luft in ein sanftes Glühen tauchte. Die Magie verstärkte jeden Atemzug, jede Berührung. Es war, als könnten sie sich nicht nur körperlich, sondern auch auf einer tieferen, seelischen Ebene berühren. Jeder Kuss, jede Bewegung schien eine Symphonie aus Magie und Leidenschaft hervorzurufen, ein Spiel zwischen Licht und Dunkelheit.

„Emil," flüsterte sie schließlich, ihre Stimme kaum mehr als ein Hauch. „Wenn das hier unsere letzte Nacht sein sollte... dann lass uns nichts zurückhalten."

Er hielt ihrem Blick stand, seine Augen glitzerten wie ein dunkles Versprechen. „Nichts wird zurückgehalten, Wilhelmina. Nichts."

Und so, in jener Nacht, als draußen die Sturmwolken des bevorstehenden Kampfes aufzogen, fanden sie Trost und Stärke ineinander.

〜✢〜

Tief unter der Stadt, in einem alten Gewölbe, das nur die wenigsten Eingeweihten jemals betreten hatten, schritt Graf von Blutfels durch den finsteren Raum, während seine Schritte in der bedrückenden Stille widerhallten. Das Licht der Fackeln warf bizarre Schatten auf die rauen Wände, die mit uralten Symbolen und dunklen Runen bedeckt waren. In den Ecken des Raumes standen seine Anhänger, die Blicke gesenkt, die Hände in nervösen Bewegungen gefaltet.

Von Blutfels blieb vor einem steinernen Altar stehen, und sein Blick fiel auf die Objekte, die dort bereitgelegt waren: Blutkristalle, seltene Kräuter und eine Pergamentrolle, beschrieben mit einer uralten Schrift, deren Ursprung und Bedeutung nur wenige je begriffen hatten. Sein Gesicht war wie gemeißelt, keine Spur von Zweifel oder Zögern, nur das kalte Glitzern eines Mannes, der genau wusste, was er wollte – und was er bereit war, dafür zu opfern.

„Brüder und Schwestern," begann er, und seine Stimme hallte durch das Gewölbe wie ein dunkles, hypnotisches Mantra. „Die Zeit ist gekommen. Wir stehen an der Schwelle zu einer neuen Ordnung. Eine Ordnung, die alles Übernatürliche in dieser Stadt in unsere Kontrolle bringt. Keine Jäger, keine Hexen, keine Werwölfe werden sich uns mehr entgegenstellen."

Die Anhänger blickten auf, und man konnte die Mischung aus Ehrfurcht und Furcht in ihren Augen sehen. Von Blutfels trat einen Schritt näher an den Altar, seine Hände glitten über die Blutkristalle, und die Luft um ihn herum begann zu flimmern, als ob die Dunkelheit selbst ihm gehorchte.

„Es gibt nur noch eine Hürde," fuhr er leise fort, und seine Augen verengten sich, als er in die Runde sah. „Wilhelmina von Lichtenberg. Die Jägerin, die Hexe, das störende Element. Sie und ihr Hexenmeister-Liebhaber haben sich als weitaus... hartnäckiger erwiesen, als ich dachte."

Ein leises Murmeln ging durch die Reihen der Anhänger, und jemand wagte es, die Stimme zu erheben. „Mein Herr, warum verschwenden wir unsere Zeit auf einen solch... nebensächlichen Gegner? Es gibt wichtigere Ziele."

Von Blutfels' Blick traf den Mann wie ein Dolch, und sofort verstummte er, als ob sein Herz für einen Moment stillstand. „Weil Wilhelmina das Zentrum dieses Rätsels ist," sagte der Graf in einem Ton, der keine Widerrede duldete. „Sie trägt das Erbe, das unsere Pläne gefährden könnte. Es ist ihre Verbindung zur alten Magie, die unsere Arbeit vereiteln kann."

Einige der Anhänger nickten, andere schienen noch unsicher, doch keiner wagte es, ihm weiter zu widersprechen. Der Graf wandte sich dem Altar zu und streckte seine Arme aus, die Hände über den Kristallen, während er alte Worte in einer vergessenen Sprache murmelte. Langsam begannen die Blutkristalle zu leuchten, ein unheilvolles, tiefrotes Licht, das die Schatten im Raum tanzend und lebendig machte.

„Mit diesem Ritual werden wir die Kräfte binden, die uns den Sieg bringen," flüsterte er, seine Augen vor Anspannung funkelnd. „Und wenn der Moment kommt, werden wir zuschlagen – mit aller Macht, die uns zur Verfügung steht."

Das rote Licht strahlte intensiver, und die Luft um ihn herum wurde dicker, schwerer. Es war, als ob der Raum selbst auf den Atem des Grafen reagierte, die Dunkelheit um ihn herum pulsierend und lebendig, als wäre sie ein Teil seines Wesens.

Von Blutfels schloss die Augen und konzentrierte sich, seine Stimme in ein dunkles Mantra übergehend, während das Ritual seine

Macht entfesselte. Ein kalter Schauer ging durch seine Anhänger, und sie spürten, dass etwas Großes, etwas Unausweichliches vor ihnen lag. Es war der Beginn einer Nacht, die das Schicksal aller Beteiligten für immer verändern würde.

Doch tief in den Schatten der Halle, verborgen vor den Blicken aller anderen, lag eine verborgene Angst in den Augen des Grafen – ein Zweifel, ein winziger Riss in der Fassade seiner Macht. Denn auch er wusste, dass Magie, die so mächtig war, ihren Preis forderte.

Das Ritual tobte weiter, und die Luft im Gewölbe war nun schwer vor dunkler Magie. Der Graf öffnete seine Augen, die nun in einem unnatürlichen Rot glühten, und streckte die Arme aus, als ob er die Kraft des gesamten Raumes in sich aufnehmen könnte. Seine Anhänger hielten den Atem an, während die Blutkristalle immer heller strahlten und das pulsierende rote Licht den Raum erfüllte.

Einige der Jünger schienen zu zittern, andere kämpften gegen die Furcht, die wie eine kalte Welle über sie hinwegschwappte. Von Blutfels, der Meister der Manipulation, ließ sich davon nicht beeindrucken – im Gegenteil, die Macht, die er entfesselte, gab ihm eine seltsame, fast sadistische Freude.

„Nun, meine loyalen Anhänger," sagte er mit einem sarkastischen Lächeln und einem Hauch von Selbstgefälligkeit, „sieht das nicht aus wie der Anfang einer neuen Ära? Ich muss sagen, ich habe selten eine spektakulärere Endzeitstimmung erlebt."

Die Jünger nickten, manche zaghaft, andere entschlossener. Aber der Graf konnte das Unbehagen hinter ihren starren Mienen sehen. Es gab etwas an dieser Magie, das selbst sie erschreckte – das Gefühl, dass er nicht nur gegen Wilhelmina und die Bruderschaft kämpfte, sondern gegen etwas viel Größeres, Unkontrollierbares.

„Meister," wagte es einer der Jünger, ein junger Mann mit nervösen Augen und zitternder Stimme, ihn anzusprechen. „Sind Sie sicher, dass wir... dass diese Magie nicht auch uns... Schaden zufügen könnte?"

Von Blutfels drehte sich langsam um, sein Blick war so eisig, dass der junge Jünger zurückzuckte. „Oh, wie rührend. Sorge um das eigene Wohlergehen." Er lächelte süffisant und trat näher. „Wer hier nicht bereit ist, alles zu opfern, kann gerne gehen. Oder glaubt ihr etwa, diese Macht sei ein Spiel?"

Der Jünger senkte schnell den Kopf und trat zurück, während der Graf mit leiser, aber einschüchternder Stimme weitersprach. „Wir kämpfen hier nicht nur gegen einen Feind, meine Freunde. Wir formen eine neue Welt. Jeder Tropfen Blut, jedes Opfer, das wir bringen, wird sich in Macht verwandeln. In unsere Macht."

Seine Worte hallten im Raum wider, und trotz der dunklen, bedrohlichen Atmosphäre begann ein Hauch von Entschlossenheit in den Augen seiner Anhänger aufzublitzen. Sie hatten Angst – ja, vielleicht sogar mehr als das. Aber die Aussicht auf die Macht, auf den Sieg über die Bruderschaft und die Übernatürlichen, die sich ihm widersetzt hatten, ließ sie weiter durchhalten.

Von Blutfels hob die Hände über den Altar, und das rote Licht der Kristalle erstrahlte in einem letzten, grellen Flammenstoß. Die Dunkelheit schien für einen Moment fast greifbar, und die Magie waberte um ihn herum wie eine lebende, atmende Kraft.

„Morgen," sagte er schließlich, mit einem leisen, beinahe liebevollen Lächeln. „Morgen werden wir diese Stadt verändern. Und jeder, der sich uns in den Weg stellt, wird wissen, was es heißt, sich mit mir anzulegen."

Der Raum versank wieder in Stille, das Ritual war vollendet. Doch während die Anhänger langsam den Saal verließen, mit gesenkten Köpfen und schweren Schritten, blieb der Graf allein zurück. Sein Blick wanderte über die Kristalle, die nun dunkel und leblos wirkten, und ein flüchtiger Schatten der Unruhe legte sich auf sein Gesicht.

„Nun gut, Wilhelmina," murmelte er leise, während seine Finger sachte über die kalten Steine glitten. „Wenn du wirklich diejenige bist, die mir gefährlich werden könnte... dann werde ich mich besonders gut auf unser kleines Wiedersehen vorbereiten."

Kapitel 22

Inmitten des schattendurchzogenen Raumes, der Herzstück des Hexenzirkels war, standen die Mitglieder in einem bedrückenden Kreis um Isabella. Die Wände waren mit alten, flackernden Kerzen erleuchtet, und das Licht tauchte die Gesichter der Anwesenden in ein finsteres, verurteilendes Glühen. Isabella stand im Zentrum, ihre Haltung aufrecht, der Blick trotzig – wie eine Königin, die in Ketten gelegt worden war, sich jedoch nicht beugen würde.

Wilhelmina trat vor, ihre Augen fixierten Isabella, und die Stille im Raum war so schwer, dass man sie fast greifen konnte.

„Isabella," begann sie, ihre Stimme war ruhig, doch der Zorn war unverkennbar. „Es gibt Berichte, dass du… sagen wir, ein paar ungewöhnliche Allianzen geschmiedet hast."

Isabella lächelte ironisch, ihre Augen funkelten. „Ungewöhnlich? Nur weil ich den engen Geist dieses Zirkels nicht teilte, bedeutet das noch lange nicht, dass ich euch verraten habe."

Ein murmelndes Raunen ging durch den Kreis, während die anderen Hexen und Magier sich unbehaglich bewegten. Wilhelmina hielt den Blick auf Isabella gerichtet, doch in ihr brodelte es. „Ungewöhnlich nennst du es also? Sich mit dem Schattenrat zusammenzutun, mag in deinen Augen vielleicht nur ‚ungewöhnlich' sein, aber für uns ist es Hochverrat."

Isabella lachte trocken, eine bitter-kalte Note schwang in ihrer Stimme mit. „Hochverrat? Das sagt mir eine Jägerin, die selbst das Blut einer Hexe in sich trägt? Glaubst du wirklich, du verstehst, was Verrat bedeutet?"

Wilhelmina fühlte, wie ihr das Blut in den Kopf schoss, doch sie ließ sich nicht provozieren. Sie wusste, dass Isabella Meisterin darin war, andere zu manipulieren und in ein Netz aus Lügen zu verwickeln. „Deine Loyalität galt immer dem Zirkel – und heute stehst du hier und verteidigst dich mit Worten, die nichts anderes als ein leeres Spiel sind. Also, Isabella, was hast du wirklich vor? Was ist dein Ziel?"

Isabella's Miene verhärtete sich, und ein kurzes Aufblitzen von Unsicherheit huschte über ihr Gesicht. „Mein Ziel? Mein Ziel ist es, das Gleichgewicht wiederherzustellen, Wilhelmina. Etwas, das du, in deinem naiven Kampf gegen den Schattenrat, niemals begreifen würdest."

„Das Gleichgewicht? Die Welt zu verraten, nur um deine eigene Version von ‚Gleichgewicht' zu schaffen?" Wilhelmina schüttelte ungläubig den Kopf. „Sag mir die Wahrheit, Isabella. Welchen Preis hast du für diese Macht gezahlt?"

Isabella schwieg, doch in ihren Augen lag ein Ausdruck, der von Dunkelheit und Geheimnissen sprach, die nur sie selbst verstehen konnte. „Manchmal muss man seine Seele riskieren, um das größere Wohl zu erreichen," antwortete sie leise, doch es klang fast wie ein bedauerndes Geständnis.

Die Anwesenden schwiegen, doch die Spannung war greifbar. Jeder im Raum konnte fühlen, dass etwas Großes, etwas Gefährliches in Isabellas Worten lag – ein Hauch von Wahrheit, der jedoch verborgen blieb.

Wilhelmina trat einen Schritt näher, und ihre Stimme wurde zu einem Flüstern, das nur Isabella hören konnte. „Du hattest Geheimnisse, seit ich dich kenne. Doch selbst du kannst nicht auf allen Seiten spielen, Isabella. Und irgendwann – irgendwann wirst du dich entscheiden müssen, auf welcher du wirklich stehst."

Isabella sah sie an, ihr Gesicht von einem Schatten des Bedauerns überzogen. „Ach, Wilhelmina. Vielleicht habe ich meine Wahl längst getroffen. Aber das wirst du erst sehen, wenn es zu spät ist."

Wilhelmina fühlte einen Anflug von Unbehagen, doch sie zwang sich, stark zu bleiben. „Dann sind wir hier fertig, Isabella. Dein Platz ist nicht mehr im Zirkel."

Ohne ein weiteres Wort wandte sie sich ab und verließ den Raum. Der Kreis der Hexen öffnete sich, und Isabella blieb zurück, allein im Schatten, mit einem leichten, geheimnisvollen Lächeln auf den Lippen.

Wilhelmina und Emil standen auf einer Anhöhe außerhalb des Zirkels, die Kälte der Nacht lag wie ein stummer Vorbote über ihnen. Sie spürten die Gefahr, die von allen Seiten heranzog. Die Bruderschaft hatte Wilhelmina für einen Verräter gehalten, der Zirkel Isabella entlarvt – und nun waren beide Seiten hinter ihnen her.

„Ich hätte es wissen müssen," murmelte Wilhelmina sarkastisch, die Augen auf den flackernden Schatten eines nahenden Trupps gerichtet. „Das hier fühlt sich an wie ein grandioser Plan."

Emil grinste schief. „Immerhin hast du mich. Und ich habe eine interessante Idee, wie wir uns diesen… charmanten Fanclub vom Hals schaffen könnten."

Wilhelmina sah ihn an, die Augen verengt. „Bitte sag mir nicht, dass das eine dieser ‚Ich-improvisiere-und-hoffe-das-Beste'-Ideen ist."

„Natürlich nicht," antwortete Emil mit einem verschmitzten Grinsen. „Diesmal habe ich ein richtiges Ass im Ärmel."

Bevor sie widersprechen konnte, hob er die Hand, zeichnete ein schnelles Symbol in die Luft, und ein gleißendes Licht öffnete ein Portal, das wie ein wabernder Spiegel erschien. Dahinter glomm ein anderer Ort auf, ein dunstiges Schattenreich mit düsteren, unregelmäßigen Konturen.

„Vertrau mir," sagte er, und bevor sie protestieren konnte, zog er sie durch das Portal. Ein Ruck durchzuckte sie, und die Welt um sie herum verzerrte sich, als würde sie durch einen Spiegel gezogen. Das Nächste, was sie wusste, war, dass sie an einem völlig anderen Ort standen – ein düsterer, karger Raum, umgeben von unheimlichem, sanft flackerndem Licht.

Wilhelmina schaute sich um, eine Mischung aus Unbehagen und Faszination in den Augen. „Sag bloß, wir sind... im Niemandsland der Dimensionen? Ein echter Plan B, Emil."

„Ich wusste, dass es dir gefallen würde." Er zwinkerte und zog sie in einen schattigen Winkel, seine Hände noch immer fest um ihre. Doch inmitten der bedrückenden Stille schien eine Welle der Vertrautheit zwischen ihnen zu entstehen, fast greifbar.

Die Ruhe währte jedoch nur einen Moment, bevor ein weiteres Portal in der Nähe aufflammte. Ein paar Gestalten, Verfolger aus dem Schattenrat und der Bruderschaft, traten hindurch. Ihre Augen glitzerten im unnatürlichen Licht, und Wilhelmina konnte die Entschlossenheit und Kälte in ihren Blicken lesen. „Hast du das wirklich geglaubt?" flüsterte sie, und in ihrer Stimme lag ein leiser Vorwurf.

„Nur halb," erwiderte Emil, während er ihren Blick suchte. „Aber ich habe etwas Besseres." Er öffnete eine Hand, und eine kleine violette Kugel erschien darin. „Bereit für eine weitere Abkürzung?"

Sie runzelte die Stirn, aber ein Lächeln umspielte ihre Lippen. „Du hast schon seltsame Wege gefunden, mich zu beeindrucken."

Er lächelte finster, und ohne ein weiteres Wort warf er die Kugel auf den Boden. Ein Blitz durchzuckte die Luft, und für einen Augenblick war alles von violettem Licht erfüllt. Im nächsten Moment fanden sich Wilhelmina und Emil in einem neuen, unbekannten Raum wieder – einer endlosen, verlassenen Ruine, die den Anschein einer verborgenen Dimension hatte.

Ihre Blicke trafen sich, und sie spürten, dass die Gefahr für einen Moment von ihnen abgefallen war. Die Entfernung zu ihren Verfolgern gab ihnen eine Atempause, die sich wie eine zarte, fragile Harmonie anfühlte.

„Du und deine Tricks," flüsterte Wilhelmina, als sie spürte, wie seine Hand die ihre hielt, stärker, vertrauter.

„Ich weiß, dass du das liebst," sagte Emil mit einem Grinsen, und in seinen Augen lag eine Hitze, die sie unwillkürlich erröten ließ.

※

Die ersten Anzeichen des Morgengrauens malten blasse, kalte Streifen über den Himmel, als Friedrich und Magnus sich in einem versteckten Wäldchen am Rande der Stadt trafen. Der Nebel hing schwer in der Luft und verwandelte die Umrisse der Bäume in geisterhafte Silhouetten. Es war das perfekte Versteck für ein geheimes Bündnis – und ein Gespräch, das beide Männer wohl als "höchst unangenehm" bezeichnen würden.

Friedrich, wie immer makellos gekleidet, verschränkte die Arme und musterte Magnus mit einem Ausdruck, der irgendwo zwischen Abscheu und Notwendigkeit schwebte. „Also, ein Werwolf-Alpha und ein Jäger-Großmeister in einer Allianz. Wer hätte das gedacht?" Seine Stimme triefte vor Ironie.

Magnus lachte trocken, seine scharfen Zähne blitzen im schwachen Morgenlicht auf. „Ach, ich hätte nie gedacht, dass ich mich mit einem Mann zusammentun würde, der so viel Zeit darauf verwendet, mein Volk auszurotten."

„So charmant wie eh und je," erwiderte Friedrich kalt. „Aber lassen wir die Höflichkeiten. Wir sind beide hier, weil es eine Bedrohung gibt, die über unsere alte Feindschaft hinausgeht."

Magnus verschränkte die Arme und trat näher, seine Augen blitzten herausfordernd. „Das sagst du nur, weil du keine andere Wahl hast. Dein nettes kleines Vampirjäger-Imperium bröckelt, und plötzlich ist ein Werwolf der einzige Verbündete, den du noch finden kannst."

Friedrichs Lippen verzogen sich zu einem dünnen Lächeln. „Vertrau mir, Magnus, es ist keine Freude für mich, hier zu stehen. Doch der Schattenrat und dieser Verrückte von Blutfels haben sich die Vernichtung unserer beiden Welten zum Ziel gesetzt. Wenn wir nichts unternehmen, wird keiner von uns die Kontrolle behalten."

„Tja," erwiderte Magnus mit einem unheilvollen Lächeln, „dann ist es wohl gut, dass ich keine Kontrolle behalten will. Ich will Freiheit für mein Volk – Freiheit, die ihr Jäger uns seit Jahrhunderten genommen habt."

Friedrich nickte langsam, als würde er eine bittere Pille schlucken. „Dann haben wir wohl zumindest ein gemeinsames Ziel: diesen selbstgefälligen Blutfels zu vernichten, bevor er sich die Macht über alles reißt, was uns gehört."

Magnus' Grinsen vertiefte sich, und er reichte Friedrich die Hand. „Einverstanden. Aber nur, weil ich die Vorstellung genieße, wie dir diese Allianz die Kehle zuschnürt."

Friedrich schlug ein, seine Finger umschlossen Magnus' Hand fest und entschlossen. „Das wird keine Dauerlösung, Werwolf. Nach dem Kampf gehen wir wieder getrennte Wege."

„Natürlich," erwiderte Magnus, in seiner Stimme ein Hauch von Spott. „Aber bis dahin müssen wir wohl lernen, einander zu vertrauen."

Sie standen einen Moment schweigend da, das Bündnis besiegelt, auch wenn das Misstrauen in ihren Blicken schimmerte.

In den verworrenen Schatten des Schattenrats-Anwesens schlich Lieselotte durch die endlosen Gänge, ihr Herz schlug bis zum Hals. Jeder Schritt war eine Gratwanderung, jeder Atemzug das riskante Spiel zwischen Leben und Tod. Der Gestank von altem Blut und kaltem Stein hing in der Luft, und sie konnte spüren, dass die dunklen Kräfte, die hier schwelten, förmlich mit der Finsternis verschmolzen.

Was für ein großartiger Plan, Lieselotte, dachte sie sarkastisch, während sie ihre Schritte vorsichtig setzte, die Augen wachsam auf jede Bewegung und jedes Geräusch gerichtet. *Eine unschuldige Jägerin infiltriert den Hort des Bösen, um eine alles vernichtende Verschwörung aufzudecken. Ganz sicher endet das gut.*

Ihre Hand lag auf einem kleinen Silberdolch in ihrer Tasche – als ob dieser armselige Talisman gegen die Macht des Schattenrats irgendetwas ausrichten könnte. Doch ihre Entschlossenheit war unerschütterlich. Sie war nicht hier, um sich von Vampiren einschüchtern zu lassen; sie war hier, um Antworten zu finden – und um den Schattenrat zu Fall zu bringen.

Ein leises Wispern hallte durch den Korridor, das Gespräch zweier Wächter, und Lieselotte drückte sich in eine dunkle Nische. Die Stimmen waren gedämpft, aber sie konnte Bruchstücke verstehen.

„... Graf von Blutfels... das Ritual... wenn es gelingt... keine Jäger... kein Widerstand mehr..."

Ein kaltes Schaudern lief ihr über den Rücken. *Das Ritual.* Genau das, worüber sie Informationen beschaffen sollte. Wenn von Blutfels wirklich plante, die Macht des Schattenrats zu bündeln, könnte das alles bedeuten – vor allem das Ende jeglicher Hoffnung für die Jäger und all jene, die sich ihm entgegenstellten.

Lieselotte atmete tief durch, legte eine Hand auf ihr Amulett, das Magnus ihr einst gegeben hatte – ein Talisman aus dem Clan, der sie beschützen sollte. Ein Grinsen huschte über ihre Lippen.

Magnus würde toben, wenn er wüsste, dass sie hier war. Aber genau das machte diese Mission erst richtig reizvoll.

Sie bewegte sich weiter, die Schatten verschluckten ihre Schritte, als sie sich der großen Halle näherte. Ein einzelner, massiver Torbogen führte in den Raum, und Lieselotte versteckte sich im Schatten, ihre Augen fixierten die Szene, die sich dort abspielte.

Graf von Blutfels stand auf einem Podest in der Mitte des Raumes, umgeben von seinen Gefolgsleuten, die ehrfürchtig auf das rote Leuchten der Blutkristalle auf dem Altar starrten. Seine Stimme hallte durch den Raum, hypnotisch und voller dunkler Versprechungen.

„Heute Nacht," verkündete er mit einem unheilvollen Lächeln, „wird unser Plan zur Vollendung gebracht. Die Jäger, die Hexen, die Werwölfe – all jene, die uns je widersetzt haben, werden fallen. Und wir, meine Freunde, wir werden die Herrschaft über alles übernehmen, was im Dunkel verborgen liegt."

Lieselottes Herzschlag beschleunigte sich. Wenn sie jetzt zuschlug, könnte sie die Pläne des Grafen vielleicht noch durchkreuzen. Doch sie wusste auch, dass sie allein gegen die geballte Macht des Schattenrats keine Chance hatte. *Nicht so*, dachte sie und spürte, wie sich Entschlossenheit in ihr breit machte.

Ich muss hier raus, diese Informationen zurückbringen. Wir müssen vorbereitet sein.

Sie drehte sich um und schlich lautlos zurück durch die dunklen Gänge, den sicheren Weg aus dem Anwesen suchend. Doch das Wissen um die bevorstehende Schlacht und die Gefahr, die über ihnen allen hing, ließ sie nicht los.

Wilhelmina, Emil, Magnus – alle, die für den Widerstand kämpften... sie werden bereit sein müssen. Denn was kommen würde, würde jede bisherige Schlacht in den Schatten stellen.

Kapitel 23

Über München zogen dunkle Wolken auf, dicker und unheilvoller als alle anderen Stürme, die die Stadt je erlebt hatte. Blitze zuckten in der Ferne und tauchten die Stadt in ein geisterhaftes Licht, als der Himmel sich in rasender Geschwindigkeit verdunkelte. Ein tiefer, dumpfer Donner hallte durch die Straßen, und die Menschen, die ahnungslos ihrem Alltag nachgingen, blieben stehen, in der Luft lag das vage Gefühl, dass etwas Unheilvolles bevorstand.

In den Tiefen seines unterirdischen Gewölbes bereitete Graf von Blutfels das Ritual vor, das den Lauf der Geschichte ändern sollte. Um ihn herum flackerten die roten Blutkristalle wie hungrige Augen, und eine Welle dunkler Energie breitete sich im Raum aus. Seine Anhänger standen im Kreis, die Köpfe gesenkt, während der Graf die letzte Phase seiner Beschwörung einleitete.

Mit einer flüsternden Stimme sprach er alte, längst vergessene Worte, und die Luft um ihn herum begann zu beben, als ob selbst das Nichts seine Macht fürchtete. Die Blutkristalle begannen, in einem scharlachroten Licht zu glühen, das sich wie eine Welle ausbreitete und die Mauern des Gewölbes bis zu den Grundfesten erschütterte.

„Meine loyalen Gefährten," sprach von Blutfels und erhob die Hände, seine Stimme hallte wie ein drohender Sturm durch das Gewölbe, „heute werden wir die Schwelle zur absoluten Macht überschreiten. All jene, die sich uns je widersetzt haben, werden unter diesem Sturm fallen. Die Nacht gehört uns, und mit ihr... die Ewigkeit."

Ein unheimliches Brummen erhob sich, als sich die Magie um ihn verdichtete. Die Energie war so stark, dass die Anhänger kaum atmen konnten, und die Blutkristalle pulsierten im Rhythmus des drohenden Unheils. Über ihnen, in den Straßen von München, begann der Sturm zu wüten. Blitze zerschnitten den Himmel, Regen peitschte nieder, und der Wind heulte durch die Gassen, als wollte er die Welt auseinanderreißen.

Menschen rannten panisch durch die Straßen, Schutz suchend vor dem, was sie als einen albtraumhaften Natursturm wahrnahmen. Doch für jene, die wussten, dass dieser Sturm nicht aus der Natur stammte, war es der Auftakt zu einer Apokalypse, die Graf von Blutfels mit seinen bloßen Händen erschaffen hatte.

Er ließ den letzten Vers seiner Beschwörung erklingen, und in diesem Moment schien der gesamte Raum in Flammen zu stehen. Die Magie, die er entfesselt hatte, war eine Kraft, die selbst ihm das Blut in den Adern gefrieren ließ – eine Macht, die längst vergessen und viel gefährlicher war, als er es sich je vorgestellt hatte. Doch ein kaltes, zufriedenes Lächeln zog sich über seine Lippen.

„Kommt nur," flüsterte er leise, und seine Worte waren ein Versprechen und eine Drohung zugleich. „Seht, was wahre Macht bedeutet."

Durch den brodelnden Sturm kämpften sich Emil und Wilhelmina zu einem verlassenen, halb zerfallenen Gebäude am Rande der Stadt. Der Regen prasselte wie Nadelstiche auf sie herab, die Blitze zerrissen die Dunkelheit, und die Luft war so geladen, dass man das Knistern beinahe spüren konnte. Überall um sie herum brüllte die Magie, die von Blutfels entfesselt hatte, ein dunkler, hungriger Riese, der alles verschlingen wollte, was ihm im Weg stand.

Wilhelmina keuchte, als sie die schützende Stille des Gebäudes erreichten. Ihre Augen suchten Emils Blick, und sie spürte, dass etwas an ihm anders war – eine Entschlossenheit, die viel zu kalt und endgültig wirkte.

„Emil," begann sie, doch er hob die Hand, und seine Augen funkelten unter den nassen Haarsträhnen, die ihm ins Gesicht fielen.

„Wilhelmina," sagte er leise, und seine Stimme hatte einen Ton, den sie noch nie von ihm gehört hatte – ein Abschied, und es ließ sie erschauern. „Was immer heute Nacht passiert – das hier musst du überstehen. Verstehst du? Du."

„Was redest du da?" Ihre Stimme bebte, und sie trat einen Schritt auf ihn zu, doch er hielt sie sanft auf Abstand, ein bittersüßes Lächeln auf seinen Lippen.

„Du weißt genau, was ich meine. Ich habe eine Wahl getroffen." Er legte seine Hand an ihre Wange, und ein Hauch von Wärme durchströmte sie, selbst inmitten dieser tosenden Finsternis. „Ich kann meine Kräfte bündeln – mit deinen. Ich kann dich so stark machen, dass nichts dich aufhalten kann."

Wilhelmina schüttelte heftig den Kopf, Tränen mischten sich mit dem Regen auf ihrem Gesicht. „Das… das kannst du nicht tun. Emil, wenn du das tust, dann… dann verlierst du alles, was du bist."

„Vielleicht verliere ich mich selbst," entgegnete er ruhig, doch seine Augen waren voller Schmerz. „Aber vielleicht finde ich etwas Größeres. Etwas, das nur in dir liegt."

„Das ist Wahnsinn!" Sie packte ihn an den Schultern, als könnte sie ihn so aus seinem Vorhaben reißen. „Du bist der einzige Mensch, dem ich vertraue – du kannst dich mir nicht einfach opfern!"

„Glaub mir," sagte er leise, seine Stimme wie ein schwacher, tröstender Hauch inmitten des Sturms, „das ist das Erste, was ich tun möchte, weil ich es will. Nicht, weil ich muss."

Und bevor sie es verhindern konnte, trat er einen Schritt zurück und hob die Hände. Die Luft begann um ihn herum zu vibrieren, eine warme, glühende Energie durchströmte den Raum, während er die letzten Reserven seiner Macht in sich heraufbeschwor.

„Emil... nein..." Ihre Stimme erstickte, doch er lächelte nur und sprach ein paar Worte in der alten Sprache, Worte, die voller Zärtlichkeit und Schmerz waren. Eine Machtwelle traf sie, und sie spürte, wie ihre eigene Kraft zunahm, wie die Energie durch ihre Adern strömte, eine Mischung aus Licht und Dunkelheit, die alles in ihr vereinte.

Und dann, in einem Moment der Stille, legte Emil eine Hand auf ihr Herz, ihre Stirn an seine lehnend. „Leb wohl, Wilhelmina."

Seine Berührung brannte, ein letzter Kuss auf ihrer Haut, als die Magie von ihm in sie floss, ihr Stärke gab, die sie nie gekannt hatte. In diesem Moment, als ihre Kräfte sich vereinten, fühlte sie seine Liebe, seine Entschlossenheit und seine Hingabe – und gleichzeitig die unausweichliche Tragik dieses Abschieds.

Bevor sie reagieren konnte, verschwand Emil in einem leuchtenden Licht, das in der Dunkelheit verblasste und sie allein, kraftvoll und gebrochen zurückließ.

~~~

Wilhelmina stand wie betäubt, die Energie von Emils Opfer schien in ihr zu toben wie ein entfesselter Sturm. Sie spürte die Macht, die ihr durch die Adern floss, aber zugleich die unauslöschliche Leere, die Emils Abwesenheit hinterlassen hatte. Der Schmerz war schneidend, die Magie intensiv und unkontrolliert, und sie wusste kaum, wie sie diesen Tumult in sich bezähmen sollte.

Mit wankendem Schritt trat sie in die düstere Halle des Lichtenberg-Anwesens, in der ihr Vater bereits auf sie wartete. Friedrich stand dort, die Hände auf den Rücken gefaltet, ein Ausdruck düsterer Entschlossenheit in seinen Augen. Es war der Blick eines Mannes, der zu lange zu viele Geheimnisse gehütet hatte und sie nun endlich enthüllen musste.

„Also, du hast es doch geschafft," sagte Friedrich, die Ironie in seiner Stimme war kaum zu überhören. „Ich muss zugeben, ich bin beeindruckt. Emils Opfer... das war wohl doch ein meisterlicher Schachzug."

„Spar dir deine Anmerkungen, Vater." Ihre Stimme klang fremd in ihren eigenen Ohren, kühl und zornig. „Ich weiß nicht, was du geplant hast, aber ich bin hier, um die Wahrheit zu hören. Alles."

Friedrich seufzte und ließ seinen Blick über sie gleiten, als wolle er sie in sich aufnehmen, ehe er begann. „Wilhelmina... es gibt eine Prophezeiung, die weit zurückreicht, tiefer als unsere Familiengeschichte und die Bruderschaft selbst. Sie handelt von einem Kind, das die Linien von Jägern und Hexen vereinen würde. Ein Kind, dessen Kraft stark genug wäre, um das Gleichgewicht der Welt zu verschieben."

Wilhelmina zog eine Augenbraue hoch, ihr Misstrauen war greifbar. „Und das soll ich sein? Das Kind, das eure alten Regeln brechen soll? Hättest du mir das nicht sagen können, bevor du mich für eure Bruderschaft geopfert hast?"

Ein Schatten von Schmerz huschte über sein Gesicht, doch er blieb beherrscht. „Du musst verstehen... es ging um mehr als nur uns, Wilhelmina. Deine Mutter – sie wusste es, sie spürte die Gefahr. Das ist der wahre Grund, warum sie nie wollte, dass du das Jägerhandwerk lernst. Sie wusste, dass du anders warst."

Wilhelmina biss sich auf die Lippen, unfähig, den Kloß in ihrem Hals zu ignorieren. „Also hast du es zugelassen? All die Jahre hast du mich in dieser Fassade gehalten, in diesen Lügen?"

Friedrichs Stimme zitterte kurz, aber er fand seine Haltung wieder. „Weil es nötig war, Wilhelmina. Wir dachten, wenn wir dich kontrollieren könnten, könnten wir die Macht in die richtigen Bahnen lenken. Deine Kräfte wären ein Geschenk für die Bruderschaft – das haben wir geglaubt. Aber ich sehe jetzt... wie falsch wir lagen."

Wilhelmina schnaubte leise, Sarkasmus triefte aus ihrer Stimme. "Nun, das ist doch mal ein erfrischendes Eingeständnis. Nach all den Jahren ist also die Erkenntnis gereift, dass ich keine Marionette bin."

Friedrich trat einen Schritt auf sie zu, seine Augen auf ihre gerichtet. "Du bist keine Marionette, Wilhelmina. Du bist das Schicksal. Dein Blut, das Vermächtnis deiner Mutter und mein Wissen... das ist die einzige Macht, die stark genug ist, um von Blutfels aufzuhalten."

"Also willst du mir erzählen, dass ich das letzte Ass im Ärmel bin?" Sie funkelte ihn zornig an. "Hätte das nicht schon früher zur Sprache kommen können, bevor all dies begann?"

Ein leises, resigniertes Lächeln erschien auf seinem Gesicht. "Vielleicht. Doch ich bin kein unfehlbarer Mann. Und jetzt ist alles, was ich noch tun kann, dir die Wahrheit zu sagen. Denn dein Blut ist das Einzige, was die Dunkelheit, die sich über uns legt, brechen kann."

Für einen Moment herrschte bedrückende Stille zwischen ihnen. Wilhelmina fühlte den Schmerz, die Kraft, die in ihr pulsierte, die Verantwortung, die ihr plötzlich aufgeladen wurde – alles, was sich wie ein unaufhörlicher Strom in ihrem Kopf drehte.

Während die Stürme über München tobten und das Chaos überall Einzug hielt, kämpfte sich Lieselotte durch die verwüsteten Straßen. Der Wind peitschte um sie herum, und der Regen durchnässte ihre Kleidung bis auf die Haut, doch sie ließ sich nicht aufhalten. Jeder Schritt durch die düsteren, glitschigen Gassen brachte sie näher an das Herz der Gefahr – das Hauptquartier des Schattenrats. Sie wusste, dass dies die letzte Gelegenheit war, um Informationen zu gewinnen, die Wilhelmina und den anderen helfen konnten.

Doch kaum hatte sie das Gebäude in Sichtweite, hörte sie leise Schritte hinter sich. Ein unheilvolles Gefühl kroch ihren Rücken hinauf, und als sie sich umdrehte, sah sie die Gestalten von Schattenratswachen, die sie anstarrten, als hätten sie nur auf ihre Ankunft gewartet.

„Ach, wunderbar," murmelte Lieselotte sarkastisch, als sie die Klinge in ihrem Stiefel griffbereit machte. „Genau die Gesellschaft, die ich für diesen Abend gewünscht habe."

Die Wachen traten näher, ihre Augen glühten im Halbdunkel, und das Raunen dunkler Magie um sie herum verstärkte das Gefühl der Beklommenheit. Sie wirkten fast erfreut über die unerwartete Ablenkung, ein zynisches Lächeln auf den Lippen, während sie sie einkreisten.

„Du glaubst also, du kannst hier einfach so eindringen?" Die Stimme eines der Wachen war tief und durchdrungen von Hohn. „Ein Mitglied der Jägerbruderschaft, alleine und verloren. Wie rührend."

Lieselotte hob das Kinn und begegnete dem Spott mit festem Blick. „Ich bin nur hier, um euch daran zu erinnern, wie wenig ich von euch halte. Außerdem dachte ich, ihr mögt es, Besuch zu bekommen." Ein gefährliches Lächeln umspielte ihre Lippen, und sie zog die Klinge aus ihrem Stiefel. „Wer hat Lust, es zuerst zu versuchen?"

Doch in diesem Moment spürte sie eine Bewegung hinter sich, einen Schatten, der in der Dunkelheit auf sie zuschnellte – zu schnell, um zu reagieren. Sie spürte die eiskalte Berührung von Fesseln aus dunkler Magie, die sich um ihre Arme legten und sie festhielten.

Perfekt, dachte sie. *Natürlich ist das der Moment, in dem sie Verstärkung rufen.*

„Eines muss ich dir lassen," murmelte sie leise, während sie mit zusammengebissenen Zähnen versuchte, sich zu befreien. „Ihr wisst wirklich, wie man einen Gast empfängt."

Die Wachen traten näher, und in ihren Augen flackerte der Triumph eines längst gewonnenen Spiels. „Genug gespielt," sagte einer von ihnen, seine Stimme scharf und selbstgefällig. „Der Graf wird sich freuen, dass wir dich ihm bringen können. Vielleicht wirst du noch nützlich sein... für das eine oder andere."

Doch gerade, als Lieselotte das Gefühl hatte, dass sie sich von dieser Falle nicht mehr befreien konnte, drang ein tiefes, bedrohliches Knurren durch die Dunkelheit, das die Wachen abrupt innehalten ließ. Aus den Schatten trat Magnus hervor, seine Augen glühten im diffusen Licht des Sturms, und sein Blick war voller unverhohlenen Zorns.

„Ich würde euch raten, die Finger von ihr zu lassen," sagte er mit einer tiefen, ruhigen Stimme, die jede Spur von Menschlichkeit vermissen ließ. Seine Muskeln waren angespannt, und ein animalischer Ausdruck lag in seinem Blick.

Die Wachen zögerten, doch Magnus trat mit einem gefährlichen Funkeln in den Augen noch näher heran. „Oder habt ihr Lust, herauszufinden, wie es ist, von einem Werwolf in Stücke gerissen zu werden?"

Es dauerte nur einen Augenblick, doch Lieselotte spürte, wie sich die magischen Fesseln lösten. Magnus stand nun dicht neben ihr, seine Hand sanft auf ihrer Schulter, als ob er damit sicherstellen wollte, dass sie in Sicherheit war.

„Du weißt, dass du mich wahnsinnig machst, wenn du so was tust," flüsterte er ihr zu, sein Ton voller ironischer Erleichterung.

„Gut zu wissen, dass ich dich so sehr beeindrucke," murmelte sie, während sie ihm einen kurzen, aber dankbaren Blick zuwarf. „Und jetzt lass uns verschwinden, bevor sie wieder einen Anfall von Mut bekommen."

Ohne ein weiteres Wort zogen sie sich zurück, die Wachen noch immer wie angewurzelt vor Schock und Verwirrung in der Dunkelheit stehenlassend. Doch Lieselotte wusste, dass sie diese Nacht in Magnus' Schutz noch nicht überstanden hatten.

Kapitel 24

Der Himmel über München war ein düsterer Wirbelsturm aus Dunkelheit und Blitzen, ein unheilvolles Omen, das den bevorstehenden Kampf verkündete. Wilhelmina spürte die neue Macht in sich pochen, wie ein heißes Feuer, das sie kaum zu kontrollieren wusste. Jeder Schritt, jeder Atemzug ließ die Energie in ihr auflodern, unbändig und fordernd, und sie wusste, dass diese Kraft sie entweder retten oder vernichten würde.

Neben ihr stand Emil – oder vielmehr, der Schatten dessen, was Emil einst war. Er hatte ihr all seine Macht übergeben und damit einen Großteil seiner selbst verloren. Seine Augen, die einst so voll Leben gewesen waren, blickten nun matt und verletzlich, und doch war er da, fest entschlossen, an ihrer Seite zu bleiben, auch wenn seine Kräfte ihn verlassen hatten.

„Ich hoffe, du weißt, was du da machst," murmelte Emil leise, und ein Hauch von Ironie lag in seiner Stimme. „Ich würde nur ungern dabei zusehen, wie du dich und die halbe Stadt in die Luft jagst."

Wilhelmina schenkte ihm ein angespanntes Lächeln. „Ja, das wäre in der Tat unpraktisch. Andererseits könnte ich so sicherstellen, dass der Schattenrat ebenfalls in Flammen aufgeht."

Ein scharfer Blitz zerriss den Himmel, und in der Ferne waren die Silhouetten der Kämpfer zu sehen – die Bruderschaft und der Schattenrat, bereit für das, was als die letzte Schlacht in die Geschichte eingehen würde.

„Du musst die Macht bündeln," flüsterte Emil, sein Ton ernst, aber sanft. „Lass sie nicht einfach durch dich hindurchströmen. Sie ist wie ein wilder Fluss – aber wenn du sie lenkst, dann... dann kannst du Großes vollbringen."

„Ah, großartig," antwortete Wilhelmina sarkastisch. „Als hätte ich nichts Besseres zu tun, als ein Wasserbauprojekt in meinem Inneren zu starten."

Doch sie schloss die Augen und konzentrierte sich, spürte die Energie in ihrem Inneren toben, wie eine Welle, die auf den Moment wartete, um freigesetzt zu werden. Sie konnte die Stimmen der anderen hören, das metallene Klirren der Waffen, das Flüstern dunkler Zauber – doch sie blendete alles aus und tauchte ein in die Stille in sich selbst, wo die Macht darauf wartete, dass sie sie in die richtige Richtung lenkte.

Emil stand schweigend neben ihr, eine beruhigende Präsenz, die ihre Hand in seine nahm und ihr das Gefühl gab, nicht allein zu sein. Sie spürte, wie seine Stärke, so geschwächt sie auch war, sie stützte, sie hielt. Er war immer noch da, auch wenn er scheinbar machtlos war, und genau das gab ihr die Entschlossenheit, die sie brauchte.

Sie öffnete die Augen, und in ihnen lag ein neuer Glanz, der selbst Emil erschauern ließ. „Jetzt kann es losgehen," sagte sie, ihre Stimme fest, und trat vor, in Richtung des Schlachtfeldes, bereit, alles zu geben – für Emil, für ihre Mutter, für die Freiheit.

In der Ferne erklangen die Kriegsschreie der Bruderschaft, und die Kämpfer des Schattenrats wichen einen Schritt zurück, als sie Wilhelmina kommen sahen, eine Aura aus purem Licht um sie herum. Die Schlacht hatte begonnen – und Wilhelmina wusste, dass sie entweder in dieser Nacht siegen oder untergehen würde.

※

Mitten im tosenden Kampfgeschehen, als die Blitze über den Himmel zuckten und der Boden unter ihren Füßen erzitterte, tauchte plötzlich eine Gestalt auf, die Wilhelmina eine Mischung aus Wut und Fassungslosigkeit entlockte. Isabella, in einen düsteren Umhang gehüllt, trat durch das Chaos wie ein Schattengespinst, das sich mühelos zwischen den Fronten bewegte. Ihre Augen funkelten, und ein verschlagenes Lächeln spielte um ihre Lippen.

„Na, wie schön, dass du dich auch noch blicken lässt," murmelte Wilhelmina sarkastisch, als sie sah, wie Isabella sich mit der eleganten Ruhe einer Königin den Weg durch das Getümmel bahnte. „Hast du uns vermisst, Isabella?"

Isabella blieb stehen, ihre Lippen zu einem geheimnisvollen Lächeln verzogen. „Oh, meine Liebe, du hast ja keine Ahnung. Ich hatte vor, dir diesen kleinen… Showdown zu überlassen. Aber es scheint, dass hier doch etwas mehr Unterstützung benötigt wird."

Wilhelmina schnaubte und verschränkte die Arme. „Unterstützung? Von dir? Verzeih mir, wenn ich da ein kleines Problem habe, dir in diesem Moment über den Weg zu trauen."

Isabella lachte leise, eine Mischung aus Spott und Amüsement in ihrem Ton. „Natürlich traust du mir nicht, Wilhelmina. Aber wir sind beide intelligent genug zu wissen, dass ich hier bin, weil wir dasselbe Ziel verfolgen."

Wilhelmina hob eine Augenbraue, ihr Blick kalt und prüfend. „Dasselbe Ziel? Seit wann gehören Verrat und Bündnisse mit dem Schattenrat zu meinen Zielen?"

Isabella schüttelte den Kopf, ihre Augen blitzten belustigt auf. „Glaub mir, was auch immer du über meine Absichten denkst, du hast nur die Hälfte der Geschichte gesehen. Der Schattenrat und ich – wir haben eine… sagen wir, komplizierte Beziehung. Ich diene nur mir selbst, und jetzt ist mein Ziel dasselbe wie deins: Blutfels davon abzuhalten, die ultimative Macht zu erlangen."

Wilhelmina zögerte, eine Mischung aus Argwohn und Neugier in ihrem Blick. „Und warum, bitte schön, sollte ich dir das abkaufen?"

Isabella trat näher, ihre Stimme zu einem eindringlichen Flüstern herabgesenkt. „Weil ich Informationen habe, die du brauchst, Wilhelmina. Blutfels ist mächtig, aber er ist nicht unbesiegbar. Seine Schwäche – liegt im gleichen Fluch, den er mit der Dunkelheit geschlossen hat. Ein Fluch, den nur jemand mit deinem Blut lösen kann."

Wilhelmina's Augen verengten sich, die Informationen sickerten langsam durch. „Also brauchst du mich – und ich brauche dich?"

Isabella lächelte, und ihre Augen funkelten wie die einer Schlange, die ihren Gegner genau einschätzte. „Genau das. Wir haben keine andere Wahl, Wilhelmina. Wenn du siegen willst, dann vertrau mir – für diesen Moment."

Ein unheilvoller, knisternder Blitz zuckte über den Himmel, und für einen Moment schien alles in einem blutroten Licht zu erstrahlen. Wilhelmina sah Isabella scharf an, bevor sie ihre Klinge fest umfasste und nickte. „Gut, Isabella. Aber wage es nicht, mich zu hintergehen. Nur dieses eine Mal – Bündnis oder nichts."

Isabella's Lächeln vertiefte sich. „Verlass dich drauf. Ein Pakt des Schicksals."

In diesem Moment, inmitten des tobenden Sturms und des Kampflärms, schlossen die beiden Frauen ein fragiles Bündnis, geboren aus Notwendigkeit und Misstrauen, aber unerschütterlich im Angesicht des bevorstehenden Kampfes gegen Blutfels.

※

Die Dunkelheit des Sturms wich einer beinahe unheimlichen Ruhe, als Wilhelmina und Emil sich in einer verborgenen Ecke der Ruine niederließen, die sie für diesen Moment von dem Chaos draußen abschirmte. Die Geräusche der Schlacht waren gedämpft, und ein unheimliches, ruhiges Zwielicht legte sich um sie, als ob die Welt ihnen diesen letzten Augenblick schenken wollte.

Wilhelmina sah Emil an, und trotz der erschöpften Linien in seinem Gesicht glitzerte ein Funke in seinen Augen – der Funke eines Mannes, der bereit war, für das zu kämpfen, was ihm am Herzen lag. Doch da war auch etwas anderes, etwas, das wie ein Schatten über ihnen hing.

„Also," begann Wilhelmina, die Stimme leise, doch voll ungesagter Worte. „Das ist wohl der Moment, in dem ich dir sage, wie sehr ich es hasse, dass du dich ständig opfern musst."

Emil schmunzelte und schüttelte langsam den Kopf. „Wenn ich mich richtig erinnere, war das eigentlich dein Spezialgebiet, Wilhelmina. Aber hey, wer bin ich, um dir in der Rolle der Heldin Konkurrenz zu machen?"

Sie lachte leise, und das Geräusch klang fremd inmitten der drohenden Gefahr. „Du weißt, dass ich keine Heldin bin. Ich habe bloß keine andere Wahl."

Emil trat näher und hob seine Hand, um ihr über die Wange zu streichen. Die Berührung war sanft, und doch spürte sie das Gewicht von allem, was unausgesprochen zwischen ihnen lag. „Du hast immer eine Wahl," flüsterte er, und in seiner Stimme lag eine tiefe, ernste Zärtlichkeit. „Und heute entscheidest du dich dafür, zu kämpfen, und das... das bewundere ich."

Ihre Augen glitten über sein Gesicht, als wollte sie sich jeden Winkel, jede Linie einprägen. „Emil..." Ihre Stimme brach, als sie merkte, dass sie die Worte nicht fand. Sie spürte eine tiefere Verbundenheit, eine Art unausweichliche Gewissheit, dass dies vielleicht der letzte Moment war, den sie gemeinsam erleben würden.

Er schloss die Augen für einen Moment, und als er sie wieder öffnete, funkelte in seinen Blicken eine Mischung aus Ironie und Traurigkeit. „Falls ich dir das jemals gesagt habe, was ich für dich empfinde... dann ignorier es. Das würde mir einen schlechten Ruf einbringen."

„Ach, wirklich?" Sie grinste, doch ihre Augen schimmerten verräterisch. „Als wäre dein Ruf jetzt noch zu retten. Nachdem du dich mit einer Jägerin eingelassen hast?"

„Nur für den Fall, dass wir beide das hier überleben," sagte er, seine Stimme rau, „ich würde gerne sehen, wie du die Welt veränderst, Wilhelmina. Du bist nicht nur eine Jägerin oder eine Hexe – du bist das Beste aus beiden Welten, und das allein ist schon ein Wunder."

Die Worte drangen tief in ihr Herz, und bevor sie sich versah, zog sie ihn an sich, ihre Lippen fanden seine, und der Kuss war voller Sehnsucht und Verzweiflung, eine letzte Berührung, die mehr sprach als alle Worte, die sie je füreinander hätten finden können. Es war ein Abschied und ein Schwur zugleich, ein Versprechen, das die Magie in ihnen entzündete.

Ihre Mächte vereinigten sich in einer zarten Welle von Energie, die den Raum um sie herum aufleuchten ließ. Sie spürten die Magie, die sie verband, wie ein unsichtbares Band, das jenseits der Realität existierte und sie für diesen einen Augenblick untrennbar miteinander verschmolz.

„Was auch immer passiert," flüsterte sie, als sie sich von ihm löste, „wir haben das hier, Emil. Das kann uns niemand nehmen."

Er hielt sie fest und sah sie an, seine Augen voller Trauer und Stolz zugleich. „Für immer und ewig, Wilhelmina. Was auch kommen mag."

Und in dieser Stille, inmitten der unbarmherzigen Dunkelheit, fanden sie ein letztes Mal Trost in der Liebe, die sie beide bereit waren zu schützen – selbst wenn es sie alles kosten würde.

Kaum hatten sich Wilhelmina und Emil aus ihrem Moment der Intimität zurückgezogen, um wieder auf das Schlachtfeld zu treten, wurden sie von einem Tumult aus den Reihen der Bruderschaft empfangen. Die Kämpfer standen in Grüppchen, hitzige Diskussionen und zornige Blicke flogen hin und her, während einige ihre Waffen fest umklammert hielten, als würden sie gleich aufeinander losgehen.

Wilhelmina spürte sofort, dass sich etwas fundamental verändert hatte. Ihr Vater, Friedrich, stand in der Mitte des Tumults, seine Miene kühl und entschlossen. Neben ihm sah sie einige vertraute Gesichter – alte Verbündete, die mit ihm gekommen waren, um ihn zu unterstützen. Doch auf der anderen Seite standen Jäger, die sie ebenfalls kannte, jedoch mit finsteren Blicken und verschränkten Armen, die mehr Ablehnung ausdrückten als jede Worte.

„Also, das ist wohl der Moment, in dem sich alle gegenseitig ans Leder gehen?" Wilhelmina verschränkte die Arme und ließ ihren Blick skeptisch über die aufgebrachten Jäger gleiten. „Hätte man sich für diese kleine Zeremonie keinen besseren Zeitpunkt aussuchen können?"

Friedrich, ohne eine Miene zu verziehen, nickte ihr knapp zu. „Wilhelmina, es ist Zeit, dass die Bruderschaft endlich die alten Regeln ablegt. Wir können uns in dieser neuen Welt keine blinde Feindschaft mehr leisten."

Ein Jäger aus der anderen Gruppe trat vor und funkelte Friedrich mit zusammengekniffenen Augen an. „Du hast deine Überzeugungen verraten, Friedrich! Seit wann sympathisieren wir mit Hexen und... und Werwölfen?" Seine Stimme war von Abscheu durchzogen, und es war offensichtlich, dass jeder Funke an Verständnis längst erloschen war.

Wilhelmina schnaubte leise und warf ihrem Vater einen ironischen Blick zu. „Gut gemacht, Vater. Scheint, als hättest du es endlich geschafft, die unerschütterlichen Loyalisten der Bruderschaft zu reizen."

Friedrichs Miene blieb ruhig, doch Wilhelmina konnte den Hauch eines ironischen Lächelns in seinem Blick erkennen. „Die Bruderschaft war schon immer gespalten, Wilhelmina. Heute machen wir nur das, was längst überfällig ist."

„Überfällig?" Der andere Jäger, ein Mann namens Albrecht, fauchte und richtete seinen Dolch bedrohlich auf Friedrich. „Du glaubst, wir lassen uns einfach so von dir und deinen verkommenen neuen Bündnissen ins Chaos stürzen? Wir wurden gegründet, um übernatürliche Kreaturen zu jagen, nicht um mit ihnen Händchen zu halten!"

Wilhelmina trat vor, die Hand fest um ihr Schwert gelegt, und ihre Stimme war eine Mischung aus Herausforderung und kalter Ruhe. „Wisst ihr, Albrecht, das ist das Problem mit euch Traditionsbewahrern – ihr bemerkt nie, dass ihr längst auf einem sinkenden Schiff steht. Diese Welt ist nicht mehr schwarz und weiß, und wenn ihr das nicht seht, dann seid ihr genauso blind wie Blutfels selbst."

Albrechts Blick verengte sich. „Also bist du jetzt auch gegen uns, Wilhelmina? Nachdem wir alles für dich getan haben?"

Sie lachte trocken, ein bitteres Lächeln umspielte ihre Lippen. „Alles? Ihr habt mir nur auferlegt, was ich zu sein hatte, und nie verstanden, was ich bin. Wenn ihr wirklich an die Bruderschaft geglaubt habt, dann wisst ihr, dass wir heute kämpfen müssen – aber nicht gegeneinander. Sondern gegen die, die alles vernichten wollen."

Einige der Jäger, die bis dahin Albrecht gefolgt waren, wechselten unsicher die Seiten, ihre Mienen gezeichnet von Zweifel und Zögern. Die Worte von Wilhelmina schienen ihnen langsam in die Knochen zu dringen, und sie sahen sich gegenseitig an, unsicher, auf welcher Seite sie nun wirklich stehen wollten.

Friedrich hob die Stimme, sein Ton eindringlich. „Heute, meine Freunde, entscheidet ihr, ob ihr Teil einer neuen Bruderschaft sein wollt – einer, die nicht länger nur im Schatten lebt, sondern eine Bruderschaft, die bereit ist, alles zu schützen, was uns lieb ist. Wer mir folgt, wird kämpfen – für das Überleben, für den Schutz aller."

Albrecht zögerte, sein Dolch zitterte in der Luft, doch der Groll in seinen Augen blieb bestehen. „Ihr seid alle Verräter. Diese Bruderschaft, das, was ihr hier tut – das ist Wahnsinn!" Mit einem letzten, verächtlichen Blick wandte er sich ab, einige seiner verbliebenen Anhänger folgten ihm, zurück in die Dunkelheit.

Wilhelmina beobachtete, wie sie im Schatten verschwanden, und ein leiser Hauch von Bedauern glitt über ihr Gesicht. Doch sie wusste, dass dies unvermeidlich war. Die Bruderschaft hatte sich endgültig gespalten – und was jetzt vor ihr stand, war eine neue Gruppe, vereint im Wissen, dass nur ein Bündnis gegen die dunklen Mächte, die auf sie warteten, sie retten konnte.

Sie trat neben ihren Vater, und in diesem Augenblick schien zwischen ihnen eine Stille zu herrschen, die alles Unausgesprochene endlich zur Ruhe brachte. „Also, Vater," sagte sie schließlich leise. „Scheint, als würden wir tatsächlich Seite an Seite kämpfen."

Friedrichs Blick war ernst, doch er nickte mit einer seltenen, tiefen Wärme. „Für einmal, Wilhelmina. Seite an Seite – so, wie es sein sollte."

Und in diesem Moment wussten sie beide, dass die nächste Schlacht nicht nur um das Überleben ging, sondern um den Beginn einer neuen Ära.

Kapitel 25

Die erste Morgendämmerung brachte einen seltsamen, blutroten Schimmer über das Schlachtfeld, als Wilhelmina, nun erfüllt mit der gesamten Macht, die Emil ihr übertragen hatte, an der Spitze ihrer Verbündeten stand. Die Bruderschaft, die Hexenzirkel und sogar die stolzen Werwölfe hatten sich in dieser entscheidenden Stunde vereint. Graf von Blutfels wartete inmitten der flackernden Schatten, seine Präsenz wie ein alles verschlingendes Vakuum.

„Nun," murmelte Wilhelmina und ließ ihren Blick über ihre Truppen schweifen, „wenn das hier schiefgeht, dann wird München vermutlich noch lange über das größte Fehlschlagen der Geschichte reden."

Emil, der neben ihr stand, sein Blick fest auf den Feind gerichtet, grinste leicht. „Dann sollten wir das wohl besser vermeiden, meinst du nicht?"

Sie lächelte flüchtig und trat nach vorne, spürte das wachsende Kribbeln der Macht in sich, das ungeduldig darauf wartete, entfesselt zu werden. Ein leises Wispern umhüllte sie, die Stimme ihrer Vorfahren, der Hexen und Jäger, die vor ihr gekämpft hatten. Sie wusste, dass dieser Moment alles entscheiden würde.

„Graf von Blutfels!" Ihre Stimme hallte über das Feld, kraftvoll und bestimmt. „Heute endet dein Spiel."

Von Blutfels lachte leise, ein kaltes, bösartiges Geräusch, das in der Stille widerhallte. „Glaubst du wirklich, du bist stark genug, mir die Stirn zu bieten, Hexenjagd-Mischling? Du hast keine Vorstellung davon, welche Macht ich entfesselt habe."

Wilhelmina hob die Hand, und die Luft begann um sie herum zu knistern, als die Energie in ihr einen leuchtenden, fließenden Mantel bildete. „Genug geredet," sagte sie kühl. „Du wolltest Macht? Ich zeige dir, was wahre Macht bedeutet."

Emil trat einen Schritt zurück, doch seine Augen funkelten mit einer Mischung aus Bewunderung und Furcht. „Wilhelmina... bist du sicher, dass du das alles kontrollieren kannst?"

Sie drehte sich halb zu ihm um, und in ihren Augen lag ein wilder, entschlossener Glanz. „Sicher? Nein. Aber wann war das jemals eine Voraussetzung?"

Ohne ein weiteres Wort breitete sie die Arme aus, und eine Welle aus Licht und Dunkelheit, vereint in einer tanzenden, gefährlichen Symphonie, schoss aus ihr heraus und traf auf die dunkle Energie, die von Blutfels umgab. Die beiden Kräfte prallten aufeinander, und ein ohrenbetäubendes Donnern erfüllte die Luft, als ob die Welt selbst vor Schmerz schrie.

Emil stand in ihrem Schatten, und ein Funken der Erkenntnis huschte über sein Gesicht. „Du hast es immer geahnt, nicht wahr?" flüsterte er leise, mehr zu sich selbst als zu ihr. „Dass du diejenige bist, die uns alle retten kann."

Er atmete tief durch und schloss die Augen. Wilhelmina, die mitten im Sturm ihrer eigenen Macht stand, spürte plötzlich, wie sich ein Hauch von Emils Energie zu ihr schlich. Ein Plan, eine verzweifelte Lösung. In diesem Moment erkannte sie, dass Emil die letzte Kraft, die er besaß, einsetzte, um ihr ein wenig mehr zu geben – und dass dies alles von Anfang an Teil seines Plans gewesen war.

Er öffnete die Augen, und sein Blick war voller Entschlossenheit. „Wilhelmina, hör zu – dies ist unsere einzige Chance. Ich werde meine verbliebene Kraft mit deiner verschmelzen. Nur so kann Blutfels besiegt werden."

„Emil…" Ihr Herz zog sich zusammen, doch sie wusste, dass es keinen anderen Weg gab. Sie nickte, eine Träne glitt über ihre Wange, bevor sie seine Hand griff und die Energie durch sich strömen ließ.

◈

Ein ohrenbetäubender Schrei gellte über das Schlachtfeld, als Wilhelmina und Emil ihre vereinte Macht gegen von Blutfels richteten. Die Energie, die durch Wilhelmina floss, brannte in ihrem Inneren wie ein alles verzehrendes Feuer, doch sie konnte nicht aufhören. Ihre Kräfte hatten sich mit Emils letzten Reserven vereint und bildeten einen glühenden Strahl, der alles in seinem Weg verbrannte und direkt auf von Blutfels zielte.

Von Blutfels spürte die Bedrohung, sein Gesicht entgleiste, als die gewaltige Kraft auf ihn zukam. Er hob die Hände, versuchte, seine Dunkelheit dagegenzustellen, doch seine Barriere begann zu bröckeln. „Das ist unmöglich!" fauchte er, eine Mischung aus Panik und Wut in seiner Stimme. „Niemand… niemand ist stärker als ich!"

Wilhelmina lachte, ein harter, triumphaler Klang. „Hast du wirklich geglaubt, dass du allein die Macht beanspruchen kannst? Diese Kräfte gehören nicht nur dir – und jetzt wirst du für deinen Größenwahn bezahlen."

In diesem Moment durchbrach ihre Energie von Blutfels' Barriere und traf ihn mit voller Wucht. Er schrie auf, und ein Flackern von Verzweiflung blitzte in seinen Augen auf. Doch statt zu fliehen, hob er die Hände und ließ seine dunkle Energie noch einmal aufleuchten. Ein letztes verzweifeltes Aufbäumen.

„Ich werde nicht allein fallen!" schrie er, und mit einem plötzlichen Ruck ließ er seine Energie in einem alles verschlingenden Strudel um sich wirbeln, der das Schlachtfeld zu verschlingen drohte.

Wilhelmina, schon beinahe am Ende ihrer Kräfte, spürte, wie sich die Dunkelheit um sie legte, eine klaustrophobische Kälte, die ihr das Atmen schwer machte. Doch gerade in diesem Moment, als die Dunkelheit sie zu verschlingen drohte, traten die Verbündeten aus den Reihen von Jägern, Hexen und Werwölfen vor.

„Nicht heute, Blutfels!" Friedrichs Stimme durchdrang die Stille, und mit einem Kampfschrei stürzte er sich voran. Die anderen folgten ihm, und für einen kurzen Moment vereinten sich die Energien der Jäger, Hexen und Werwölfe zu einer Welle aus Licht, die gegen von Blutfels' dunklen Strudel ankämpfte.

Die Kräfte prallten aufeinander, die Luft zitterte und die Erde bebte. Es war, als ob die Elemente selbst sich in diesem Moment entschieden hatten, Partei zu ergreifen. Von Blutfels' dunkle Energie begann zu schwinden, Stück für Stück, während die vereinten Kräfte ihn übermannten.

Mit einem letzten, verzweifelten Schrei löste sich sein Körper in einem Blitz aus Dunkelheit und Rauch auf. Der Schattenrat war gefallen – ihr Anführer vernichtet.

Die Stille, die folgte, war überwältigend. Wilhelmina stand mit zitternden Knien, das Adrenalin ließ sie kaum noch aufrecht stehen. Sie spürte die Blicke derer um sich, ihre Verbündeten, die sie mit einer Mischung aus Ehrfurcht und Dankbarkeit ansahen.

Emil trat an ihre Seite, sein Gesicht blass, aber erfüllt von einem müden Lächeln. „Da hast du es – dein Triumph."

Sie drehte sich zu ihm um und nahm seine Hand, ihre Blicke trafen sich, und in der Stille dieses Augenblicks schien die Welt sich um sie zu beruhigen. „Es war unser Triumph," flüsterte sie, und ein Lächeln zog sich über ihr Gesicht.

Die Dunkelheit hatte verloren – und sie standen im ersten Licht der Morgendämmerung.

Mit den ersten Strahlen der Morgensonne, die den Staub und die Überreste des Kampfes in goldenes Licht tauchten, standen Wilhelmina und ihre Verbündeten inmitten der Ruinen des Schlachtfeldes. Die Spannung in der Luft war beinahe greifbar, und das Wissen, dass sie einen Sieg errungen hatten, schien alle mit einem Hauch von Erleichterung zu erfüllen – wenn auch nur kurz. Denn während die dunklen Kräfte besiegt waren, blieb eine fundamentale Frage offen: Wie sollte es weitergehen?

Friedrich trat hervor, sein Gesicht ernst, aber seine Augen leuchteten mit einem neuen Glanz, den Wilhelmina noch nie bei ihm gesehen hatte. Er sah sich um, betrachtete die Überlebenden – Jäger, Hexen, Werwölfe, und selbst einige der jüngeren, unentschlossenen Anhänger des Schattenrats, die im Chaos ihren Glauben an von Blutfels verloren hatten.

„Heute haben wir bewiesen," begann Friedrich mit seiner kühlen, durchdringenden Stimme, „dass die alten Regeln nicht länger Bestand haben. Diese Schlacht hat uns vor Augen geführt, dass unsere Welt nicht in klare, starre Kategorien passt. Vampire, Hexen, Werwölfe – wir alle haben hier zusammen gekämpft. Und das ist ein Zeichen, dass wir zusammen eine neue Ära einläuten können."

Eine Mischung aus Zustimmung und skeptischem Murmeln ging durch die Menge. Einige der älteren Jäger tauschten besorgte Blicke aus, doch die Hexen nickten zustimmend, und die Werwölfe, angeführt von Magnus, standen stolz und schweigend neben Friedrich.

Wilhelmina, die neben Emil stand, konnte ein ironisches Lächeln nicht unterdrücken. „Wer hätte gedacht, dass mein Vater einmal der Revolutionär sein würde?"

Emil schmunzelte, seine Augen funkelten belustigt. „Tja, ich schätze, du bist nicht die Einzige in der Familie, die sich verändert hat."

Friedrichs Blick fiel auf Wilhelmina, und für einen Moment wirkte er tatsächlich... fast sanft. „Wilhelmina," begann er, seine

Stimme unerwartet ruhig. „Du hast diesen Sieg mehr als jeder andere verdient. Deine Kraft und dein Mut haben uns allen den Weg gezeigt. Ich sehe, dass die Bruderschaft eine Anführerin braucht, die versteht, dass unser wahrer Feind nicht in Übernatürlichem besteht, sondern in Engstirnigkeit."

Wilhelmina hob überrascht eine Augenbraue. „Bist du sicher, dass du mir das zutraust, Vater?"

Er schnaubte leise. „Vertrau mir, es wäre mir lieber gewesen, wenn du eine solide, brave Jägerin geblieben wärst. Aber offensichtlich hast du deinen eigenen Kopf – das hast du wohl von deiner Mutter. Also ja, ich bin sicher."

Mit einem langsamen Lächeln trat Wilhelmina vor, ließ ihren Blick über die Menge wandern. „Nun, wenn wir uns also darauf einigen können, dass die Bruderschaft ein neues Kapitel aufschlägt, dann lasst uns sicherstellen, dass niemand mehr alleine kämpft. Hexen, Jäger, Werwölfe – jeder, der bereit ist, die alte Fehde hinter sich zu lassen, ist in dieser neuen Bruderschaft willkommen."

Magnus trat vor und nickte zustimmend. „Dann gibt es wohl endlich einen Platz, an dem wir in Frieden leben können, ohne ständig Angst zu haben, dass die Bruderschaft uns zur Strecke bringt."

Ein schmunzelndes Nicken ging durch die Reihen, und die Stimmung lockerte sich. Die neue Allianz war nicht nur ein pragmatisches Abkommen – es war der Beginn einer echten Veränderung, einer neuen Hoffnung, die sich zwischen den Überlebenden ausbreitete.

Wilhelmina atmete tief durch und spürte, wie eine Welle der Erleichterung durch ihren Körper strömte. Die Bruderschaft war nicht mehr der Hort von Regeln und dogmatischen Vorstellungen. Sie war zu einem Ort der Zusammenarbeit und des gemeinsamen Schutzes geworden.

Und in diesem Moment wusste sie, dass ihr Kampf nicht umsonst gewesen war.

※

Ein sanftes, goldenes Licht fiel durch die großen Fenster des neu restaurierten Hexenzirkels, der mitten in den dichten Wäldern Bayerns lag. Es war ein friedlicher Ort, umgeben von altem Grün, dem Rauschen des Windes und dem Summen der Natur, die in diesen Tagen mehr Vitalität ausstrahlte als je zuvor. Inmitten dieser Harmonie standen Wilhelmina und Emil, ihre Hände ineinander verschlungen, während sie auf das neu entstandene Reich blickten, das sie beide zu schützen geschworen hatten.

„Also, das ist es nun?" Emil brach die Stille, sein Ton halb amüsiert, halb ironisch. „Ein neues Zuhause für Hexen, Werwölfe und ein paar furchtlose Jäger, die sich nicht mit den alten Regeln zufriedengeben? Klingt fast schon... idyllisch."

Wilhelmina hob eine Augenbraue und schenkte ihm ein spöttisches Lächeln. „Ach, findest du das? Ich hätte es eher als kontrolliertes Chaos bezeichnet. Aber ich schätze, es ist besser als das endlose Schlachtfeld, das wir vorher hatten."

Emil lachte leise und zog sie ein wenig näher an sich. „Ich gebe zu, ein kleines Stück Frieden ist auch nicht so schlecht. Selbst für einen Ex-Hexenmeister, der immer dachte, er sei zur Einsamkeit verdammt."

„Tja," erwiderte sie und lehnte sich an seine Schulter, „wenn mir jemand vor einem Jahr gesagt hätte, dass ich einen Teil meines Lebens mit einem ehemaligen Hexenmeister teilen würde, hätte ich ihm den Dolch an die Kehle gesetzt. Aber offensichtlich haben wir beide eine Schwäche für unwahrscheinliche Szenarien."

Sie schwiegen eine Weile, genossen den Moment, die Ruhe und die Aussicht. Der Hexenzirkel war nicht nur ein Ort für ihre Welt – er war ein Symbol für alles, was sie durchgemacht hatten. Ein

Rückzugsort, aber auch ein Zeichen, dass alte Fehden der Vergangenheit angehörten.

„Weißt du," sagte Emil leise, „ich habe da eine Idee für ein neues Abenteuer. Es ist ein bisschen gewagt, ein bisschen gefährlich... aber ich denke, es könnte uns gefallen."

Wilhelmina hob neugierig den Kopf und blinzelte ihn mit einem verschmitzten Funkeln in den Augen an. „Oh? Und was könnte das sein? Willst du etwa einen Hexenzirkel in Südfrankreich aufbauen? Oder eine Organisation für übernatürliche Wesen gründen?"

Emil lächelte nur, und seine Stimme wurde leiser, voller sanfter Zärtlichkeit. „Ich dachte eher an ein kleines, privates Abenteuer. Eins, das uns immer wieder daran erinnert, warum wir gekämpft haben." Er zog einen alten Ring aus der Tasche, schlicht, aber wunderschön, und hielt ihn ihr hin. „Wie wäre es, wenn wir das, was wir hier begonnen haben, auch offiziell machen?"

Wilhelmina starrte ihn einen Moment an, und zum ersten Mal in all den Kämpfen, die sie überlebt hatte, schien ihr der Atem zu fehlen. Sie lachte leise, die Tränen in den Augen funkelten vor Freude. „Du meinst, du willst das Risiko wirklich eingehen und mich heiraten? Ein Ex-Hexenmeister und eine rebellische Jägerin?"

„Ja," sagte er schlicht und lächelte dabei. „Ich denke, ich kann das Risiko verkraften. Was sagst du?"

Sie sah ihm in die Augen und fühlte eine Wärme, die stärker war als alle Magie. „Ich sage, dass das das einzige Risiko ist, das ich bereit bin, blind einzugehen." Sie zog ihn zu sich und küsste ihn sanft, ihre Hände immer noch in seinen, während sie die Wärme seiner Nähe spürte.

Und so, inmitten des friedlichen Zirkels, begann für sie ein neues Kapitel – ein Abenteuer, das weit über das Schlachtfeld hinausging, ein Bündnis, das alle Widrigkeiten überstanden hatte und nun im Frieden begann.

Wilhelmina und Emil wussten, dass die Welt sich noch oft ändern würde, dass Herausforderungen sie erwarten würden – aber jetzt, hier, waren sie bereit, diesen Herausforderungen gemeinsam entgegenzutreten.

Denn manchmal, so erkannten sie, war das größte Abenteuer von allen, endlich einen Platz zu finden, an dem man bleiben konnte.

Don't miss out!

Visit the website below and you can sign up to receive emails whenever Helena Vogler publishes a new book. There's no charge and no obligation.

https://books2read.com/r/B-A-PLSSC-JEWGF

BOOKS 2 READ

Connecting independent readers to independent writers.

Did you love *Der Ruf des Blutes: Ein romantischer Paranormalthriller voller Leidenschaft, dunkler Mächte und riskanter Allianzen*? Then you should read *Fashion for Furry Friends: Pet Clothes Sewing Patterns*[1] by Larysa Krasnova!

Unlock your creativity and spoil your furry friend with "Fashion for Furry Friends: Pet Clothes Sewing Patterns", the ultimate guide to crafting beautiful and practical pet outfits! Whether you're an experienced sewist or just beginning your journey, this book provides everything you need to create unique, stylish clothing for dogs of any size.

What makes this book truly special is the innovative pattern system developed by the author. The patterns included are universal, allowing you to easily adapt them to fit dogs of any breed, shape,

---

1. https://books2read.com/u/boogN0

2. https://books2read.com/u/boogN0

or size. Using the custom grid-based system, you'll be able to create perfect-fitting garments with simple adjustments, ensuring that every outfit is tailored exactly to your pet's measurements. No more worrying about whether patterns are too small or too large—the flexible designs in this book are made for everyone!

From chic dresses and cozy sweaters to protective coats and fun accessories, "Fashion for Furry Friends: Pet Clothes Sewing Patterns" offers a range of patterns that are as stylish as they are functional. Plus, pet clothing is more than just fashion—it helps keep your pet warm, clean, and comfortable. With detailed instructions and step-by-step guides, you'll be able to create outfits that not only look great but also offer practical benefits, whether for daily walks or special occasions.

So why stick to store-bought when you can make something one-of-a-kind? Get your copy of "Fashion for Furry Friends: Pet Clothes Sewing Patterns" and start designing custom looks that fit your dog's unique personality and size, all while keeping them safe, warm, and stylish!

About the Author

Helena Vogler ist eine deutsche Schriftstellerin, die sich auf spannende, gefühlsgeladene Fantasy-Romane spezialisiert hat. Sie vereint ihre Faszination für das Übernatürliche mit einer Leidenschaft für spannende Plots und fesselnde Liebesgeschichten.